Julius Budge

Über die Bewegung der Iris: für Physiologen und Ärzte

Anatiposi

Julius Budge

Über die Bewegung der Iris: für Physiologen und Ärzte

Unveränderter Nachdruck der Originalausgabe von 1855.

1. Auflage 2023 | ISBN: 978-3-38200-867-3

Anatiposi Verlag ist ein Imprint der Outlook Verlagsgesellschaft mbH.

Verlag: Outlook Verlag GmbH, Zeilweg 44, 60439 Frankfurt, Deutschland
Vertretungsberechtigt: E. Roepke, Zeilweg 44, 60439 Frankfurt, Deutschland
Druck: Books on Demand GmbH, In de Tarpen 42, 22848 Norderstedt, Deutschland

ÜBER DIE

BEWEGUNG DER IRIS.

FÜR

PHYSIOLOGEN UND ÄRZTE.

VON

JULIUS BUDGE,
PROFESSOR IN BONN.

MIT DREI TAFELN ABBILDUNGEN UND IN DEN TEXT EINGEDRUCKTEN HOLZSCHNITTEN.

BRAUNSCHWEIG,
DRUCK UND VERLAG VON FRIEDRICH VIEWEG UND SOHN.
1855.

Vorwort.

Finster nennt man mit Recht die Zeiten, wo die Goldmacherkunst, die Traumdeuterei, die Geheimmittel mehr galten, als die nüchterne Beobachtung von Thatsachen; wo man vergessen hatte, dass der Stoff in der Natur unveräusserlich, unzerstörbar, unendlich ist und nur den Sinnen vergänglich scheint, dass niemals das Vorhandene ein Anderes wird und nur die Form, das Kleid wechselt, während der Stoff derselbe bleibt; wo der menschliche Geist, das anvertraute Gut misskennend, über die Gränzen des Erreichbaren hinausging und nicht bedachte, dass die unerforschliche Weisheit, welche die Zukunft entfaltet, ihm von der Vergangenheit das grösste, von der Gegenwart ein kleines Gebiet und von der Zukunft kaum eine Ahnung gestattete; wo man nicht zu glauben schien, dass, um ein Ziel zu erreichen, man nicht in die Rüstkammer des Zufalls greifen müsse, ob man etwas darin fände, sondern auf dem grossen, offenen Felde der Erscheinungen immer und immer wieder nach dem Grunde der Dinge zu fragen habe.

Wann immer das Genie in der medicinischen Wissenschaft sich Wege bahnte und die Menschheit förderte, da waren die treue Anschauung ohne Täuschung durch Sinne und Verhältnisse mit einer glücklichen Combinationskraft gepaart. Die grossen Aerzte aller Zeiten haben die Verehrung ihrer Mitmenschen nur der scharfen Beobachtung zu danken gehabt, nicht künstlichen, unbekannten Heilmitteln. Was das Genie aber voreilend, rasch und massenhaft erfasst, das will auch die Wissenschaft bedächtig in offenen Blättern darlegen. Die Medicin ist und wird Wissenschaft durch Beobachtung von Erscheinungen.

Auch in dem vorliegenden Werke wird eine Erscheinung am Thierkörper behandelt und versucht, sie nach vielen Seiten hin zu betrachten. — Diese Schrift gehört ausser dem Physiologen auch dem Arzte an; denn in ihr wird ein Symptom behandelt, anatomisch und functionell, in seinen Elementen, seinen Ursachen, seinen Wirkungen, und — Symptome sind Glieder der Krankheit.

Aber noch aus einem anderen Gesichtspunkte wünschte ich, dass die Aerzte für diese Schrift sich interessiren möchten. Sie soll eine vorgefasste Meinung, den Erbfeind jeder Wissenschaft, bekämpfen helfen, die, wenn ich nicht irre, der Medicin und den Kranken viel Schaden gebracht hat. Jedoch nicht mit den Waffen der Ueberredung will ich streiten, sondern ich führe nur Thatsachen dem Leser vor, — Thatsachen, welche zwar noch nicht lange aufgefunden, doch so oft geprüft und von Anderen wiederholt worden sind, dass über ihre Richtigkeit kein Zweifel waltet. Seit mehr als 100 Jahren hat man in die Ganglien die Quellen der unwillkürlichen Bewegungen gesetzt und diese sich als mehr oder weniger unabhängig vom Gehirn und Rückenmark gedacht. Nachdem nun die neueren mikroskopischen Untersuchungen gelehrt hatten, dass wirklich von

Ganglienkugeln Nervenfasern entspringen, und diese Fasern eigenthümliche Charaktere darbieten, nachdem durch scharfsinnige Combinationen der Theorie alle Lichtseiten abgewonnen waren, glaubte man in neuester Zeit mehr als je daran, dass die Unterscheidung eines animalen und vegetativen Nervensystems unumstösslich wäre. Und dennoch — man sollte es kaum glauben —, obwohl unter hundert Aerzten mehr als neunzig auf diese Ansicht schwören, existirt bis auf den heutigen Tag noch nicht ein einziger, exacter, wissenschaftlicher Beweis, dass irgend eine unwillkürliche Bewegung von den Ganglienнerven beherrscht wird.

Ich vermesse mich nun freilich kaum zu hoffen, dass die Ueberzeugung von dieser vorgefassten Meinung allgemein, ja dass sie nur von dem grösseren Theile der Aerzte in der nächsten Zeit getheilt wird, — denn ein Vorurtheil, gepflegt ein Jahrhundert lang, genährt von trefflichen Männern, wird nicht so rasch ausgerottet. Aber ich würde schon einen grossen Theil meines Zweckes erreichen, wenn ich bei vielen meiner Collegen einen Zweifel weckte, der immer neues Ferment in die Wissenschaft bringt.

Behaupte ich auf der einen Seite, die Bichat'sche Ansicht sei bis jetzt unerwiesen, so bringe ich für ein unwillkürlich bewegtes Organ den strictesten Beweis, dass diese Bewegung nicht von den Ganglien, sondern vom Rückenmarke regiert wird. Ich habe auch anderswo eben so sicher nachgewiesen, dass auf die Bewegung der Capillargefässe, der man einen grossen Einfluss auf die Ernährung ohne Zweifel zuschreiben muss, und auf die Wärme des Kopfs das Rückenmark mächtig einwirkt, ohne dass sich dabei die Ganglien betheiligen. Somit möchte es wohl nicht als abgemachte Sache gelten dürfen, was man gemeinhin über die Wirkung des Gangliensystems und des sympathischen Nerven denkt.

Endlich enthalten die hier niedergelegten Untersuchungen einige Andeutungen über die sogenannte Spinalirritation, ein Uebel, welches immer noch vieler Aufklärung bedarf; — sowie natürlich die krankhaften Zustände, welche mit Pupillenveränderung vorkommen, einer gebührenden Rücksicht unterworfen worden sind.

Bonn, im November 1854.

Budge.

I n h a l t.

Wenn einem nachdenkenden Menschen eine Erscheinung entgegentritt, welche sein Interesse erweckt, so fühlt sich derselbe aufgefordert, sie von dreierlei Gesichtspunkten aus aufzufassen. Man will nämlich zuerst den Körper, an dem die Erscheinung zu bemerken ist, und alle seine Eigenschaften kennen lernen, um sich dann mit den wirksamen Triebfedern der Thätigkeit bekannt zu machen, durch welche die Erscheinung möglich wird.

Zweitens will man die Gelegenheiten aufsuchen, bei welchen die Erscheinung sich wiederholt, und drittens den Zweck errathen, den sie hat.

In so viel Abtheilungen soll die Erscheinung untersucht werden, von welcher diese Schrift handelt.

E r s t e s   B u c h.

Die Erscheinung der Irisbewegung an sich.

Erster Abschnitt.

B e s c h r e i b u n g   d e r   I r i s.

Erstes Capitel.

A l l g e m e i n e s.

§. 1.

Bedeutung der Namen: Iris und Pupille.

Hinter der durchsichtigen Hornhaut (*cornéa*) des Auges erblickt man die von einer beim Menschen kreisrunden [1]) Oeffnung (P u p i l l e genannt) durchbrochene Membran, die I r i s oder R e g e n b o g e n h a u t (Blendung). Ihr Name rührt daher, dass ihre Farbe bei verschiedenen Menschen verschieden ist [2]).

---

[1]) Bei vielen Thieren ist sie nicht kreisrund, sondern nach einer Richtung länger, als nach der anderen. Bei Zweihufern, bei Einhufern, bei Fröschen ist der horizontale Durchmesser von einem Augenwinkel zum anderen grösser, als der perpendiculäre, umgekehrt beim Kaninchen, der Katze; besonders auffallend ist dies bei *Pelobates fuscus*, wo die Pupille eine perpendiculäre Spalte ausmacht. — Auch beim Menschen wurden abnormer Weise abweichende Formen der Pupille gefunden, so dass sie z. B. ganz oval war, vergl. *P l e m p i i ophthalmographia. L.* 3, *c.* 8, *p.* 98. — T o d e, in *Act. Acad. Hafn. Vol. II, obs.* 30. — H a g s t r ö m, in Abh. der schwed. Akad. übers. von Kästner. Bd. 36, S. 150. — *Ephem. nat. cur. VIII, p.* 134. — Reil's Arch. V, S. 63. — B l o c h, in Richter's chir. Bibl. II, 58; ferner IV, 230 (Tode); VII, 104 (Hagström).

[2]) Verschiedene ältere Autoren belegen mit dem Namen Iris die Farbenverschiedenheit selbst, so *F a r o l, P e t i t, cf. Mém. de l'Acad.* 1728, *p.* 297, *ed.* 12. — An-

Entsprechend der Stelle, an welcher die *cornea* an die weisse Haut (*sclerotica*) sich anfügt, gränzt die Iris an die *chorioidea*. Diesen Rand der Iris nennt man Ciliarrand, *margo iridis ciliaris s. major*. Der innere kleinere die Pupille umgränzende Rand heisst Pupillarrand, *margo iridis pupillaris s. minor*. Beide Membranen, die *chorioidea* und *iris*, sind an ihrer äusseren und resp. vorderen Fläche glatt, an ihrer inneren resp. hinteren mit Pigment belegt und rauh. Hat man von dem Augapfel die *cornea* und *sclerotica* abpräparirt und zieht durch die Pupille alle noch von der *chorioidea* und *iris* umfassten Theile heraus, so bleibt eine von diesen beiden Membranen gebildete Hülse, an welcher hinten gewöhnlich der Sehnerv hängen bleibt. Man hat dieselbe früher mit dem Balge einer rothen Traube verglichen [1]) und beide Membranen zusammen mit dem Namen: traubenförmige Haut, ῥαγοειδὴς, ῥαγισταφυλὴς, *uvea*, *acinulis*, bezeichnet [2]).

---

dere bezeichnen mit demselben Namen die Stelle, wo die Augenhäute zusammenkommen und sich vereinigen, so *Galen, De usu part. X, c.* 3, der sieben Augenhäute annimmt, ebenso *Ingrassias* und *Casserius, cf. Zinn, de oc. II*, 1, 1. Anstatt des Ausdrucks *iris* finden sich hier und dort in älteren Schriften noch andere Bezeichnungen, wie *Sol* bei Scheiner: *Oculus. p.* 30. *Uvea*, s. unten Anm. 2. Auch ῥώξ, *cf. Julius Pollux Onomasticon.* — Rufus Ephesius (im 2. Jahrhunderte unter Trajan) sagt: *Quod autem inter pupillam atque album continuum interjacet, iris est: sic utique, quod colore evariet, nominatur: nam modo nigram, modo igneum, modo cesium, modo splendidum id esse conspicimus. Cf. Rufi Ephesii de vesicae renumque morbis, de purgantibus medicamentis, de partibus corp. h. Ed. Clinch. Lond.* 1726, 4., *p.* 25. 48.

[1]) Dieser Vergleich rührt von Herophilus her, *cf. Spiegel, De h. corp. fabr. Venet.* 1627, *p.* 326. Die bezügliche Stelle findet sich bei *Rufus l. c. p.* 35.

[2]) Anstatt die beiden Membranen (*chorioidea* und *iris*) mit dem einen Namen *uvea* zu belegen, findet man sie auch als *coerulea* bezeichnet, und *uvea* als den vorderen Theil der *coerulea*. Schon Galen nennt sie κυάνη, *i. e. coerulea. Cf. Volcher Coiter ext. et int. h. corp. part. Norib.* 1572. — Ein dritter Name für beide Membranen ist *choroides*. Man vergl. *Galen. De usu part. X, c.* 4. *Celsus VII*, 7. — Manche spätere Autoren nennen gleichfalls beide Membranen zusammen: *uvea*, z. B. *Vesalius* (*De humani c. f. Basil.* 1542, *p.* 803), *Plempius* (*Ophthalmogr. Lovan.* 1648, *p.* 13), *Fabricius ab Aquapendente* (*De oculo*, 1660, *p.* 6), *Vesling* (*Syntagma anat. Patav.* 1651, *c.* 15), und viele Andere, in neuerer Zeit Herr Brücke (Anat. Beschreibung des Augapfels. Berl. 1847, S. 38). Hingegen findet man auch bei alten Autoren beide Membranen als zwei unterschieden. Schon Rufus sagt: *Secunda (oculi tunicarum)* ῥαγοειδὴς *atque* χοροειδὴς *dicitur: qua parte corniculari (i. e. corneae) subjicitur, rhagoides, quod exterius laevore, interius aspritudine uvae acino (Graece:* ῥαγὶ*) sit persimilis; qua vero albam tunicam subit, choroides vocatur, quoniam venulis referta, secundinas quas vocant foetui circumdatas* (τῷ περὶ τὸ ἔμβρυον περικειμένῳ χοροειδεῖ) *repraesentat. l. c. p.* 36

Indess erscheint es passender, mit Riolan [1]), Palucci [2]), Möhring [3]), Zinn [4]) und Anderen, beide Membranen als zwei verschiedene anzusehen, da sie sowohl durch ihre Structur, als ihre Functionsäusserung sehr von einander abweichen. Die Iris ist überaus nervenreich, die *chorioidea* arm an Nerven, die ganze Iris enthält Muskelfasern, während nur ein Theil der *chorioidea*, das sogenannte *ligamentum ciliare* oder *tensor chorioideae* (Brücke und Bowman) muskulös ist. — Man kann auch beide Membranen mit Leichtigkeit von einander trennen, wenigstens bei Menschen, Säugethieren und Vögeln, inniger hängen sie bei Fischen zusammen [5]).

Blickt man durch die *cornea* in die Pupille, so sieht man auf einen schwarzen Grund, weshalb man sowohl im Alterthume, wie noch heute im gemeinen Leben die Pupille das Schwarze im Auge nennt. Hippokrates [6]) und Aristoteles [7]) gebrauchen dafür: τὸ μέλαν τοῦ ὀφθαλμοῦ, *i. e. nigrum oculi profundum.* Im Hebräischen findet sich אִישׁוֹן־עַיִן (von אָשַׁן, *i. e. nigrum esse R. Raschi*) z. B. 5. Mosis 32, 10. Sprüchwörter Sal. 7, 2.

Auf dem schwarzen Grunde spiegelt sich das Bildchen des Hereinblickenden, und daher wurde in verschiedenen Sprachen anstatt der Oeffnung, durch welche man das Bildchen sieht, das Bildchen selbst genommen. So entstand der Ausdruck *pupilla s. pupula* [8]), d. i. das Püppchen, griech. κόρη [9]), das Mädchen, oder

---

[1]) *Riolani filii anthropogr. Par.* 1626, *IV*, *p.* 416.

[2]) *Palucci, Méthode d'abattre la cataracte, p.* 12.

[3]) *Möhring, Diss. de visu.* §. 24.

[4]) *Zinn, De oc. Ed. sec. p.* 89.

[5]) *Halleri, Elem. phys. XVI*, 2, 10.

[6]) *Hippocrates, De carnibus.*

[7]) *Aristoteles, Hist. anim. IV*, 8, *p.* 912.

[8]) Der Ausdruck *pupula* oder *pupilla* findet sich schon bei *Cicero de nat. deorum II*, 57: *Acies ipsa, qua cernimus, quae pupula vocatur, ita parva est, ut ea, quae nocere possint, facile vitet.* — Dass man die Pupille als Punkt ansah, von welchem die Sehkraft ausging, darauf deuten auch andere Aussprüche. So *Rufus l. c. p.* 25: *Oculi vero, quod in medio aspicitur, visio et pupilla nuncupatur.* *Isidorus* († 636 *p. Chr.*): *Pupilla est medius punctus oculi, in quo vis est videndi, ubi quia parvae imagines nobis videntur, propterea pupillae appellantur. Nam parvuli pupilli dicuntur. Hanc plerique pupulam vocant. Vocatur autem pupilla, quod sit pura atque impolluta, ut sint puellae, cf. Isidorus Hispalensis Etymologica. Lib. XI*, 37. Die letztere Erklärung von *pupilla*, weil sie mit einer reinen Jungfrau zu vergleichen sei, welche, wie *Fabricius ab Aquapendente* sagt, *rerum simulacra suscipiat aut concipiat potius*, findet man von späteren Aerzten adoptirt, *cf. Fabricius ab Aquapend. de oculo*, 1613, *p.* 5. Sie ist jedoch viel weniger wahrscheinlich, während das Bildchen

auch *γλήνη*[1], *i. e. simulacrum*, hebr. בַּת־עַיִן[2], d. i. das Mädchen des Auges.

§. 2.

Lage und Ausdehnung der Pupille.

Die Pupillenapertur wechselt während des Lebens durch verschiedene Ursachen, auch noch gleich nach dem Tode ändert sie sich. Um sie mit Bestimmtheit zu messen, schneide man sie einen Tag nach dem Tode aus und messe sie unter Wasser. Durch die *cornea* gesehen, erscheint sie grösser, als sie wirklich ist; schneidet man die *cornea* weg, und misst sie dann, so erhält man nicht immer die richtige Grösse, weil sie leicht an der Linsenkapsel adhärirt. Meinen bei menschlichen Leichen angestellten Messungen zufolge finde ich in der Mehrzahl die Apertur zwischen 5,33^{mm} und 7^{mm}. — Nicht selten fand ich den horizontalen Durchmesser um ein Weniges (0,1 — 0,2^{mm}) grösser, als den verticalen.

---

im Auge eine sehr auffallende Erscheinung ist. So *Plinius Hist. nat. XI, c.* 55 (*Ed. Franzius*): *iis, (oculis) absoluta vis speculi, ut tam parva illa pupilla totam imaginem reddat hominis.* Bestimmter scheint Lucretius unter *pupilla* die Oeffnung selbst zu verstehen, wenn er IV, 245 sqq. sagt:

Et quantum quaeque a nobis res absit, imago
Efficit, ut videamus et internoscere curat.
Nam cum mittitur extemplo protrudit agitque
Aera, qui inter se cunque est oculosque locatus
Isque ita per nostras acies prolabitur omnis
Et quasi perterget pupillas atque ita transit.

Vergl. auch *Horat. Epod. V,* 40. *Ovid. Am. I,* 8, 15. *Manil.* 4.

[3]) Unter *κόρη* verstand man entweder wie auch zuweilen unter *pupilla* den eigentlich zum Sehen bestimmten Theil, daher sagt *Rufus l. c. p.* 48: *κόραι αἱ ὄψεις*. Oder man verstand darunter das Bildchen und identificirte *κόρη* und *γλήνη*. Letzteres erklärt Rufus mit *εἴδωλον τὸ ἐν τῇ ὄψει φαινόμενον* (*simulacrum in pupilla apparens*). Es war übrigens in viel späterer Zeit der Ort im Auge, an welchen das Sehvermögen geknüpft ist, noch nicht bekannt. Namentlich betrachteten Viele, zuerst Mariotte (*Op. omn. p.* 496) die *chorioidea* als den zum Sehen bestimmten Theil. Noch im Jahre 1743 schrieb John Taylor eine Brochüre: *An impartial inquiry into the seat of the immediate organ of sight viz. whether the retina or choroides. Lond.*

[1]) *Γλήνη* nach Fabricius abgeleitet von *γαληνοῦν*, d. h. ruhig, heiter machen, *quia mentem tranquillam ostendat.* Nach demselben Autor nennt man auch die Pupillen *ἴλλοι ἀπὸ εἰλήσεως* (*εἴλειν*, ion. *ἴλλειν* einwickeln), *h. e. a circumvolutione, quod involutos in se plures humores contineant.* — Hier wird wieder *pupilla* mit *uvea* verwechselt. — Andere Synonyme für die Pupille sind *ὄψις, χήμια, σφενδόνη*.

[2]) S. Psalm 17, 8. Klaglied Jerem. 2, 18.

Den Pupillendurchmesser geben an:

Petit [1]) 1,5 — 3‴ = 3,37 — 6,75^{mm},
Krause [2]) 1 — 2‴ = 2,25 — 4,50^{mm},
Huschke [3]) 1,5 — 3‴ = 3,37 — 6,75^{mm}.

Den Durchmesser der Pupille fand ich in jener Weise gemessen:

	Horizontal.	Vertical.
beim ausgewachsenen Kaninchen	4,5 — 6^{mm}	5 — 7^{mm}
bei 2 Fuss grossen Hunden	4 — 5,5	4 — 5,5
beim ausgewachsenen Schweine	10	10
beim „ Ochsen	11	3 an den Rändern 2 in der Mitte
beim „ Käuzchen	8	8
bei der „ Taube	4	4
beim „ Truthuhn	5,5	5,5
beim „ Frosche	3	2,5

Die Pupille liegt, wie Winslow zuerst bemerkt hat, nicht in der Mitte der Iris, sondern näher der Nase als der Schläfe, und zwar, wie ich übereinstimmend mit Herrn Krause finde, um $^1/_5$ näher nach innen als nach aussen.

Die Mittelpunkte der Pupillen beider Augen sind nach Krause's genauen Messungen 2″ 2‴ (= 58,5^{mm}), höchstens 2″ 6‴ (= 67,5^{mm}) von einander entfernt.

§. 3.

Begränzung der Iris.

1) Nach hinten.

Die Iris deckt einen grossen Theil der hinter ihr liegenden Linsenkapsel und Linse. Ob indess noch ein Raum zwischen Iris und Linsenkapsel vorhanden sei, oder ob erstere dicht auf dieser aufliegt, darüber herrschen Meinungsverschiedenheiten. Die Frage jedoch ist nicht müssig, da sehr viel bei der Erklärung der Be-

---

1) *Petit* in *Mém. de l'acad.* 1725. *Ed.* 12, *p.* 19.
2) Krause, Handb. der menschl. Anat. Hann. 1843, S. 529.
3) Huschke, in Sömmering's Bau des menschl. Körpers, Bd. V, S. 608.

wegung von dieser Lage abhängt. Heister macht zuerst in seinem *Compendium anatomicum* auf eine vordere und hintere Kammer aufmerksam, letztere zwischen Hinterfläche der Iris und Vorderfläche der Kapsel gelegen. Vollständig geläugnet wurde diese hintere Kammer von Winslow, Senac, Lieutaud und in den neuesten Zeiten von den Herren Cramer und Carion. Obwohl Winslow[1]) behauptet, die Iris liege unmittelbar auf der Linse auf, so stellt er doch die hintere Kammer nicht ganz in Abrede, was freilich einen Widerspruch einschliesst. Er sagt nämlich: *Les Yeux humains gelés, que j'ai demontrés à la Compagnie, confirment ce que je viens d'avancer sur l'Iris. Ayant coupé chacun de ces Yeux par le milieu de la Prunelle en deux parties égales, je fis voir clairement qu'il n'y paroissoit presque point de chambre postérieure et qu'entre l'Iris et le Crystallin vers la Prunelle, on entrevoyoit à peine une petite portion de lame glaciale très-mince* (*l. c. p.* 415). Winslow tritt somit den Angaben von Heister und Morgagni bei, welche den hinteren Kammerraum als einen sehr kleinen angegeben haben. — In allen neueren Werken über Anatomie des Auges ist die Existenz einer hinteren Kammer anerkannt. In der jüngsten Zeit hingegen wird von den Herren Stellwag v. Carion[2]) und Cramer[3]) eine hintere Kammer gänzlich geläugnet.

Drei Gründe sind es, auf welchen das Urtheil über das Dasein oder Fehlen der hinteren Kammer beruht: 1) die directe Beobachtung an Augen nach dem Tode; 2) chirurgische Operationen an Lebenden, bei denen durch das Führen des Instruments auf die An- oder Abwesenheit eines solchen Raumes zu schliessen ist; 3) die Beobachtung an Augen mit getrübten Linsen.

Ad 1) Unter gewöhnlichen Umständen ist es nicht thunlich, sich von einer hinteren Kammer mit Sicherheit zu überzeugen. Denn um zur Iris zu gelangen, muss man die *cornea* ablösen, wo-

---

[1]) *Winslow* in *Mém. de l'acad.* 1721, *p.* 413 (*Ed.* 12): *Ayant observé plusieurs fois que l'Iris paroît convexe dans le vivant; même pendant que la Prunelle est retrecie, j'ai été fort surpris comment cela se pouvoit faire: car naturellement devroit pour lors s'applatir par l'action de ses fibres circulaires, s'il n'y avoit rien de solide ou de ferme derrière elle qui pût l'empecher et causer cette convexité. J'ai voulu m'éclaircir là dessus par l'Anatomie et il m'a paru que dans l'etat sain et naturel de toutes les parties internes de l'Oeil, c'est le Crystallin qui faite cette convexité et que l'Iris glisse immédiatement sur lui.*

[2]) Stellwag v. Carion, in Zeitschr. der Ges. der Aerzte zu Wien. Bd. VI, S. 133.

[3]) *Cramer, Het Accommodatievermogen der Oogen. Haarlem.* 1853. *p.* 67.

durch natürlich der *humor aqueus* ausfliesst; und dann legt sich die Iris dicht an die Linse an. Man hat daher, wie zuerst 1663 von Merret[1]) angegeben worden, an gefrornen Augen Untersuchungen darüber angestellt. So Verheyen, Dorsten, Morgagni, Heister[1]), Winslow[2]), Petit[3]), Bertrandi[1]), Haller[1]), Zinn[4]), Cramer[5]) und ich. So leicht es scheint, auf diesem Wege zu bestimmten Resultaten zu gelangen, so stellen sich dennoch mancherlei Schwierigkeiten entgegen.

a) Nach dem fast einstimmigen Urtheile Aller, welche eine hintere Kammer annehmen, ist dieselbe von einer sehr geringen Tiefe, und bei Weitem nicht so geräumig als die vordere Kammer. Wenn ich von den Angaben der ältesten Anatomen, wie Vesal, absehe, welche glaubten, die wässerige Flüssigkeit sei über die Hälfte des *bulbus* verbreitet, so war nur Woolhouse, welcher die hintere Kammer geräumiger als die vordere ansah. Er war jedoch ein eifriger Anhänger der alten Lehre, dass der graue Staar eine Membran sei, und gebrauchte jene Ansicht zur Begründung seiner Theorie. Wir verdanken Petit die gründlichsten Messungen über die Grösse der hinteren Kammer. Die Entfernung von der Pupillenaxe bis zur Linse beträgt nach ihm beim Menschen $^1/_8$ bis $^1/_4'''$, in der Peripherie $^1/_6$ bis $^3/_8'''$; ferner von der Pupillenaxe bis zur Mitte der *cornea* (d. i. die vordere Kammer) $^1/_2$ bis $1'''$. — Bei Thieren fand er folgende Resultate, die hier übersichtlich zusammengestellt sind. — In Linien:

	Hund.	Wolf.	Schaf.	Rind.	Pferd.
Vordere Kammer im Centrum	$1-1^1/_2$	$1^1/_4$	$1^1/_4-2$	$1^1/_4-2^1/_2$	$3-3^1/_2$
Hinter Kammer in der Mitte	$^1/_4-^1/_3$	$^1/_2$	$^1/_4-^1/_3$	$^1/_3-^1/_2$	$^1/_3-^1/_2$
In der Peripherie . .	$^1/_2$	—	$^1/_2$	$^3/_4$	$^2/_3$.

Dem Gewichte nach betrug die Menge von Flüssigkeit in der

vorderen Kammer 2,50 Grain
hinteren „ 1,59 „

1) *Cf. Haller. El. phys. XVI. Sect. II.* §. 23.
2) *Winslow, Mém. de l'acad.* 1721.
3) *Petit, Ibid.* 1723.
4) *Zinn. Descr. anat. oc. hum. VI,* §. 1, *p.* 128.
5) *Cramer. l. c. p.* 66.

Wenn nun bei der geringen Menge von Flüssigkeit in der hinteren Kammer das Auge eine Zeit lang nach dem Tode erst untersucht wird, so ist ein Theil durch die *cornea* hindurch verdunstet und die Menge daher noch geringer geworden. Ja die Verdunstung findet sogar schon vor dem Tode in grösserem Verhältniss Statt als die Flüssigkeit wieder ersetzt wird, weshalb die *cornea* schon vor dem Tode einsinkt und die Iris natürlich der Linse näher gerückt wird.

Herr Cramer giebt nun zwar an, dass er bei Augen, die wenige Stunden nach dem Tode zum Frieren hingestellt waren, kein Eis zwischen Iris und Linse aufliegend gefunden habe, und jene dicht auf dieser. Dagegen haben Andere, wie Petit, Haller u. A. und ich selbst, wohl Eis angetroffen; und in der That sind in solchen Fällen positive Erscheinungen beweisender. Man findet aber, wie auch Petit angiebt und was ich gleichfalls bestätigen kann, häufig auch gar kein Eis, — was nach den oben angegebenen Bemerkungen erklärlich ist.

b) Beim Längsdurchschnitt zerbröckelt sich leicht die kleine Eismenge und fällt heraus. Man thut daher viel besser, wenn man die *cornea* ablöst; dann kann man die Iris aufheben und dahinter das Eis eher finden. — Dies Eis hat eine schmutzige Farbe, indem es vom Pigmente an der hinteren Irisfläche gefärbt ist. Bei alten Augen verbindet sich sogar dies Eis mit dem der Linse, was man theils durch die Unebenheit, theils durch die Schwärze erkennt. In solchen Fällen findet sich natürlich kein Eis in der hinteren Kammer; aber ich habe wohl gesehen, dass die Iris von dem Eise noch etwas abstand.

c) Endlich kommt noch hinzu, dass nach Petit's Untersuchungen beim Frieren das Auge an Volumen zunimmt, obwohl es an Gewicht verliert; dass besonders die Ausdehnung die Glasfeuchtigkeit betrifft, welche beim Menschen zwanzig Mal, beim Rinde zehn Mal, beim Schafe neun Mal soviel beträgt, als die wässerige Feuchtigkeit. Hier folgen Gewichts- und Maassbestimmungen der verschiedenen Augendurchmesser, von Petit an drei Ochsenaugen gemacht:

	Im ungefrornen Zustande.	Im gefrornen Zustande.
Gewicht	1 ℥ 36 Gr.	7 ʒ 65 Gr.
Horizontaler Durchmesser	18¾'''	19'''
Verticaler Durchmesser .	18½'''	18¾'''
Augenaxe	16¼'''	17'''
Gewicht	7 ʒ 67 Gr.	7 ʒ 20 Gr.
Horizontaler Durchmesser	18'''	18½'''
Verticaler „	18'''	18½'''
Augenaxe	15⅔'''	16½'''
Gewicht	7 ʒ 24 Gr.	6 ʒ 40 Gr.
Horizontaler Durchmesser	17'''	18'''
Verticaler „	17'''	18'''
Augenaxe	15'''	16¾'''

Beachtet man diese Schwierigkeiten einerseits und die positiven Thatsachen andererseits, so ist das Resultat, dass allerdings eine hintere Kammer zufolge directer Beobachtung anzunehmen sei, deren Durchmesser jedoch etwa den vierten Theil des Durchmessers der vorderen Kammer ausmacht.

Ad 2) Existirte keine hintere Kammer, so würde man nicht leicht mit der Staarnadel sich zwischen Iris und Linse herbewegen können, um die Linse nach abwärts zu drücken. In hundert Fällen würde man mehr wie neunzig Mal die Linsenkapsel oder die Iris anspiessen müssen. Jeder Augenarzt weiss aber, dass das nicht der Fall ist, und man mit Gemächlichkeit das Instrument in dem Raume zwischen Iris und Linse fortführen kann. Dies scheint mir einer der schlagendsten Gründe zu sein, welcher gegen die Abwesenheit einer hinteren Kammer spricht.

Ad 3) Wenn die Linse getrübt ist, so sieht man den Schatten der Iris auf der Linse, weil zwischen beiden ein durchsichtiger Körper ist, nämlich die Linsenkapsel. Wenn die Linsenkapsel getrübt ist, was viel seltener vorkommt, so soll man den Schatten nicht sehen. Man muss jedoch dabei zweierlei beachten, nämlich erstens den kleinen Raum, den die hintere Kammer einnimmt, und zweitens, dass in der That durch die Krankheit der Kapsel die hintere Kammer ganz verschwinden kann.

Die Iris gränzt mithin nach hinten zunächst an die wässerige Flüssigkeit der hinteren Kammer. Es ist aber eigentlich nicht die

Iris selbst, sondern die Pigmentschicht, welche ihre hintere Fläche deckt. An einer frischen Iris hängt diese Schicht fest an; bleibt jene aber eine Zeit lang in Wasser liegen, so löst sie sich wie eine Membran theilweise ab und flottirt im Wasser. Diese Membran ist dieselbe, welche Jacob als seröse Membran beschrieben hat, sie macht einen Theil der von Pacini als *membrana limitans* bezeichneten aus und wird von Krause als *membrana pigmenti* bezeichnet. Sie hat keine besondere Structur, besteht vielmehr hauptsächlich aus Epithelial- und Pigmentzellen, welche ein kleinkörniges, dunkles Pigment enthalten. — Dieses Pigment kann bei starken mechanischen Erschütterungen des Auges sich ablösen. Läge die Iris dicht auf der Linse, so würde, wie Petit mit Recht bemerkt, gewiss die Linsenkapsel von dem Pigment in solchen Fällen gefärbt sein, was niemals der Fall ist.

2) Nach vorn

ist die Iris von dem vorderen Kammerwasser bespült. — Aber auch hier deckt, wie hinten, ein Epithelialüberzug die Iris, welcher als Fortsetzung des Epithelialüberzuges der hinteren *cornea*-Fläche angesehen werden kann.

3) Nach aussen

gränzt die Iris an die Stelle, an welcher die drei Membranen, die *cornea, sclerotica* und *chorioidea* zusammenstossen. Die hintere Wand der *cornea*, die *membrana Descemetii*, geht von dem äusseren Rande der *cornea* zum äusseren Rande der Iris über und endigt hier. Man überzeugt sich leicht davon, wenn man das vordere Segment des *bulbus* abschneidet, die Linse wegnimmt, einen Theil der Iris von der *cornea* lostrennt und aufhebt. Weiter als bis zum äusseren Rande der Iris geht die Descemet'sche Haut nicht, während die Epithelialschicht, welche die letztere überkleidet, sich noch über die Vorderfläche der Iris fortsetzt.

Hinter dieser Verbindung mit der *cornea* legt sich der äussere Irisrand an das sogenannte *ligamentum ciliare*, diesen weissen Endring der *chorioidea*, welcher nach der Entdeckung von den Herren Brücke[1]) und Todd[2]) wesentlich ein aus cylindrischen Fasern bestehender Muskel — *tensor chorioideae* — ist, mit Bindegewebs-

[1]) Brücke, Anat. Beschr. des Auges. Berl. 1847. S. 18.

[2]) *Todd and Bowman, Physiol. anat. II, p.* 26. 27.

fasern reichlich verwebt. Dies Bindegewebe geht von da auch bis zur Anheftungsstelle der Descemet'schen Haut hin.

Endlich ist noch hinter dieser zweiten Befestigung die Iris in den äussersten Rand der Ciliarfortsätze eingefalzt.

§. 4.

Durchmesser, Gewicht und Form der Iris.

Nach der Nasenseite zu ist die Entfernung vom Pupillar- nach dem Ciliarrande bei Menschen = 3,3 bis 3,6^{mm} (= 1,4 bis 1,6'''), nach der Schläfenseite = 3,8 bis 4,5^{mm} (= 1,68 bis 2'''). — Der Durchmesser der ganzen Iris beträgt, wenn die Iris isolirt gemessen wird, nahe 14^{mm}=6'''. — Ihre Dicke ist nach Herrn Krause am Ciliarrande 0,225 bis 0,303^{mm} = 0,1 bis 0,135'''. Vom Ciliarrande an nimmt sie zu, bis in die Nähe der Pupille, wo der kleine Kreis beginnt; hier wird die Iris wieder bis zum Pupillarrande dünner. — Was die Länge der Iris betrifft, d. h. den Umfang des Kreises, so muss man den der Pupille zunächst liegenden inneren kleinen Ring, *annulus minor*, der eine Breite von ungefähr 1^{mm} hat, und den äusseren concentrischen Ring, *annulus major*, der etwa 2,5 bis 3,5^{mm} breit ist, unterscheiden. Der Umfang des kleinen Ringes, direct gemessen, ist = 30^{mm} (= 13,3'''), der Umfang des grossen, am Ciliarrande gemessen, = 35^{mm} (= 15,5''').

Das Gewicht der Iris ist nach Herrn Huschke 56 Millgr. und verhält sich zum Augapfel ohne Muskeln = 1 : 121 und zur *chorioidea* = 1 : 8.

Blickt man in das Auge eines lebenden Menschen, so erscheint die Iris gewölbt; schneidet man an einer Leiche die *cornea* hinweg, so zeigt die Iris sich gleichfalls convex. Beides kann aber dennoch nicht maassgebend sein. Denn das Erstere kann auf einer Gesichtstäuschung beruhen, die durch die Brechungsverhältnisse entstanden ist, und das Letztere ist nothwendig, weil die im Ganzen weiche Iris auf der festen Linse ruht, wenn der *humor aqueus* ausgeflossen ist.

Man mache sich von Thon eine halbe Hohlkugel, welche hinten eine kleine Oeffnung hat, lege eine in der Mitte durchbrochene ebene Gummiplatte darauf und schliesse durch ein Uhrglas die Kugel. Sieht man durch das Glas auf die Gummiplatte, so erscheint sie natürlich plan, giesst man aber in die thönerne Halbkugel von hinten Wasser, wodurch der Raum zwischen Gummiplatte und Uhrglas auch gefüllt wird, so erscheint die Gummiplatte convex. So würde also auch die Iris convex erscheinen und doch wirklich plan sein können.

Es haben sich die verschiedenen Beobachter sehr abweichend ausgesprochen. Die ältesten hielten fast durchgehends die Iris für convex, wie Scheiner, Woolhouse, Winslow, — während Vesal und Aquilonius die Einzigen waren, welche sie für plan hielten. Mit grossem Scharfsinne suchte Petit [1]) diese letztere Ansicht beim menschlichen Auge zu beweisen, und hat eine Reihe sinnreicher Versuche angestellt. So z. B. glaubt er, dass nach dem Tode die Iris so oft deshalb gewölbt erscheine, weil der *humor aqueus* so rasch verdunste und daher die Iris auf der Linse aufliege. Bei verschiedenen Temperaturen bestimmte er die Verdunstung der einzelnen Augenflüssigkeiten und Häute, indem er ein frisches Auge mit einem anderen, das 24 Stunden gelegen hatte, verglich. In der folgenden Tabelle sind Petit's Resultate summarisch zusammengestellt.

	wog frisch	verlor nach 24 St.	wog frisch	verlor nach 24 St.	wog frisch	verlor nach 24 St.	wog frisch	verlor nach 24 St.
	Gr.	Gr.	Gr.	Gr.	Gr.	Gr.	Gr.	Gr.
Die wässerige Feuchtigkeit	4	2	4	4	38	25	34	34
Die Krystalllinse	4	1	4	1	52	2	54	5
Der Glaskörper	104	8	95	21	360	80	347	60
Die Augenhäute	31	5	29	11	165	23	166	60
	vom Menschen im Winter.		vom Menschen im Sommer.		vom Ochsen im April.		vom Ochsen im Juni.	

Hiernach verliert:

	im Winter	im Sommer
die wässerige Feuchtigkeit . . .	50—65%	100%
die Augenhäute	13—16%	36—37%
die Krystalllinse beim Menschen	25%	—
der Glaskörper beim Menschen .	8%	20%

[1]) *Petit* in *Mém. de l'acad.* 1728, *p.* 206.

Legt man Augen in Wasser, so erscheint auch dann noch die Iris convex, und zwar nach Petit deshalb, weil mehr Wasser zu den anderen Augentheilen, als durch die *cornea* dringe. Er fand nach 24stündigem Liegen in Wasser die Zunahme

der wässerigen Flüssigkeit um 1 Gr. (von 3),
der Krystalllinse . . . „ 1,25 (von 2,75),
des Glaskörpers . . . „ 9,50 (von 68),
der Augenhäute . . . „ 6,25 (von 33,25).

Diese Zahlen beweisen jedoch gar nicht, dass die *cornea* weniger Wasser durchliess als die übrigen Häute. Ueberhaupt kann ich bei Petit keine überzeugenden Gründe finden, aus denen hervorginge, dass die Iris nicht convex sei. Ich glaube, diese Annahme war streng an die einer hinteren Kammer geknüpft. Wenn die Iris nämlich ganz weich und nachgiebig ist, so kann sie, in einer Flüssigkeit aufgehangen, nicht anders als plan sein. Aber es fragt sich, ob sie wirklich so weich sei.

Meinen Beobachtungen nach kann ich nicht anders, als die Iris für eine zwar schwach, aber doch bestimmt convexe Scheibe halten. Wenn ich eine menschliche Iris ins Wasser lege, so zeigt sich deutlich die convexe Fläche vorn, die concave hinten, wo das Pigment anliegt. Bleibt hingegen die Iris mehre Tage im Wasser liegen, so erkennt man durch diese Form nicht mehr, was vorn und hinten sei. Sie ist ganz schlaff und weich geworden. Ich kann überhaupt nicht finden, was sich oft bei Beschreibung der Iris angegeben findet, dass sie so sehr zart sei. Vielmehr hat sie eine nicht unbedeutende Zähigkeit, sie widersteht Wochen lang der Fäulniss, und verträgt viele stark einwirkende Substanzen, ohne zerstört zu werden.

Auch in den gefrornen Augen glaube ich die Iris nicht anders als convex gesehen zu haben. Ich möchte daher nicht den so gewöhnlichen Vergleich billigen, dass die Iris hinter der *cornea*, wie ein Zifferblatt hinter dem Uhrglas stehe.

Vor einigen Jahren hat Herr Czermak [1]) einen kleinen Apparat angegeben, um das Auge untersuchen zu können, wenn es ganz mit Wasser umgeben ist. Er nennt ihn: Orthoskop. Es ist ein zum Anlegen an das Auge angepasstes Kästchen, welches sowohl oben als auch da, wo es das Auge berührt, ohne Wände

---

[1]) Czermak, in der Prager Vierteljahrsschr. 1851, IV. Bd. S. 159.

ist, also nur eine vordere, äussere, innere und untere Wand hat. Die beiden ersten sind von geschwärztem Blech, die anderen von Glas, wasserdicht zusammengefügt. Dieses Kästchen wird genau vor das Auge gedrückt, am unteren Rande mit Brotkrumen verstopft, dann gefüllt. Man soll bei der Durchsicht im Profil nach den Angaben der Herren Czermak und Hasner die Iris nicht mehr gewölbt, sondern „als einen ebenen Vorhang weit zurück getreten" erblicken. Dagegen sagt Herr Cramer [1]), dass die Wölbung zwar gering, aber immer doch vorhanden sei.

Zweites Capitel.

Muskeln der Iris.

§. 1.

Historisches.

Wenn man eine blaue Iris vom Menschen mehre Tage in Wasser liegen lässt und täglich durch Druck mit dem Finger das Pigment entfernt, so wird die Iris beinahe ganz weiss und selbst durchsichtig. Man erkennt dann recht deutlich einen Ring, *annulus pupillaris iridis*, etwa 1mm breit um die Pupille liegen. Von diesem Ringe an bis zum äusseren Irisrande, *margo ciliaris*, erscheinen auf der vorderen Irisfläche wellenförmige Faserbündel, welche hier und dort sich spalten und wieder vereinigen [2]). Diese Fasern, welche von älteren Autoren zuweilen für Muskeln gehalten worden zu sein scheinen, sind in der That nichts Anderes als Gefässe. — Zwischen diesen Gefässen ist aber noch eine faserige Masse, welcher man jedoch nicht ansehen kann, ob sie muskulös oder zellgewebeartig sei. — Auch auf der hinteren Irisfläche erheben sich Falten.

---

[1]) *Cramer, l. c. p. 63.*

[2]) Sehr treffend ist das Ansehen der Iris von Haller und Zinn beschrieben. Jener sagt: *In anteriori lamina iridis eminet natura flocculenta, varie in flammulas quasdam introrsum euntes disposita, quibus aliqua est similitudo rotundorum arcuum, ad centrum pupillae convexorum. Quivis flocculus est serpentinarum striarum introrsum convergentium et intermistarum macularum fuscarum congeries: conjuncti vero flocculenti fasciculi arcum quasi serratum eminentem ad aliquam a pupilla distantiam efficiunt qui convexus eminet quasi antrorsum supra reliquum planum pupillae elatus. — El. phys. XVI, 2, §. 10. — Cf. Zinn, Descr. an. oc. hum. Gott. 1780. p. 76.*

welche wie Streifen erscheinen und die man ebenfalls für muskulös gehalten hat.

Fasern in der Iris waren also allen älteren Forschern bekannt, nur über ihre Natur herrschten verschiedene Ansichten. Zu einer Zeit, in welcher die erst durch mikroskopische Forschung gewonnene feinere Structur der Muskelfasern noch nicht genau bekannt war, konnte man die Streitfrage durch anatomische Untersuchung nicht lösen. Das Urtheil stützte sich wesentlich darauf, ob man voraussetzte, dass zu einer Bewegung, wie sie sich an der Pupille kund gab, Muskelfasern absolut nothwendig seien oder nicht. Eine Aehnlichkeit mit Muskelfasern, wie man dieselben in anderen, unbestritten muskulösen Theilen zu sehen gewohnt ist, gewährt der Anblick mit blossen Augen oder einer Lupe allerdings nicht, indem die Irisfasern weder in der Dicke, noch in der Farbe mit anderen Muskelfasern übereinstimmen. Daher ist es erklärlich, dass Forscher, welche bloss an der objectiven Anschauung festhielten, und sich durch die Analogie der Erscheinung zu der Annahme von Muskelfasern nicht gedrungen fühlten, diese vollständig läugneten. „Man muss sich nicht," sagt Haller, „eine Structur ausdenken, welche man sinnlich nicht wahrnehmen kann." Am wenigsten deutlich sieht man in dem Ringe, der die Pupille umgiebt (*annulus minor*), auch ringförmig verlaufende Fasern mit blossen Augen, so deutlich sie auch unter dem Mikroskope erscheinen. Daher erkannten zwar manche ältere Beobachter radial verlaufende, aber keine circuläre Fasern an. So sagt Zinn[1]): *Nunquam vidi fibras orbiculares, sive anteriorem sive posteriorem faciem iridis examinaverim.* Selbst Ruysch[2]), der sowohl circuläre als radial verlaufende Fasern statuirt, gesteht ganz offen: *revera esse musculosas longitudinales quarum tendines aut fibrae tendinosae luculenter visuntur dispergi et finiri in minori quodam circulo posterius ad marginem pupillae sito et has quidem ad pupillam dilatandam, praeterea vero ejusdem circuli minoris extremum constare sibi videri ex fibris motricibus circularibus, pupillam angustantibus, sed has non tam luculenter conspici posse, quin oculi mentis in subsidium sint vocandi.* Und doch wurde seit Ruysch fast zur allgemeinen Anerkennung gebracht, dass in der Iris zweierlei Muskeln vorhanden seien, cir-

[1]) *Zinn, Descr. oc. p. 78.*
[2]) *Ruysch, Thes. anat. 2. Ass. I, n. 15.*

culäre zur Verengerung, und longitudinale (radiale) zur Erweiterung der Pupille.

Freilich war auch kein Beweis gegen die Muskularität vorhanden. Denn die rothe Färbung ist ja nichts Charakteristisches für die Muskeln, wie die Abstufungen zwischen dem rothen Fleische der Säugethiere bis zu dem bleichen der Fische, Krebse und Insecten hinlänglich zeigen, während auf der anderen Seite Muskeln noch roth sein können, welche durch Krankheit ihre Beweglichkeit und damit ihren wesentlichen Charakter eingebüsst haben. Wenn man ferner bedenkt, dass die Muskelfaser, welche dem blossen Auge ganz einfach zu sein scheint, unter dem Mikroskope dennoch einen Complex mehrer Bündel zeigt, so verliert das Urtheil nach dem blossen Anschein sehr. Deshalb ist es wohl richtig, wenn Porterfield[1]) sagt, dass dasselbe mehr auf Vernunftgründen und Analogie, als auf reiner Beobachtung beruhe.

Mit Einem Worte, man war bei der Frage: „Giebt's Muskeln in der Iris oder nicht?" in früheren Zeiten auf die physiologische Erklärung der Ursache und der Art der Pupillenbewegung hingewiesen. Dreierlei Meinungen hatten sich aber allmählich über die Entstehung dieser Bewegung gebildet. Die älteste Ansicht, bei welcher man den entfernten Grund, nicht die nähere wirkende Ursache im Auge hatte, leitete dieselbe von den Lebensgeistern (*spiritus animales*) ab, welche zu dem Auge hinflössen und dadurch die Bewegung veranlassten. Man läuterte dann den Ausdruck und erklärte sie durch den Blutzufluss. So schon Galen[2]). Der berühmte Fabricius ab Aquapendente (1613)[3]) sagt zwar, dass die Irisbewegung von einer eigenthümlichen bewegenden Kraft gleich der des Herzens[4]) abhänge, vergleicht sie jedoch mit der Erection. Mery[5]) (1704) hatte beobachtet, dass die Pupille des Katzenauges sich ungemein erweitere, wenn eine lebende Katze unter Wasser gehalten wurde, also bei einem Zustande, in dem

[1]) *Porterfield, On the eye I*, 153.

[2]) *Galenus, De sympt. caus. c. II, De usu part. X*, c. 5.

[3]) *Fabricius ab Aquapendente. Tr. anat. de oculo, aure et larynge.* 1613 (ohne Druckort), *fol. p.* 58.

[4]) Auch die Herzbewegung leiteten die älteren Aerzte, z. B. Borelli, von dem Zuflusse des *succus spirituosus* ab; vergl. meine Abh. über Herzbewegung im Arch. für phys. Heilk. V, S. 322.

[5]) *Mery* in *Mém. de l'acad.* 1704, *p.* 353 (*ed.* 4.).

durch die unterbrochene Respiration die Thätigkeit des Lebens sehr herabgekommen war. Daraus schloss er, dass im gesunden Zustande die „*Esprits animaux*" zum Auge hinflössen und dadurch die Iris erweitert, also die Pupille verengt würde. Die Erweiterung der Pupille schrieb er der Elasticität, einer todten Kraft zu. — Auch Haller[1]), Wrisberg[2]), Ferrein[3]), Prochasca, zum Theil Langenbeck und Sömmering[4]), läugnen die Muskeln und schreiben die Bewegung dem Zuflusse des Blutes zu. Ebenso stellt Weitbrecht[5]) die muskulöse Natur der Iris in Abrede. Auch in neuerer Zeit leiteten noch mehre Autoren, wie Caddi[6]) und Guarini[7]), die Irisbewegung von einer Blutturgescenz ab. Dagegen bemerkt Herr Brown-Sequard (*Ann. d'Ocul.* 1849, XXII, p. 164), dass er durch Injectionen keine Verengerungen der Iris hätte hervorbringen können.

Nach einer zweiten Theorie hält man die Iris für einen Muskel. Schon Avicenna[8]) scheint diese angenommen zu haben, indem er von einem *lacertus motus pupillae* spricht. Die meisten Anatomen und Augenärzte der älteren Zeit huldigen ihr[9]). So Riolan[10]), Valsalva[11]), Morgagni[12]), Ruysch[13]), Drelincourt[14]), Casserius[15]), Heister[16]), Cheselden, Maitrejean, Boerhave[17]), Winslow[18]), Taylor, Porterfield[19]),

---

[1]) *Haller* in *El. phys. XVI. II. p.* 371. *Prim. lin.* §. 512.

[2]) *Wrisberg* in *Haller. pr. lin. phys.* §. 512.

[3]) *Ferrein* in *Mém. de l'acad.* 1741, *p.* 379.

[4]) Sömmering in Bearb. von Haller's Grundr. der Phys. Berl. 1788, S. 391.

[5]) *Weitbrecht* in *Comm. Petrop. t. XIII, p.* 349.

[6]) *Caddi* in *Gaz. méd. de Paris* 1846, *p.* 511.

[7]) *Guarini* in *Ann. d'Ocul.* 1845, *XIII, p.* 277.

[8]) *Avicenna Canon Tr.* 3 *Fen.* 1 *c.* 1, citirt nach Fabricius und Haller.

[9]) Vesling leitet die Bewegung der Iris von Muskelfasern des Ciliarkörpers ab, cf. *Syntagma anat. Patav.* 1651, *p.* 202.

[10]) *J. Riolani, Filii anthropographia et osteol. Par.* 1626, *p.* 416 u. *p.* 429.

[11]) Cf. *Morgagni. Adv. anat. I, p.* 385. Mit Unrecht geben viele Schriften an, dass Valsalva die Muskelfasern läugne.

[12]) *Morgagni, Adv. anat. I, p.* 337. Er bestreitet bloss die circulären Fasern der Iris.

[13]) Ruysch nimmt in seinem früheren Werke, *Respons. ad Epist. anat. p.* 13 keine Irismuskeln an, vertheidigt sie aber (s. o.) in seinem *Thes. anat.* 2 *Ass.* 1, *p.* 15 und noch bestimmter *Ass.* 2 *n.* 7.

[14]) *Drelincourt, Bibl. anat., P.* 3.

[15]) *Casserius, Pentaesth. L.* 5, *Tb. V, Fig.* 9.

[16]) *Heister, De choroid.* §. 10.

[17]) *Boerhave, Instit. med. et praelect. acad.* §. 519 *sqq.*

[18]) *Winslow, Anat. sect.* 10, §. 220. [19]) *Porterfield, On the eye I, p.* 153.

Whytt[1]), Janin[2]), Demours, Monro[3]), Maunoir[4]), Home[5]), Lobe[6]), Kieser[7]), Travers[8]), Jacob[9]), Jennings[10]), Muck[11]) u. A.

Eine dritte Theorie endlich statuirt zwar keine Muskelfasern, jedoch eine der muskulösen ähnliche, contractile Substanz, die man dem Zellgewebe mehr oder weniger analog hielt. Diese Theorie war hauptsächlich dadurch entstanden, weil man (freilich mit Unrecht) glaubte, dass Reizung der Iris selbst keine Bewegung veranlasse, und dann auch, weil man keine wirklichen Muskelfasern entdecken konnte. Sie fand ihre Vertheidiger namentlich an Blumenbach[12]), Dömling[13]), Grapengieser[14]),

---

[1]) *Whytt, Essay on the vital and other involunt. mot.*, *p.* 109. — Uebers. von Lietzau. Berl. u. Stralsund 1790, S. 111. — Whytt unterscheidet schon einen *sphincter* und *laxator pupillae.* Jener umgebe den Umfang des Augensterns unmittelbar; dieser bestehe aus einer Anzahl von strahlenförmigen Fasern, welche von dem grossen Umfange der Iris ausgingen und in den *sphincter* wie die Speichen an einem Rade eingefügt seien.

[2]) J. Janin, Anat. phys. und physik. Abh. u. Beob. über das Auge und dessen Krankheiten. Aus d. Franz. 1776, S. 9.

[3]) *A. Monro, Three treat. on the brain, the eye and the ear. Edinb.* 1797, *p.* 110 *Tb. III.*

[4]) *J. P. Maunoir, Mém. sur l'organisat. de l'iris et l'opération de la pupille artificielle. Par.* 1812. Seine Untersuchungen sind am macerirten Ochsen- und am Vogelauge mit Hülfe des Mikroskops gemacht und gehören zu den besten unter den älteren Arbeiten.

[5]) *Home (Bauer)* in *Philos. transact.* 1822. Tf. VI. Fig. 8, Tf. VII. Fig. 1 sind zwei ausgezeichnet schöne Abbildungen, vielleicht nicht ganz getreu.

[6]) *Lobe* in *Halleri disp. anat. VII.* 2 *p.* 91 (Vgl. auch *Petsch ibid. VI, p.* 76).

[7]) Kieser in Himly's und Schmidt's ophth. Bibl. II. 3, S. 110 nimmt wie Lobe nur longitudinale vom äusseren Rande der Hinterfläche der Iris ausgehende Fasern an, die nach dem nicht faserhaltigen Pupillarringe gehen.

[8]) Travers im Hamb. Mag. der ausl. Literat. der Heilk. II, S. 425.

[9]) *Jacob* in *Medico-chir. transact. XII, p.* 509. Er hatte die Muskelmasse schon recht genau gekannt und beschrieben und sie besonders von den Gefässen unterschieden.

[10]) Jennings s. Froriep's Notizen 21, S. 133.

[11]) *Muck, De gangl. opth. Landish. p.* 80, erklärt sich gegen das Vorhandensein von radialen Fasern, sondern nimmt bloss circuläre an, wie auch Demours. In der neuesten Zeit ist Herr Mayer (Verh. d. naturh. Vereins in Bonn X) gleicher Meinung.

[12]) *Blumenbach, De oculis Leucaethiopum et iridis motu in Comm. Gott. VII, p.* 55. Er hielt das Gewebe der Iris, welches ausser Gefässen und Nerven sich noch findet, für eine Art Zellgewebe, da er weder durch Maceration noch durch Behandlung mit Säuren Muskeln in der Iris entdecken konnte.

[13]) Dömling in Reil's Arch. f. Phys. V, S. 343.

[14]) Grapengieser in Asklepieion 1811, Nro. 183, S. 1314.

Herrn E. H. Weber[1]), Rudolphi[2]), Herrn Arnold[3]).

Die ersten, keinen Zweifel mehr gestattenden mikroskopischen Untersuchungen wurden bei hinlänglich starker Vergrösserung von G. R. Treviranus[4]) am Vogelauge beim Thurmfalken (*Falco tinnunculus*) gemacht. Er fand, dass die Muskelfasern wie die des Rumpfs quergestreift sind. 17 Jahre nachher wurde diese Beobachtung von den Herren Krohn[5]) und Valentin[6]) am Vogelauge vollkommen bestätigt. In demselben Jahre (1837) wiesen vier Forscher, unabhängig von einander, in der Säugthieriris Muskelfasern nach, wie man sie im Darme u. s. w. findet, nämlich die Herren Krohn[5]), Lauth[7]), Schwann[8]) und Valentin[6]).

§. 2.

Muskeln der Iris bei Säugethieren.

Im *annulus minor iridis* (s. o. Cap. 1 §. 4) liegt ein Muskel, *sphincter pupillae*, im *annulus major* der andere, *dilatator s. laxator pupillae* genannt. Beide Ringe enthalten aber ausser den Muskeln noch Gefässe, Nerven und das eigentliche *stroma*, d. i. die Unterlage der Iris. Man darf sich nicht vorstellen, dass im *annulus minor* je eine Muskelfaser so gross ist, wie der Umfang des ganzen Rings. Die Muskelfasern sind vielmehr viel kürzer und es reiht sich die nächste nicht immer genau an die vorige an, wie dies in der Fig. I dargestellt ist.

Ebenso ist es in dem *dilatator* der Fall, hier geht nicht jede Muskelfaser von dem äusseren Rande des *annulus minor* bis zum äusseren Rande des *annulus major;* sondern es liegen auch hier bald mehr, bald weniger sich anschliessend einzelne Fasern an einander. Nicht selten legt sich an die eine eine zweite in einem Winkel an (Fig. II, *c*), so dass es den Anschein hat, als ob sich jene in zwei

---

[1]) *E. H. Weber, De iridis motu.* 1821, *p.* 43, hielt die Substanz der Iris für eine contractile spongiöse Masse, nicht für Muskeln. In seiner späteren zweiten Abhandlung von 1851, S. 116 erkennt er jedoch die Muskeln an.

[2]) Rudolphi Phys. II, S. 218.

[3]) Fr. Arnold, Anat. u. phys. Unters. über das Auge des Menschen. Heidelb. u. Leipz. 1832, S. 74.

[4]) G. R. Treviranus, Vermischte Schriften. Brem. 1820. B. III. 167.

[5]) Krohn in Müller's Archiv 1837, S. 357.

[6]) Valentin in dessen Repert. 1837. II, S. 247.

[7]) Lauth im Institut. Nro. 57. 70. 73. 1837.

[8]) Schwann in Müller's Physiol. II, p. 36.

Aeste theilte; daher finden sich neben den longitudinalen Fasern auch transversale mit jenen sich kreuzende. Der *dilatator* hat seinen festen Punkt an der Verbindungsstelle der Iris mit der *chorioidea*, wo das *corpus ciliare* liegt. Hier findet sich ein verdichtetes Bindegewebe, welches sich bis zum Ansatzpunkte der Descemet'schen Haut verbreitet. Dieses kann man als die Ursprungsstelle des *dilatator* betrachten. Es ist schon oben erwähnt worden, §. 1 S. 18, Note 1, dass nach Whytt der *dilatator* in den *sphincter* hineinreicht. Dies ist wirklich so. Wenn nämlich die Fasern desselben den *sphincter* erreicht haben, so beugen sie sich um, als ob sie einen Bogen bilden wollten, und verlieren sich so im Zellgewebe des Ringmuskels. — In Fig. II sind Muskelfasern der Iris von einem weissen Kaninchen dargestellt, bei *A* ist der Pupillarrand; bei *b* Umwendung von Muskelfasern in Bogen. — Nicht alle solche Bogen endigen im Zellgewebe, sondern andere beugen gradezu um, wie in Fig. II, *b'*. — Durch diesen Faserverlauf entsteht eine gewisse Aehnlichkeit mit dem Verlaufe der (quergestreiften) Fasern des Herzens. Auch hier sieht man die Muskelfasern sich theilen, grössere Bogen machen, umkehren und sich im Zellgewebe verlieren. Auf diese Aehnlichkeit hat schon Jacob[1]) hingewiesen.

Die Muskelfasern, welche der Iris des Menschen und der Säugethiere angehören, sind nicht mit Querstreifen versehen, wie die der Vögel, s. Fig. III, sondern sogenannte Faserzellen, glatte, cylindrische Muskelfasern, wie am Magen, Darm u. s. w. Sie haben in der Mitte einen länglichen Kern, Fig. II, *e*, und spitzen sich an den Enden zu. Ihre Breite fand ich zwischen $^1/_{400}{}'''$ und $^1/_{300}{}'''$ ($= ^1/_{177}$ bis $^1/_{133}{}^{mm} = 0{,}0056$ bis $0{,}0075^{mm}$), ihre Länge wechselt sehr, viele fand ich zu $^1/_{33}{}'''$ ($= ^1/_{15}{}^{mm} = 0{,}06^{mm}$), viele beträchtlich kürzer, andere besonders im *dilatator* viel länger. — Diese Beobachtungen stimmen mit denen anderer Forscher ziemlich

---

[1]) A. Jacob, *Inquiries respecting the anatomy of the eye* in *Med. Chir. Transact* 1823, *t. XII. p.* 511: *If I ventured to compare the appearance which I describe with any other with which we are acquainted I should say that it resembled strongly the carneae columnae and chordae tendineae of the heart, both in form, arrangement and irregularity of conformation. This structure is more strongly marked in the hazel than in the blue iris; and in many cases the fleshy projections coalesce, by which the appear less distinct; but the loops or cords which arise from them, always exist and often project so much from the plane of the iris as to admit of having a small probe or bristle passed beneath them.*

gut, am wenigsten mit denen von Herrn Krause, der die einzelnen Muskelfibrillen zu $^1/_{770}'''$ angiebt.

Nach Herrn Brücke[1]) ist

ihre Breite = 0,007 bis 0,008^{mm},

nach Herrn Kölliker[2])

ihre Breite = 0,003 bis 0,004''' (= 0,0067 — 0,009^{mm}),

ihre Länge = 0,02 bis 0,03''' (= 0,045 — 0,067^{mm}),

nach Herrn Lister[3])

ihre Breite = $^1/_{3750}''$ (= 0,0032'''),

ihre Länge = $^1/_{125}''$ (= 0,1''').

Die Breite des *m. sphincter* beim Menschen ist 1^{mm}, seine Länge (d. h. der Umfang des Ringes) ungefähr 30^{mm}; die Breite des *m. dilatator* (d. h. der Umfang des grossen Ringes) etwa 35^{mm}, die Länge 2,5 bis 3,5^{mm}. Der letztere Muskel ist mithin viel kürzer, und breiter als der erstere. Jedoch scheinen die Fasern im *sphincter* dichter zu liegen.

Zur Präparation bedient man sich entweder der frischen Iris, oder man behandelt dieselbe in Säuren, oder Alkalien. Wenn man die pigmentlose Iris von weissen Kaninchen in eine verdünnte Kalilösung ein paar Tage hineinlegt, so werden die Gefässe sehr unkenntlich und dadurch treten Muskeln und Nerven stärker hervor. Obwohl dadurch die Muskelfasern oft etwas körnig werden, und die Ränder nicht so glatt erscheinen, als wenn man die Iris in verdünnte Salpetersäure legt, so werden sie doch sehr deutlich, und man kann ihre Verbreitung besonders gut verfolgen.

In kalter concentrirter Kalilauge löst sich die Iris sehr langsam auf, wird sie hingegen damit gekocht, so löst sie sich rasch zu einer gelblichen Flüssigkeit. Die filtrirte Lösung wird durch Essigsäure nicht getrübt.

Durch Ammoniak wird die Iris sehr hell und durchsichtig, aber löst sich in langer Zeit nicht auf. Selbst erhitzt mit Ammoniak löst sie sich nur sehr wenig.

In concentrirter Essigsäure wird sie erst geléeartig, dann gelöst; ebenso lösen sie im Kochen theilweise die Mineralsäuren.

Durch salpetersaures Quecksilberoxyd färbt sich die Iris schön roth, durch Salpetersäure gelb, durch Salzsäure bläulich.

[1]) Brücke, Beschreibung d. menschl. Auges. S. 18.

[2]) Kölliker, Handb. d. Gewebel. Leipz. 1852, S. 595.

[3]) *J. Lister* in *Arch. gén.*, 1853, *p.* 322.

§. 3.

Muskeln der Iris bei Vögeln.

Um die Vögeliris zu untersuchen, ist es zweckmässig, dieselbe eine Zeit lang in Spiritus aufzubewahren, wodurch die Muskelfasern viel deutlicher werden. Diese Muskelfasern bilden den grössten Theil der Iris. Sie sind mit Querstreifen versehen und zeichnen sich durch ihren geringen Durchmesser aus. Die meisten sind nicht über $^1/_{500}'''$, wenige $^1/_{200}'''$, viele sogar $^1/_{400}'''$ breit, selbst noch schmäler. Bei einer nicht geringen Zahl habe ich dasselbe Verhalten beobachtet, was man an den Muskelfasern des Herzens, auch der Zunge, kennt, dass sie sich nämlich verästeln, s. Fig. III, *c* und *c'*. In allen diesen Fällen erhält man, wie mir scheint, den Eindruck, als ob der Hauptmuskelstamm eine allgemeine Muskelhülle habe, welche eine grosse Anzahl von Muskelprimitivbündeln, welche sämmtlich wieder mit Hüllen versehen sind, in sich schliesst. An der Stelle nämlich, wo solche Zweige abgehen, kann man wenigstens in vielen Fällen die Begränzungslinie bis in den Stamm hinein verfolgen, s. Fig. III, *c*[1]). Es wäre indess auch möglich, dass der Stamm aus den sehr eng mit einander verwachsenen Zweigen bestände, die sich nachher von einander trennen. — Nicht in allen Stämmen jedoch, welche mir zu Gesicht kamen, war ich im Stande die Begränzungslinie der Zweige wieder zu erkennen.

Die Muskelfasern der Iris laufen concentrisch um die Pupille; ob aber ein Bündel ununterbrochen einen solchen Ring schliesst, oder ob viele mit einander verbunden sind, kann ich nicht sagen; da es mir nicht möglich war, ein Bündel den ganzen Weg zu verfolgen. Es giebt indessen sicher Bündel, welcher länger als 1^{mm} sind.

Obwohl nun im Allgemeinen alle die Muskelfasern in der angegebenen Richtung verlaufen, so ist dies doch nicht streng richtig. Denn eine ganze Anzahl durchkreuzt die anderen, liegt also in einer Richtung, in welcher bei Säugethieren die longitudinalen Fa-

---

[1]) Ich habe, wenn auch in sehr geringer Zahl, solche Theilungen an der Muskelhaut von *cobitis fossilis* gesehen, wo bekanntlich nach meiner Beobachtung auch quergestreifte Muskeln vorkommen. — Aber auch in Muskelfasern der Extremitäten von Insecten habe ich zuweilen deutliche Theilungen der Muskelprimitivbündel gesehen, so z. B. aus dem Oberschenkel von *cetonia aurata*.

sern liegen, nämlich von dem Pupillarrande gegen den Ciliarrand hin. Diese Fasern erreichen aber diesen Rand nicht, sondern wenn sie eine Strecke weit so gelaufen sind, so nehmen sie wieder ihre mit der Pupille concentrische Richtung an. Es giebt also bei Vögeln keinen *dilatator*, sondern nur einen *sphincter*, wie auch schon Maunoir[1]) angiebt.

Drittes Capitel.

Gefässe der Iris.

Die Iris erhält ihr Blut zugeführt:

1) Durch die zwei *art. ciliares longae*, Aeste der *a. ophthalmica*, welche an dem Hintertheile der *scelerotica* den *bulbus* durchbohren, zwischen *scelerotica* und *chorioidea* hinlaufen, in den *musc. tensor chorioideae* (= das frühere *ligamentum ciliare*) übergehen, hier einige Zweige abgeben und sodann in der Iris sich verbreiten. An dem *m. tensor chorioideae* theilt sich eine jede in zwei Aeste, welche nach entgegengesetzten Richtungen hin grosse Bogen machen, und dadurch beinahe die ganze Iris umkränzen. Von jedem Aste kommen viele kleinere und grössere Zweige, welche vielfach unter einander und mit den anderen Arterien der Iris anastomosiren und am äusseren Irisrande einen Gefässkranz bilden, *circulus arteriosus iridis major*.

2) Durch die *a. ciliares posteriores breves*, gleichfalls Zweige der *ophthalmica*, welche den *bulbus* weiter nach hinten, als die erstgenannten durchbohren. Sie versorgen das *corpus ciliare* und besonders die Ciliarfortsätze, von denen aus Arterien in die hintere Irisfläche in nicht geringer Menge gehen.

3) Durch die *a. ciliares anticae*, Zweige der *a. lacrymalis*, *supraorbitalis* und *musculares*, welche die *scelerotica* vorn nicht weit von der *cornea* entfernt durchbohren.

Wie am äusseren (Ciliar-) Rande des grossen Ringes, so ist auch ein Gefässkranz am äusseren Rande des kleinen Ringes, gebildet von den zahllosen Anastomosen der verschiedenen Arterien, *circulus arteriosus iridis minor* genannt. Von da aus laufen die Ar-

---

[1]) *Maunoir, Sur l'organisation de l'iris. p.* 21.

terien bis an den Pupillarrand, wo sie in Bogen umwenden und Schlingen bilden, s. Fig. IV.

Die Venen der Iris liegen neben den Arterien und gehen zum grösseren Theile durch die *v. ciliares posteriores longae* und *anteriores* in die *v. opthalmicae*, zum geringeren Theile in die starken Venen der *chorioidea* über. Analog dem *circulus arteriosus major* besteht auch ein *circulus venosus Hovii*, der im *canalis Schlemmii* liegt.

Viertes Capitel.

Nerven der Iris.

Die Anordnung der Irisnerven, bevor sie in den *bulbus oculi* hineintreten, hat bei den Wirbelthieren eine unläugbare Aehnlichkeit. Zwei Nervenstämmchen, von denen eins aus dem dritten, das andere aus dem fünften Gehirnnerven kommt, vereinigen sich, und nach dieser Vereinigung treten gewöhnlich in zwei Bündelchen die Fäden heraus, welche die *sclerotica* durchbohren, um zur Iris zu gelangen. Mit dem Stämmchen, das aus dem fünften Gehirnnerven kommt, ist gewöhnlich entweder untrennbar oder deutlich geschieden noch ein Nervchen vereinigt, das vom *n. sympathicus* herstammt. An jener Vereinigungsstelle findet sich häufig das *ganglion ciliare*, das jedoch in vielen anderen Fällen, nicht hier, sondern im *n. oculomotorius* liegt, dem überall dasselbe grösstentheils anzugehören scheint. Es ist daher nicht passend, die zwei Nervenstämmchen *radices ganglii* zu nennen, sondern *radices nervorum ciliarium*. — Ausser diesem Nervenplexus geht gewöhnlich noch ein besonderer Ast vom fünften Gehirnnerven zur Iris.

Die Ciliarnerven stammen bei Säugethieren, Amphibien und Fischen vom *n. trigeminus, oculomotorius* und *sympathicus*, bei Vögeln hingegen hat der *n. sympathicus* keinen Antheil daran. —

Zur Uebersichtlichkeit theilen wir dies Capitel in drei Abtheilungen, in deren erster die Ciliarnerven von der Stelle an, wo sie von ihren Stämmen sich trennen und den Namen Ciliarnerven erhalten, bis zum Eintritte in die Iris beschrieben werden; in deren zweiter die Verbreitung der Nerven in der Iris selbst dargestellt wird; und in deren dritter der Ursprung der Stämme der Ciliarnerven untersucht werden soll.

A. *Beschreibung der Ciliarnerven bis zum Eintritte derselben in die Iris.*

§. 1.

Ciliarnerven beim Menschen.

(Fig. V und VI.)

a) *N. trigeminus.* Einem Nerven des ersten Astes des *n. trigeminus*, dem *nasociliaris*, gehören die constanten Zweige an, welche der *trigeminus* der Iris giebt. Zuweilen aber kommt noch aus dem zweiten Aste desselben Nerven und zwar dem *ganglion sphoenopalatinum* ein Faden zum *ganglion ciliare.*

Nachdem der *n. nasociliaris* (*g*) durch die *fissura orbitalis* in die Augenhöhle eingetreten ist, oder schon vor dem Eintritt, giebt er: a) die *radix longa ganglii ciliaris* (*h*) ab, ein $^1/_2$ bis $^3/_4$ mm breites Fädchen, welches an der inneren Seite des *n. nasociliaris* liegt. Um es deutlich zu sehen, muss man den *m. levator palpebrae superioris* und *rectus superior* von ihren Anheftungspunkten mitsammt den zu ihnen hingehenden Nerven, *ramus superior oculomotorii*, trennen. — Die kurze Wurzel läuft dann über dem *n. abducens* gegen den *ramus inferior oculomotorii*, an dessen äussere Seite er gelangt. Hier liegt nach aussen und zum Theil über ihr, sowie über dem *ramus inferior oculomotorii* die *a. ophthalmica* und der *n. opticus.* — Die *radix longa*, im Ganzen 7 — 9mm lang, führt zu dem *ganglion ciliare*, in dessen äussere und hintere Ecke sie eintritt. b) der *n. ciliaris longus*, der nicht ganz selten doppelt vorhanden ist, geht an der Stelle, wo der *n. nasociliaris* über den *n. opticus* herläuft, 9mm höher, als der Abgang der *radix brevis*, von dem *n. nasociliaris* ab, wendet sich nach aussen und liegt hier an der äusseren Wand des *n. opticus.* Nach einem kurzen Verlaufe von 8mm verbindet er sich mit einem oder zweien der aus dem Ciliarganglion kommenden Fäden (Fig. VI, *n*).

b) *N. oculomotorius.* Dieser Nerve giebt in der Augenhöhle zuerst den zum *levator palpebrae superioris* und *rectus superior* gehenden *ramus superior* (*a*) ab, und spaltet sich 4mm weiter nach vorn in zwei Zweige (*b*, *c*), von denen der innere (*c*) für den *m. rectus internus* bestimmt ist, der äussere (*b*) hingegen wieder in zwei Zweige zerfällt, nämlich in den für den *rectus inferior* bestimmten und in den zu dem *obliquus inferior* hinlaufenden. Der letztere liegt in der äusseren Seite des *m. rectus inferior*, giebt aber bald, nachdem er entstanden ist, ein Aestchen ab, das nicht länger als 1,5^{mm} und etwa 1^{mm} dick ist, die *radix brevis ganglii ciliaris* (*d*), welche in dies *ganglion* übergeht.

c) *N. sympathicus.* Aus dem *plexus caroticus* kommt ein dünner Faden, legt sich neben den *n. oculomotorius* und vereinigt sich zwischen der langen und kurzen Wurzel als *radix media ganglii ciliaris* mit diesem *ganglion.* Sie liegt zuweilen eng an der *radix longa* (Fig. VI, *p*).

d) *Ganglion ciliare.* Das *ganglion ciliare* ist ein mit Fett umgebenes Knötchen, 5^{mm} lang, in der Mitte 1,75^{mm}, vorn und hinten nur 1,5^{mm} breit. Es ist plattgedrückt und liegt an der äusseren resp. unteren Seite des *n. opticus*, ungefähr 8^{mm} weiter nach vorn, als dessen Eintritt in das *foramen opticum.* Nach hinten stösst es an den Stamm (*ramus inferior*) des *n. oculomotorius.* Es bedeckt den Ast des *n. oculomotorius*, der zum *m. obliquus* und *rectus inferior* abgeht. — Nach aussen zu gränzt es an den *m. rectus externus*, da wo der *n. abducens* in denselben eingeht.

Aus dem *ganglion* gehen zwei Nervenbündel hervor:

1) Das innere, dickere Bündel (*l*), das sich wieder spaltet in

a) einen inneren Theil; dieser enthält 2 (bis. 3) Nerven (Fig. VI). *α*) Einer derselben (*n*) beugt sich unter den *n. opticus* her und verbindet sich mit dem *n. ciliaris internus longus.* An der Vereinigungsstelle soll nach Herrn Faesebeck[1]) ein *ganglion ciliare internum* liegen. Ich habe an dieser Stelle allerdings auch eine Anschwellung gesehen, die ich wie Herr Faesebeck für ein *ganglion* hielt. Bei der mikroskopischen Untersuchung jedoch konnte ich keine Ganglienkugeln bemerken, es liegen vielmehr nur die beiden Nerven an einander. Von diesem *plexus* gehen aus:

αα) ein Zweig, der unter dem *n. opticus* sich nach aussen wendet, hier neben den Zweigen des folgenden Nerven *β* ziemlich weit entfernt von der Insertion des *n. opticus* die *sclerotica* durchbohrt;

---

[1]) Faesebeck, Die Nerven des menschlichen Kopfes. Braunschweig 1848. S. 6. Tf. II. 15.

ββ) zwei Aestchen, welche hinter dem *n. opticus* in die *sclerotica* eingehen, und die *a. ciliaris longa interna* zwischen oder neben sich haben.

β) Der zweite (resp. dritte) Nerv liegt hart an der Seite des *n. opticus* und spaltet sich bald in viele Aestchen, die theils zu Gefässen gehen, theils sich im Fett verlieren; einer geht unter den *n. opticus*, verbindet sich mit einem Aestchen, das von αα ausgeht und durchbohrt nach aussen neben dem *n. opticus* die *sclerotica*.

b) Einen äusseren Theil. Er theilt sich in vier bis fünf Zweige, von denen einer weit durch das Fett unter den *m. rectus superior* bis gegen den *rectus externus* geht und überall Gefässzweige abgiebt. Alle kommen endlich in die Nähe des optischen Nerven, wo sie die *sclerotica* durchbohren.

2) Das äussere Bündel (*k*). Es theilt sich wieder in drei Fäden, welche sich von Neuem spalten. Einer steigt ganz innen über dem *n. opticus*, die anderen durchbohren mehr nach aussen von diesem die *sclerotica*. Alle geben Gefässäste ab, wozu auch die gehören, welche die *a. centralis retinae* versorgen.

Nachdem alle Nerven, deren Zahl gewöhnlich 16 beträgt, die *sclerotica* erreicht haben, laufen sie ein Stück (2 — 4^{mm}) in dieser Membran, ehe sie dieselbe durchbohren, gehen dann auf der *chorioidea* neben den Gefässen vorwärts, bis sie an den *tensor chorioideae* (= *ligamentum ciliare*) gelangen. Hier gehen die Stämmchen auseinander und vertheilen sich zum Theil schon in diesem sogen. Ciliarbande, der grösste Theil geht aber bis zur Iris, einige Aestchen hingegen gelangen nach dem äusseren *cornea*-Rande, ungefähr $^3/_4{}^{mm}$ davon entfernt, an die *sclerotica* und verbreiten sich in der Hornhaut, wie zuerst Herr Schlemm[1]) entdeckt hat.

§. 2.

Ciliarnerven beim Hunde.

(Fig. VII.)

1. *N. oculomotorius* (Fig. VII, 2). Bei seinem Eintritte durch die *fissura orbitalis* liegen neben ihm nach aussen zunächst der *n. trochlearis* (in Fig. VII, 3 ist er abgeschnitten und zur Seite gelegt, er hängt an seinem Muskel, *m. obliquus superior*, 0), dann

---

[1]) Schlemm im Berl. encykl. Wörterb. IV, S. 22.

folgt der *r. ophthalmicus trigemini* (*s*). Bringt man beide etwas zur Seite, so erblickt man den *n. abducens* (Fig. VII, 5) neben dem *n. oculomotorius* (2), der in der Figur etwas weiter nach innen gelegt ist. —

Nach seinem Eintritte in die Fissur verbindet sich mit dem *n. oculomotorius* gewöhnlich

1) ein Aestchen des *r. ophthalmicus* (Fig. VII, *p*); sodann giebt er

2) seinen *ramus superior* (*a*) nach innen zu ab, der in zwei oder drei Zweige für den *m. levator palpebrae*, *rectus superior*, *retractor* sich spaltet, und oft einen Verbindungszweig dem *n. nasociliaris* giebt.

) Der Hauptstamm, *r. inferior*, geht unter dem *n. nasociliaris r. ophthalmici* (Fig. VII, *m*), sich mit ihm kreuzend, erreicht den *n. opticus* (Fig. VII, 1, er ist, um den *n. oculomotorius* deutlicher zu sehen, weiter nach innen gelegt), verbirgt sich unter demselben und theilt sich hier. Gerade vor der Theilung geht ein Aestchen *b* als *radix brevis* zu dem kleinen *ganglion ciliare inferius* (*h*). An der Theilungsstelle selbst hingegen liegt ein zweites nur dem *n. oculomotorius* angehöriges *ganglion superius*, *r*, welches zuweilen, und wie es scheint gewöhnlich, auf dem Stamme aufsitzt, zuweilen ein kleines Stielchen hat. Die Theilung ist wesentlich von der beim Menschen nicht abweichend, ein *r. ad m. rectum internum* und ein zweiter sich wieder in einen *ramus ad m. inferiorem* und in einen *r. ad obliquum infer.* spaltend. Der letztere geht dicht an dem und durch den *m. rectus inferior*.

2. *N. trigeminus*. Der erste und zweite Ast dieses Nerven liegen, nachdem sie aus dem *ganglion Gasseri* (Fig. VII, *t*) herausgekommen sind, so gegen einander, dass der zweite vom ersten bedeckt wird. Der letztere, *r. ophthalmicus* (Fig. VII, *s*) geht an der äusseren Seite des *n. trochlearis* und *oculomotorius* und auf dem *n. abducens* in die Augenhöhle. Aus ihm kommen

1) der *n. frontalis* [1]) läuft, wie beim Menschen, unter dem Dach der Augenhöhle über den *m. levator* und *rectus superior* und theilt sich am vorderen Ende der Augenhöhle in den *n. supratrochlearis*, *frontalis* und *supraorbitalis* (Fig. VII, *c*).

---

[1]) Er wird von Bornsdorff als *n. lacrymalis* bezeichnet, s. *Anatomisk Beskrifning öfver de sex första Cerebral-Nervparen hos Hunden, under inseende af Bonsdorff framställd af C. F. G. v. Haartman. Helsingf.* 1846, p. 17. Ebenso beim Schafe in *Finska Vetenskaps-Societ. Akter, T. II*, 2.

2) Der *n. nasociliaris* (*m*) läuft über den Stamm des *n. oculomotorius*, bedeckt vom *m. rectus superior* und *levator palpebrae superioris*, dann quer über den *n. opticus* und vertheilt sich in seine beiden Zweige, *r. ethmoidalis* (*d*) und *r. infratrochlearis* (*e*). — Ehe er über den *n. oculomotorius* hinübergeht, löst sich von ihm

a) die *radix longa ganglii ciliaris externi*, 4^{mm} vor der Trennung des *n. nasociliaris* vom *n. frontalis*. Sie ist 8 — 10^{mm} lang, sehr dünn, liegt auf dem *m. rectus externus*, hinter dem Stamme des *n. oculomotorius* und mündet in den hinteren Winkel des *ganglion*.

3) Der *n. ciliaris longus* (*f*) entspringt zwischen *n. nasociliaris* und *frontalis*, geht anfangs parallel mit dem ersteren, wendet sich dann mehr nach hinten und durchdringt hart am *n. opticus* anliegend, nachdem er sich vorher durch einen Verbindungsfaden mit den aus dem *ganglion ciliare externum* kommenden Nerven verbunden hat, die *sclerotica*.

3. *N. sympathicus*. An der inneren hinteren Seite des *ganglion Gasseri* (*t*) kommen zu beiden Seiten der *carotis cerebralis* die Zweige des *plexus caroticus* (*u*, *v*). Der nach hinten liegende *v* geht hauptsächlich in den *n. abducens* (Fig. VII, 5) über, verbindet sich aber auch mit dem vorderen. Der letztere *u* geht hauptsächlich zum *ganglion Gasseri*. Von da aus müssen Fäden mit dem *n. nasociliaris* zum *ganglion ciliare* gehen, wie aus physiologischen Beobachtungen erschlossen werden kann, aber anatomisch sich nicht nachweisen lässt.

4. Die *Nervi ciliares*. Sie kommen theils vom *ganglion ciliare superius* (Fig. VII, *r*), und diese gehören bloss dem *n. oculomotorius* an, und bilden das vordere, obere Bündel; theils vom *ganglion ciliare inferius* (*h*), welches aus dem Zusammenfluss der *radix brevis* (*b*) *et longa* (*g*) entsteht, und bilden das hintere, untere Bündel. Mit ihm vereinigt sich der *n. ciliaris longus*. — Alle Ciliarnerven durchbohren nahe dem *n. opticus* die *sclerotica*, verlaufen übrigens ähnlich wie beim Menschen.

§. 3.

Ciliarnerven der Katze.

(Fig. VIII.)

Sehr eigenthümlich sind hier die Verhältnisse. Neben dem *n. nasociliaris*, der häufig schon an seinem Ursprunge in den *n. ethmoidalis* (*l*) und *infratrochlearis* (*m*) gespalten ist, kommt, wie auch beim Hunde, der *n. ciliaris longus* (*n*) zum Vorschein und neben diesem die *radix longa* (*h*). Diese verdient aber diesen Namen eigentlich nicht; denn wo sie sich mit der *radix brevis n. oculomotorii* (*d*) verbindet, fehlt das Ciliarganglion. Auch unter dem Mikroskope konnte ich ein solches nicht sehen. — Das Ciliarganglion liegt vielmehr dem Aste des *n. oculomotorius* (Fig. VIII, 2) auf, welcher zum *m. obliquus inferior* geht (*c c'*). Somit hat also, wie schon Muck und die Herren Volkmann und Bidder[1]) angeben, dies *ganglion* keine Verbindung mit dem *n. trigeminus* und *sympathicus*, gehört vielmehr dem *n. oculomotorius* allein an. Der aus ihm heraustretende Zweig *d* ist häufig doppelt vorhanden und immer dicker, als der ins *ganglion* eintretende Zweig. Hierauf haben gleichfalls die Herren Volkmann und Bidder schon aufmerksam gemacht und durch sehr sorgfältige Untersuchung, die ich wiederholt habe, nachgewiesen, dass in diesem Zweige mehr Fasern enthalten sind als in dem Zweige, der ins *ganglion* eintritt. Diese Folgerung ist deshalb richtig, weil, wie jene Forscher mit Recht bemerken, nicht etwa Zellgewebe in solcher Menge zwischen den Nervenfasern sich findet, dass daraus die Vergrösserung des Durchmessers erklärt werden kann. Zellgewebefasern sieht man nicht. In einem Falle fanden sogar die genannten Forscher jeden der aus dem *ganglion* austretenden drei Zweige (die beiden Ciliarzweige und den zum *m. obliquus inferior* hingehenden) vollkommen ebenso stark, als den einen austretenden. — Ich habe bei einer Katze sowohl den aus dem *ganglion* bis zur Vereinigung mit dem Zweige aus dem *naso-ciliaris* kommenden Ast (Fig. VIII, *d*), als den zum *ganglion* hingehenden *c*, als den vor dem *ganglion* zum *m. obliquus inferior* hinlaufenden *c'* auf beiden Seiten gemessen. Ich brachte sie alle mit einem Tropfen Wasser befeuchtet und mit demselben Deckgläschen ohne Druck zugedeckt unter das Mikroskop, in dessen Ocular ein Mikrometer lag. Bei einer 80maligen Vergrösserung erfüllte der eintretende Zweig

c . . . . 32 Räume
der Ciliarzweig *d* . . . . 45 „
der zum *m. obl. inf.* gehende *c'* . . . . 24 „

des Mikrometer. Es waren somit die austretenden etwa noch ein-

[1]) Volkmann u. Bidder, Selbstst. des symp. Nervens. Leipz. 1842, S. 79.

mal so breit als der eintretende. — Solche Messung ist freilich nicht ganz accurat, weil der Druck immer verschieden ist, sondern nur annähernd. Nichts desto weniger muss man dem Ausspruch der genannten Forscher beistimmen, dass in den beiden austretenden Nerven eine Faservermehrung stattfindet. — Ob dieses Plus von Fasern ganz oder zum Theil aus den Ganglienkugeln hervorgeht, ob, was nicht unmöglich wäre, eine Spaltung der Fasern im *ganglion* stattfindet, darüber kann ich nicht entscheiden.

§. 4.

Ciliarnerven des Kaninchens[1]).

(Fig IX und X.)

Ungefähr 4mm hinter und 5mm unter dem unteren Rande des *foramen opticum* liegt die verticale, von oben nach unten etwas weiter werdende, nahe 5mm lange, 2mm breite *fissura orbitalis superior*, die nach unten in die *fissura orbitalis inferior* übergeht. Durch sie gelangen der *n. oculomotorius, trochlearis*, der erste Ast des *n. trigeminus* und an dessen innerer Seite der *n. abducens* in die Augenhöhle.

Am halbirten Kopfe öffne man das Dach der *orbita*, welches bei Thieren die innere Wand ist, entferne die *fascia bulbi* und den *levator palpebrae superioris*. Es erscheint zuerst der *m. rectus superior* (Fig. IX, *S*; er ist an seinem unteren Ende abgeschnitten), dessen Fasern von innen nach aussen und von unten nach oben (9mm breit) divergiren. Ueber demselben und zwar an seiner inneren Seite läuft der *n. frontalis* vom ersten Aste des *trigeminus* $^1/_2$ — $^3/_4$mm breit (Fig. IX, *c*) fast parallel mit der Mittellinie. An dem hinteren Theile dieses Nerven liegt so enge der *n. trochlearis* an, dass auf den ersten Blick beide e i n e n Nerven auszumachen scheinen. Beide bedecken den Anfangstheil des *m. rectus superior* und *levator palpebrae*. Wo beide sich von einander trennen und der *trochlearis* mehr nach innen läuft, geht der *n. opticus* unter den *m. rectus superior*. — Ganz nach vorn erscheint der *m. obliquus superior* (Fig. IX, *o*), und zwar in der Richtung von innen und vorn nach

[1]) Weil die meisten Versuche über die Irisbewegung an Kaninchen angestellt wurden, schien es angemessen, die Lage der Nerven hier genauer hervorzuheben, was für den Experimentirenden von Nutzen ist.

hinten zu verlaufend, 2,5^{mm} hinter dem *cornea*-Rande. Er geht, bis dahin immer muskulös, unter den *m. rectus superior*, wird sehnig und breiter und inserirt sich hier ganz nahe (0,75^{mm}) dem *cornea*-Rande. Der Anfangstheil des *m. obliquus superior* liegt noch weiter nach innen zu als der *n. frontalis*, mit demselben fast parallel. — Löst man den *m. rectus superior* vom unterliegenden Zellgewebe, und hebt den Muskel, ohne ihn abzuschneiden, in die Höhe, so erscheint der Stamm des *n. oculomotorius*, dessen Hauptast von hinten nach vorn bis an den *n. opticus* läuft (Fig. IX, 2). Mehre Aestchen, oder einer sich bald theilend, bilden den *ramus superior oculomotorii* (Fig. IX, *a*), der mitunter den *n. nasociliaris* umschlingt. Er geht rückwärts vom *n. oculomotorius* gegen den (in der Fig. IX bei *a* abgeschnittenen) *m. rectus superior*. Parallel mit dem Stamme des *n. oculomotorius* sieht man den dünnen *n. nasociliaris*, der dann mit dem *ramus superior n. oculomotorii* sich kreuzt oder zwischen den Aesten desselben liegt. Entfernt man sodann vollständig den *m. rectus superior* und hebt den *n. oculomotorius* etwas in die Höhe, so zeigen sich nach aussen vom *n. oculomotorius* und *n. nasociliaris* zwei sehr feine Fäden, die *n. ciliares trigemini*, von denen der nach aussen vom *nasociliaris* liegende *n. ciliaris internus longus* (Fig. IX, *e*), der bisweilen doppelt vorhanden und dicker als der innere, die *radix longa ganglii ciliaris* (Fig. IX, *f*) ist. Diese Ciliarnerven liegen auf dem *m. rectus externus*. Neben dem äusseren von ihnen sieht man den *n. abducens*. — Kaum 2^{mm} unterhalb des unteren Randes des *n. opticus* erblickt man quer vom Stamme des *n. oculomotorius*, fast parallel mit dem *n. opticus* die *radix brevis* (Fig. IX, *b*), welche zu der in Fett liegenden *radix longa* (Fig. X, *h*) führt.

1. *N. oculomotorius.* Neben dem *proc. clinoideus posterior* im *sinus cavernosus* liegt der *n. oculomotorius*, dessen Durchmesser 1^{mm} beträgt. Er läuft in gerader Richtung nach vorn bis zur *fissura orbitalis superior*, in die er zu oberst von den anderen Nerven eintritt, neben der *vena ophthalmica*. Nach aussen von ihm liegt in einem eigenen Canälchen der *dura mater* der *n. trochlearis*. Unter ihm mehr nach aussen der erste Ast des *trigeminus* und mehr nach innen der *abducens*. — Bei seinem Eintritte in die Augenhöhle wendet er sich ein wenig von innen nach aussen und ist an dieser Wendung von den über ihn weglaufenden *n. trochlearis* und *frontalis* bedeckt.

Er giebt ab:

1) einen *ramus communicans* zum *n. frontalis* oder *nasociliaris trigemini;*

2) einen beim Abgange oder etwas davon entfernt sich spaltenden *ramus superior;*

3) der Stamm läuft unter den *m. rectus internus*, wird dann bedeckt vom *n. opticus*. Unter demselben theilt er sich, wie auch beim Menschen. Unmittelbar vor der Theilung (Fig. X, *t*) geht ein sehr feines Fädchen ab, die *radix brevis nervorum ciliarium* (Fig. X, *d*), und gerade an der Abgangsstelle liegt wie ein Sandkörnchen auf dem Stamme des *n. oculomotorius* das kleine, $^{1}/_{4}$ mm im Durchmesser habende, *ganglion ciliare* (Fig. X, *b*). Die Fasern, welche in das *ganglion* hineingehen, lassen sich eine Strecke weit in den Stamm des *n. oculomotorius* verfolgen. Sie liegen neben denen, die zum *m. obliquus inferior* gehen.

Also auch hier, wie bei der Katze, haben der *n. trigeminus* und *sympathicus* keinen Antheil an der Bildung des *ganglion ciliare*, das allein dem *n. oculomotorius* angehört.

2. *N. trigeminus.* Der *n. nasociliaris* vom ersten Aste dieses Nerven (Fig. IX, *d*) giebt zwei Aeste ab, von denen der weiter nach hinten abgehende feinste, die *radix longa nervorum ciliarium* (Fig. IX. X, *h*), der andere nach vorn abgehende, dickere, der *n. ciliaris longus* (Fig. IX, *e*) ist, welcher nach aussen vor der *radix longa* liegt. Diese tritt an der Stelle, wo der *n. nasociliaris* über den *n. opticus* geht, unter denselben und verbindet sich mit der *radix brevis*, ohne dass sich Ganglienkugeln hier finden. Diese beiden *radices* trennen sich dann wieder und gehen in zwei dünnen Bündeln, *nervi ciliares* (Fig. X, *r. s*) unfern der Insertion des *n. opticus* durch die *sclerotica*. Das eine dieser Bündelchen liegt an der hinteren unteren Seite, das andere wendet sich mehr nach vorn und dringt 13 mm tiefer, als der *n. opticus* in den *bulbus* ein. Der *n. ciliaris longus* (*e*), zuweilen doppelt, wendet sich über den *n. opticus*, liegt dicht an demselben an und durchbohrt am vorderen, inneren Rande des *n. opticus* die *sclerotica*.

Zuweilen sah ich einen Faden vom *n. abducens* zu den Ciliarnerven hinzutreten.

3. *N. sympathicus.* Er lässt sich nur bis zum *ganglion Gasseri* verfolgen, von da aus sind die der Iris angehörenden Fasern untrennbar mit dem *n. nasociliaris* vereinigt. — Ueber seinen Verlauf am Halse s. die dritte Abtheilung C. dieses Capitels.

§. 5.

Ciliarnerven bei Vögeln.

(Fig. XI. und XII.)

Wie überhaupt der anatomische Bau bei Vögeln wenige Abweichungen unter den Gattungen darbietet, so herrscht auch eine grosse Aehnlichkeit in der Anordnung der Ciliarnerven. Die merkwürdigste Verschiedenheit von den Säugethieren besteht darin, dass der *n. sympathicus* keinen Antheil daran nimmt, wie man aus physiologischen Untersuchungen, s. Abschnitt II. Cap. III. §. 3, folgern kann. Die Ciliarnerven bestehen vielmehr bloss aus Zweigen des dritten und fünften Paares. Nach der Beobachtung von Bonsdorff[1]) kommt bei manchen Vögeln (*corvus cornix*; *grus cinerea*) auch noch ein Aestchen vom *n. abducens* zu den Ciliarnerven.

Die Lage der Augennerven gerade am Eintritte in die Augenhöhle ist folgende: Etwas oberhalb des dicken, sogleich sichtbaren Sehnerven liegen der erste Ast des *n. trigeminus* (Fig. XI, 3) und dicht an ihm noch weiter nach oben der *n. trochlearis* (Fig. XI, 4), unter dem Sehnerven (der in Fig. XI, 1 zurückgelegt ist) der Stamm des *n. oculomotorius* (Fig. XI, 2) und in der Tiefe der *n. abducens.*

An der hinteren und oberen Seite des *foramen opticum* entspringt der *m. rectus superior* (Fig. XI, *S*), der von da aufsteigt und zwischen dem hinteren und mittleren Drittheil der Innenfläche des *bulbus* seine Lage hat. Er bedeckt im Aufsteigen den ersten Ast des *n. trigeminus*, indem er sich mit ihm kreuzt. Auf der Innenfläche des *bulbus* bemerkt man den *m. obliquus superior* (Fig. XI, *O*), in den der *n. trochlearis* läuft. Dicht vor dem *n. opticus* liegt der nach vorn laufende *m. rectus inferior* (Fig. XI, *J*) und unter demselben der *m. rectus internus* (Fig. XI, *R*).

Legt man den *n. opticus* (1) etwas zur Seite, so erscheinen drei Aeste des *n. oculomotorius* (2), ein hinterer, ein vorderer und ein mittlerer. Der hintere (*a*), *ramus superior*, geht über den *ramus ophthalmicus trigemini* (3) und unter den *n. trochlearis* (4), um an die untere Fläche des *m. rectus superior* zu treten. — Der vordere (*c*), *ramus inferior oculomotorii*, richtet sich gegen den *m. rectus internus*

[1]) *Bonsdorff* in *Act. Soc. Sc. Fenn.*, *t. III*, 524 u. 603.

(*J*), theilt sich hier und sendet einen Ast zu diesem Muskel, den anderen theils zu dem *m. rectus inferior* (*R*), theils zu dem *m. obliquus interior*. — Der mittlere endlich (*b*), *ramus ciliaris*, schwillt bald zu einem *ganglion ciliare* an, nimmt dann einen aus dem ersten Aste des *n. trigeminus* (3) kommenden Zweig (*d*) auf und durchbohrt mit ihm hinter dem *n. opticus* die *sclerotica*. Der *ramus ciliaris oculomotorii* entspricht der *radix brevis*. Sie kommt auch darin mit der bei Säugethieren überein, dass das *ganglion* nahe der Theilungsstelle des *ramus inferior* liegt, auf einem kurzen Stielchen sitzt und dicker, als die *radix longa* ist.

Bei den Vögeln, welche ich untersucht habe, fehlte niemals das *ganglion ciliare*, auch bei dem Käuzchen, *strix passerina*, ist es deutlich vorhanden.

Die beiden Ciliarnerven treten bald dicht an einander liegend, so dass sie einem einzigen Nerven gleichen, bald mehr getrennt in den *bulbus* (Fig. XII). Sie verlaufen auf der hinteren unteren Fläche der *chorioidea*, einen schönen Nervenplexus bildend. Sie spalten sich mehrfach, besonders der *ramus ciliaris oculomotorii*, weniger oder gar nicht der vom *trigeminus*. Meistens gelangen 6 bis 8 Fäden an die Iris.

§. 6.

Ciliarnerven des Frosches.

(Fig. XIII.)

Der *n. oculomotorius* (Fig. XIII, 2), ein kaum $1/_2{}^{mm}$ dicker Nerv, tritt ungefähr $1^1/_2$ bis 2^{mm} hinter dem *n. opticus* (1) durch ein knorpeliges Plättchen aus der Schädelhöhle. Entweder dicht nach dem Durchtritt oder vor demselben geht ein dünnes Aestchen ab, *r. superior* (*a*), welches auf einem Aste des fünften Nerven, dem *n. nasociliaris* (*e*), zum *m. rectus superior* (*R*) hingeht. Um diesen Nerven zu sehen, lege man den *bulbus* von oben bloss, wo man sogleich den *m. rectus superior* gewahr wird, der von hinten und innen nach vorn und aussen verläuft; an diesem Muskel liegt der Nerv. Ueber das hintere Ende des Muskels läuft der *n. nasociliaris* von aussen nach innen. Der Hauptstamm des *n. oculomotorius* liegt sehr nahe vor dem *ganglion Gasseri* und nimmt eine Richtung gegen den *n. opticus*. Ehe er sich dahin wendet, um sich an den Augenmuskeln zu vertheilen, geht ein Stämmchen gegen den Augapfel, die sehr kurze *radix brevis nerv. ciliarium*, welches mit dem Ciliarnerven des *trigeminus*, *radix longa* (*d*), sich vereinigt. Dieser Ciliarnerv, *radix longa* (*f*) ist sehr zart, und kommt an derselben Stelle, an welcher der *n. nasociliaris* abgeht, aus dem *n. trigeminus*, so dass er sowohl als Zweig des *n. nasociliaris*, wie als besonderes Stämmchen betrachtet werden kann. Ob ein *ganglion ciliare* an der Vereinigungsstelle der beiden Ciliarnerven vorhanden ist, wage ich nicht mit Bestimmtheit auszusprechen. Es schien mir allerdings so zu sein, und zwar in der Weise, dass das *ganglion* allein dem *n. oculomotorius* angehört, und unmittelbar vor demselben die *radix longa* dazu tritt. Jedoch ist es mir nicht gelungen, durch das Mikroskop mich davon zu überzeugen. Von dieser Vereinigungsstelle aus entstehen einige überaus zarte Fäden, welche neben den Ciliargefässen nach aussen vom *n. opticus* den *bulbus* durchbohren.

Der *n. sympathicus* (*h*) tritt seitlich ins *ganglion Gasseri* ein, nachdem er in einem kleinen Bogen von dem *ganglion vagi* sich bis zum *n. trigeminus* gewendet hat.

Diese Angaben stimmen im Ganzen mit denen des Herrn Volkmann [1]) sehr überein. Nur geht dieser Forscher nicht näher auf die Ciliarnerven ein. Jedoch glaube ich, dass er den *n. ciliaris trigemini* anführt, indem er ein äusserst feines Aestchen erwähnt, welches vom Nasenaste unmittelbar nach seinem Ursprunge entsteht. — Ein *ganglion* im Verlaufe des *n. oculomotorius* ist nicht angegeben. — In einer unter Herrn Bonsdorff sehr genau angestellten Untersuchung von Dr. Hjelt [2]) über die Kopfnerven der Kröte ist hingegen eines solchen *ganglii* gedacht, welches im Grunde der *orbita* zwischen *m. r. superior* und *inferior* liegen soll.

§. 7.

Ciliarnerven des Barben.

(Fig. XIV.)

Bei den Fischen haben die Ciliarnerven einen ganz ähnlichen Verlauf. Der *n. oculomotorius* (Fig. XIV, *b*) giebt Zweige an alle Augen-

[1]) Volkmann in Müll. Arch. 1838, p. 70.

[2]) *O. E. A. Hjeld, De nervis cerebralibus parteque cephalica nervi sympathici Bufonis cin. Helsingf.* 1852: *Ganglion ciliare situm est haud procul e ganglio Gasseri paene in*

muskeln, und bevor derselbe unter den *n. opticus* (Fig. XIV, *a*) hergeht, vereinigt er sich als *n. ciliaris* (*e*) mit der *radix longa* (*l*) aus dem *trigeminus*. An der Stelle liegt eine Anschwellung, welche dem *n. oculomotorius* allein angehört. Vom *n. trigeminus* geht ausserdem noch ein besonderer Ciliarnerv (*k*), der nicht mit dem *n. oculomotorius* communicirt. Die Ciliarnerven gehen neben dem *n. opticus* in die Augenhöhle.

B. *Verbreitung der Nerven in der Iris.*

(Fig. XV. und XVI.)

An den Augen von weissen Kaninchen habe ich versucht, so genau, als mir möglich war, die Nerven in der Iris zu verfolgen. Um dieselben gut auch in ihren feinsten Verzweigungen zu erkennen, legte ich eine rein gewaschene Iris so lange in *liquor Kali caustici*, welchen ich mit 3 Theilen Wasser verdünnt hatte, bis man nicht nur kein Blut mehr in den Gefässen wahrnehmen konnte, sondern bis die Iris ein geléeartiges Aussehen gewann. Oft waren dazu nur 12 Stunden, öfter 2 bis 3 Tage erforderlich. Sodann blieb die Iris 24 Stunden in Wasser, wurde dann in sehr verdünnte Chromsäure 1 Tag lang gebracht, und nun unter dem Mikroskope untersucht. Traten nach dieser Vorbereitung die Nerven noch nicht so hervor, dass man sie gut verfolgen konnte, so wiederholte ich das frühere Verfahren, indem ich das Organ abwechselnd in Kali, Wasser und Chromsäure legte. Man kann bei nicht zu warmer Temperatur Monate lang eine so präparirte Iris in Wasser, welches man täglich erneuert, aufbewahren, und es ist also nicht sehr begründet, wenn man in vielen Schriften von der grossen Zartheit der Iris sprechen hört, indem sie in der That weder leicht zerreisst, noch sich leicht zersetzt. Da es mir daran gelegen war, ein recht getreues Bild von der Nervenverbreitung zu erhalten, so wurde auf das Deckgläschen ein Kreuz eingeschnitten und auf die Iris selbst ein Pigmentkörnchen an eine Stelle gelegt. Hierdurch war es ein Leichtes, jeden Tag von Neuem die Iris gerade

---

fundo orbitae inter m. rectum superiorem et inferiorem. Hoc ganglion, quod positum est ad latus inferius rami nasalis n. trigemini et retrorsum ad latus externum n. optici caret forma illa oblonga, quae apud animalia superiora ei propria est, atque potius format intumescentiam nodosam.

so auf das Objectglas zu legen, wie den Tag vorher. Auf Papier wurde nun ein Kreis gezogen, dessen Ausdehnung der angewandten Vergrösserung entsprach, und ein Kreuz in den Kreis gezeichnet. Wenn man nun darauf achtete, dass der Rand des Objectglases immer parallel dem Rande des Objecttischchens am Mikroskop blieb, so konnte man Faser für Faser verfolgen, was freilich bei der grossen Menge sehr zeitraubend war. Weil es zur leichteren Uebersicht zweckmässiger erschien, keine starke Vergrösserung anzuwenden, so war es nothwendig, sich bei den feiner werdenden Zweigen zu controliren, da dieselben undeutlich werden. Deshalb wurden diese jedesmal bei einer Vergrösserung von 180 durch ein zweites, daneben stehendes Mikroskop beobachtet. So entstand die Abbildung Fig. XV, welche vollkommen naturgetreu ist. Man wird bei dem Ueberblicken derselben Einiges bemerken, was auffallen kann. An drei oder vier Stellen endigen die Nerven ganz frei. Dies ist aber keine wirkliche Endigung, ich war vielmehr nicht im Stande, an diesen Stellen die Faser, die sich wahrscheinlich an eine andere wieder angelegt hat, zu verfolgen, weil dieselben nicht durchsichtig genug waren. — Man wird ferner bemerken, dass an einer Stelle nahe dem Ciliarrande eine ganze Strecke ohne Nerven ist, was sehr gegen die anderen Stellen absticht. Da mir dies Verhalten sehr unwahrscheinlich vorkam, habe ich meine ganz besondere Aufmerksamkeit lange auf diese Stelle gerichtet; aber ich war nicht im Stande, weitere Nerven zu entdecken. Ob dies nun wirklich sich so verhält, oder ob sich die Nerven hier den Blicken entzogen haben, oder vielleicht durch die Präparation unkenntlich geworden sind, weiss ich nicht. Man wird denken können, dass durch ein anderes Präparat diese Lücke hätte ergänzt werden können. Aber einmal wollte ich nichts Anderes darstellen, als was ich gerade an dieser Iris, an der ich mehre Wochen hindurch anhaltend beobachtete, gesehen hatte. Zweitens aber habe ich auch an anderen Präparaten solche freie Stellen gesehen; jedoch war keines so vollkommen gut gerathen, als das vorliegende. — Es könnte ferner auffallen, dass zuweilen dünne Fasern sich verdicken, ohne dass man den rechten Grund einsieht. Manchmal lag dies darin, dass man bei der Vertheilung eines Nerven nicht alle Aestchen verfolgen konnte, so Fig. XV *). Hauptsächlich aber hat dies in der eigenthümlichen Vertheilung der Irisnerven ihren Grund, welche ich durch eine besondere naturgetreue

Abbildung (bei 180maliger Vergrösserung) veranschaulicht habe. In Fig. XVI ist *A* ein Irisnerv, der, wie man sicht, sich in drei Zweige theilt *b*, *c*, *d*. Da, wo sich *b* von *c* trennt, tritt aber von einem anderen Nerven wenigstens eine, oft mehrere Fasern zu *c*. So kommen aus sehr vielen Nerven Fasern zusammen, um sich zu vermischen, und man kann vielleicht sagen, dass in jedem stärkeren Nerven der Iris aus allen Zonen derselben Fasern enthalten sind. So z. B. erhält *c* in Fig. XVI Fasern von *A* durch *b*, *c*, und von *d*, welches, indem es durch Vereinigung mit *g* zu *h* wird, in einem Bogen Fasern zu *e* giebt. — Ueberall, wo zwei Nerven über einander weggehen oder sich trennen, bemerkt man solche Bogen, durch welche alle Nerven in einer sehr engen Beziehung zu stehen scheinen. Es ist möglich, dass durch diese innige Verkettung der Nerven die Harmonie der Irisbewegung wesentlich gefördert wird.

Ich bin überzeugt, dass trotz aller Mühe, die ich anwandte, doch noch viel mehr Nerven vorhanden sind, als die Figur zeigt, und wer einmal eine Iris angesehen hat, der wird meine Ueberzeugung theilen.

Hart bis an die Pupille konnte ich, wie man in der Abbildung sieht, nur wenige verfolgen, meistens blieb ein schmaler, nicht an allen Stellen gleich breiter Rand übrig, in dem ich nur Muskelfasern erkannte.

Niemals ist es mir gelungen, einen Nerven frei endigen zu sehen. In vielen Fällen hatte es mir so geschienen, als ich die Untersuchung begann; später aber überzeugte ich mich, dass solche Nerven entweder tiefer oder oberflächlicher weiter verlaufen. Hingegen habe ich eine Menge Bogen oder Schlingen sowohl an dem Pupillarrand, als an der übrigen Iris beobachtet. Gar nicht selten habe ich einen nur aus einer oder zwei Primitivfasern bestehenden Nerven bis zu den Stämmchen zurückverfolgt, an welche sie sich anlegten; so dass also jedenfalls die Schlingenbildung, welche zuerst Herr Valentin[1]) als allgemeine Nervenendigung beschrieb, in den Irisnerven vorwaltend ist. — Neuerdings scheint Herr Mayer[2]) auch freie Endigungen der Irisnerven anzunehmen.

[1]) *Valentin in Act. nat. cur.*

[2]) Mayer in Verh. des naturh. Vereins in Bonn X. p. 11 u. 34.

doch spricht er sich darüber nicht ganz bestimmt aus. Er beschreibt übrigens auch die vielen Endschlingen, so auch Herr Donders[1]).

Niemals habe ich in den Irisnerven Ganglien gefunden, was mir nicht entgangen sein konnte bei der Kanincheniris, mit der ich mich so lange Zeit täglich beschäftigte. Hingegen beschreibt und bildet Herr Mayer zahlreiche Ganglien in den Irisnerven ab bei Wallfischen. Auch beim Menschen fand er die Nerven „aus mit wenigen kleinen Knötchen versehenen Netzen gebildet". Mir ist es nicht gelungen, Nervenknoten in der menschlichen Iris aufzufinden.

Ich habe mich bemüht, die einzelnen Irisnerven unter dem Mikroskope zu verfolgen; so z. B. die Fasern der *radix brevis n. oculomotorii* vom *sphincter iridis* aus; kam aber zu keinem Resultat. Ich habe verschiedentlich den *n. sympathicus* am Halse exstirpirt, und das Thier, an dem ich die Operation machte, eine Zeit lang am Leben gelassen, ehe ich es tödtete. Da in Folge dieser Exstirpation die Fasern des nicht mehr mit dem Centrum in Verbindung stehenden Nerven eine Degeneration erleiden, so liess sich erwarten, auf diesem Wege zu einem Resultat zu gelangen. Durch die Behandlung mit Kali hingegen wird die Unterscheidung der degenerirten Fasern, besonders wenn sie so fein wie in der Iris sind, so erschwert, dass ich es nicht wage, mich bestimmt darüber auszusprechen. — Ich glaube indess nicht, dass von den eintretenden Stämmchen einzelne bloss Fasern des *n. oculomotorius*, andere bloss vom *sympathicus* und noch andere bloss vom *trigeminus* enthalten; da ich nicht fand, dass sich ein Stämmchen mit allen seinen Fasern ganz in den *sphincter* begab, oder dass gar keine Communication der *sphincter*-Fasern mit anderen Stämmchen stattgefunden hat. Dabei muss man aber auch daran denken, dass im *sphincter* noch Fasern des *dilatator* liegen.

C. *Ursprung der Irisnerven.*

§. 1.

N. sympathicus.

(Fig. XVII und XVIII.)

Der Cervicaltheil des *n. sympathicus* enthält die Fasern in sich, welche zur Iris gehen. Wir wollen der Kürze wegen diese Fasern den Irissympathicus nennen, obwohl er nicht durch Trennung

[1]) *G. C. P. de Ruiter diss. de act. Atropae Bellad. Utrecht* 1853.

isolirt darzustellen ist. Durch meine physiologischen Versuche ist es möglich geworden, den Ursprung und Verlauf des Irissympathicus so genau zu ermitteln, wie man diese von irgend einem Körpernerven kennt. Hierdurch muss auch die anatomische Beschreibung des ganzen *n. sympathicus cervicalis* eine andere als die bisher übliche werden. Indem man bisher an der Peripherie begann, muss man natürlich am Nervenursprung nun anfangen. Dieser ist aber nicht im Schädel, sondern im Rückenmarke. Wenigstens verlaufen alle Fasern, deren Function bis jetzt ermittelt ist, von unten nach oben, und zwar kommen sie in den Stamm des *n. sympathicus cervicalis* von dem Rücken- und verlängerten Marke durch die *rami communicantes* des zweiten und ersten Brust-, des achten und siebenten Halsnerven, sowie des *n. hypoglossus*. Von den Fasern, deren Function noch nicht ermittelt ist, z. B. den *rami communicantes* der oberen Halsnerven, des *n. vagus* etc., ist hier auch in anatomischer Beziehung um so weniger die Rede, als sie sicher Nichts mit der Iris zu thun haben. — In dem Stamm des *n. sympathicus cervicalis* liegen aber ausser den eben erwähnten aufsteigenden Fasern noch andere Elemente, nämlich Ganglienkugeln und gangliöse Fasern, auch absteigende Fasern, die in der Richtung vom Kopf nach der Brust hin verlaufen. Die Ganglienkette, welche vom *ganglion medium* und *infimum cervicale, primum et secundum thoracicum* gebildet ist und oft ganz in eine Masse verschmolzen erscheint (Fig. XVII, *G'* und XVIII, 1. 2. 3. 4), und ferner das *ganglion cervicale supremum* (Fig. XVII, *G*) enthalten wie alle Ganglien eine Menge Ganglienkugeln ohne Nervenanhänge, und auch solche mit gangliösen Fasern. Wie weit die letzteren gehen, welche Richtung sie haben, weiss man eben so wenig, als man ihre Function im Entferntesten bis jetzt kennt.

Nachdem durch physiologische Forschungen ein Anhaltspunkt über den *n. sympathicus cervicalis* gewonnen war, hat die anatomische Untersuchung hauptsächlich die Richtung nachzuweisen, welche die Fasern der oben angegebenen, auf die Iris Bezug habenden *rami communicantes* sowohl in den Rückenmarksnerven zeigen, von denen sie ausgehen, als in dem *n. sympathicus*, in den sie eintreten. Man kann nun freilich keinem Nervenbündel die Richtung ansehen, sondern man kann allein bestimmen, ob ein abgehender Zweig eines Stammes neben der einen oder anderen Seite der Fasern verläuft. In Fig. XVIII ist am zweiten Brustnerven (II) *r* seine Verbindung mit dem Rückenmark, und zwar die hintere Wurzel, unter welcher die vordere verdeckt liegt. Nach *p* zu geht der *ramus anterior* dieses Nerven, von ihm kommt der Ast *a*, der wieder den Zweig *b* abgiebt. Angenommen, man sähe unter dem Mikroskope, dass die Fasern von *b* nach *a* und dann nach *r* zu laufen, so bleiben doch zwei Annahmen übrig, nämlich entweder können die Fasern in *b* von dem *n. sympathicus* (*S*) aus nach dem Rückenmark, oder von dem Rückenmark aus gegen *S* verlaufen. Im ersteren dieser beiden Fälle ging aus der Anschauung nicht hervor, ob nicht *b* geradezu aus dem *ganglion* 4 entspringe.

Bei der anatomischen Beschreibung wird also das rein Objective, lediglich durch die Anschauung Gewonnene, streng von den Folgerungen zu trennen sein; wie es auch im Folgenden geschehen ist.

Eine treffliche Arbeit ist in dieser Beziehung von den Herren Volkmann und Bidder[1]) erschienen, welche den Frosch zu ihren Untersuchungen benutzt haben. Der Rückenmarkstheil, an welchem bei Säugethieren die für den Irissympathicus wichtigen Nerven (siebente, achte Hals-, erste, zweite Brustnerven) hervorkommen, ist im Frosche durch die Gegend repräsentirt, die um den zweiten und dritten Nerven liegt, wie aus den physiologischen Untersuchungen hervorgeht.

Die oben genannten Forscher nennen den Verlauf eines *r. communicans* in dem Rückenmarksnerven central, wenn sich die Fasern von jenem an den Theil von diesem legen, welcher aus dem Rückenmark kommt; hingegen peripherisch, wenn sie sich an den der Peripherie zulaufenden Theil legen. So ist z. B. in der Fig. XIX, *C* der *ramus communicans* zwischen dem achten Nerven (*D*) des Frosches und dem *n. sympathicus* (*B*). Bei *A* ist der Theil des Nerven, welcher zunächst an die Wurzeln, also an das Rückenmark stösst, bei *A'* der Theil, welcher nach dem Beine hingeht. Die Fasern *x* des *r. communicans* laufen central, die von *y* peripherisch. —

Bei den hier in Betracht kommenden Nerven des Frosches zeigen sich, nach den Untersuchungen der Herren Bidder und Volkmann, folgende Verhältnisse: In vier vorliegenden Beobach-

[1]) Volkmann und Bidder, Die Selbstständigkeit des sympathischen Nervensystems. Leipz. 1842. 4.

tungen vom dritten Nerven, der eine Breite von 0,0040'', 0,0037'', 0,0033'', 0,0072'' hatte, ging in drei Fällen die grössere Hälfte central, die geringere peripherisch; in einem Falle gingen fast gleiche Portionen central und peripherisch. Vom zweiten *ramus communicans*, der ausserordentlich kurz und fein ist, misslang die Untersuchung in drei Fällen, in einem ging derselbe zur grösseren Hälfte central. Ich habe diese Untersuchungen am dritten und zweiten Nerven des Frosches wiederholt und kann sie ganz bestätigen. Das grösste Hinderniss bietet das Pigment dar, dessen Entfernung selten vollständig gelang. Jedoch ist es ganz augenscheinlich, dass der grösste Theil der Fasern des zweiten und dritten Nerven, die im *r. communicans* liegen, zwischen dem *n. sympathicus* und dem Rückenmark, der bei Weitem kleinere Theil zwischen *sympathicus* und dem nach der Peripherie verlaufenden Nerven verlaufen. So z. B. gingen bei einer von mir angestellten Untersuchung am zweiten Nerven mindestens $^3/_4$ der Fasern central und höchstens $^1/_4$ peripherisch, bei einer anderen am dritten Nerven gingen nahezu alle Fasern central.

Daraus geht also hervor, dass der bei Weitem grössere Theil der im zweiten und dritten *r. communicans* liegenden Fasern nicht mit den für die obere Extremität und einige benachbarte Theile bestimmten Nerven gehen, sondern entweder vom *n. sympathicus* aus in das Rückenmark hineinlaufen, oder vom Rückenmark zum *n. sympathicus* gehen und ihn zusammensetzen helfen. Durch physiologische Versuche hat sich ergeben, dass das Letztere das wahre Verhältniss sei.

Auch über die Verbindung des *r. communicans* mit dem *n. sympathicus* sind von dem dritten Nerven drei Beobachtungen in demselben Werke mitgetheilt. In zwei Fällen hatten alle oder fast alle Fasern, welche vom *r. communicans* in den *n. sympathicus* übergehen, eine Richtung gegen den Kopf, in einem zur Hälfte gegen den Kopf, zur Hälfte nach hinten. Ich habe auch diese Untersuchungen am dritten und zweiten Nerven wiederholt und jedesmal gefunden, dass die meisten Fasern nach dem Kopfe zu laufen, aber immer auch eine Anzahl nach hinten. Man wird also hiernach als den wahrscheinlichsten Verlauf der Fasern im *r. communicans* des dritten und zweiten Nerven beim Frosche annehmen können, dass der überwiegend grösste Theil aus dem Rückenmark in den *r. communicans* übergeht, bis zum *n. sympathicus* geführt wird, hier zum Theil nach vorn gegen den Kopf, zum (geringeren) Theil nach hinten gegen die Brust verlaufen, dass also im *n. sympathicus cervicalis*, wie schon oben erwähnt, aufwärts und abwärts steigende Fasern liegen. Eine kleine Fasermenge geht aber auch vom *n. sympathicus* im *r. communicans* rückwärts in der Richtung gegen den zweiten resp. dritten Nerven und wird von da aus nach den Theilen hingeführt, in welchen sich der zweite und dritte Nerv verbreiten. Diese Fasern können entweder von den Ganglien des *n. sympathicus* entspringen, oder sie kommen von den vorderen Centraltheilen (verlängertes Mark, Gehirn), gehen in den *n. sympathicus* und von da aus durch die *r. communicantes* in die Peripherie. — Da sich dasselbe Verhalten in allen Nerven wiederholt, so kann man sagen, dass die in jedem *r. communicans* vorhandenen Fasern nach drei verschiedenen Richtungen hingehen, die einen vom Rückenmark gegen den Kopftheil des *n. sympathicus*, die anderen vom Rückenmark gegen den Brust- und Bauchtheil desselben Nerven, eine dritte Reihe vom *n. sympathicus* rückwärts gegen das Rückenmark resp. die Peripherie.

Bei Kaninchen habe ich die hier in Betracht kommenden Nerven hinsichtlich ihrer Richtung gleichfalls zu erforschen gesucht.

a) *Ramus communicans* des zweiten Brustnerven.

Er gehört, wie alle *rami communicantes*, dem vorderen Aste des zweiten Brustnerven an. Ich fand folgende Modificationen seines Abgangs. Entweder sind zwei vorhanden oder einer, der sich entweder nahe seines Eintritts in den *n. sympathicus* oder früher spaltet, selten ist nur einer überhaupt vorhanden. Sie gehen entweder von dem Hauptstamm des vorderen Astes, d. h. dem *n. intercostalis*, ab, und zwar ganz nahe seiner Trennung vom *ramus posterior*; oder von einem Nebenast des *ramus anterior*, welcher sich mit dem ersten Brustnerven verbindet (Fig. XVIII). Das Letztere scheint das gewöhnlichere Verhalten zu sein. — Die Breite des Stammes fand ich z. B. bei einem jungen Kaninchen 0.5^{mm}, den *r. communicans* selbst $0{,}2^{mm}$. — Der letztere enthält hauptsächlich schmale Fasern, welche in einem Fall in einem Verhältniss von ungefähr 3 — 4 : 1 zu den breiten geschätzt werden konnten; dagegen enthält der Stamm selbst vorwaltend breite Fasern, so dass $^3/_4$ von ihnen und $^1/_4$ schmale etwa darin enthalten sein mögen.

Im *n. sympathicus* angelangt, legt sich der grösste Theil an denselben an und geht mit demselben gegen den Kopf hin aufwärts, ein kleiner abwärts. Das Verhältniss der letzteren Fasern zu den ersteren war meistens der Art, dass $^4/_5$ zu diesen, $^1/_5$ zu jenen gehörten.

b) *Ramus communicans* des ersten Brustnerven.

Er kommt entweder direct aus dem *ramus anterior* des ersten Brustnerven oder aus dem Nebenast, der zwischen dem zweiten und ersten Brustnerven liegt. Er ist $^1/_3$ schmäler als der *r. communicans* des zweiten Brustnerven. Wenn er direct aus dem ersten Brustnerven entspringt, so sieht man alle seine Fasern mit dem centralen Theil des Nerven laufen, d. h. in derselben Richtung, wie der Nerv selbst. — Im *n. sympathicus* geht er fast ausschliesslich gegen den Kopf hin.

c) *Ramus communicans* des achten Halsnerven.

Er ist um ein Weniges dicker, als der vorige, sein Verhalten ist aber genau dasselbe. Er geht nämlich bloss vom Centraltheil des siebenten Nerven aus. In dem mir vorliegenden Präparat kann ich keine Faser bemerken, welche peripherisch verliefe. Sämmtliche Fasern gehören zu den schmalen. — Im *sympathicus* scheint ein Theil abwärts, gegen die Brust hin zu gehen, ein anderer aufwärts. Doch bin ich, wegen der Schwierigkeit der Präparation, nicht zur vollständigen Gewissheit gelangt.

Ein ähnliches Verhalten zeigt der siebente Halsnerv.

§. 2.

N. oculomotorius.

Die Untersuchungen von Herrn Stilling und die bestätigenden von Herrn Kölliker haben gezeigt, dass der *n. oculomotorius* von der Innenseite der *pedunculi cerebri* aus durch die *substantia nigra* und das *tegmentum* bogenförmig rückwärts und nach innen bis zum Boden des *aquaeductus Sylvii* geht, wo er sich in der grauen Substanz verliert.

Am Kaninchengehirne sehe ich diesen Nerven aus fünf bis sechs Nervenbündeln entstehen, von denen die stärksten in dem *pedunculus* derselben Seite verschwinden, andere hingegen ganz nach innen sich wenden, um in den *pedunculus* der anderen Seite überzugehen; endlich am weitesten nach vorn und nach aussen kommen noch Fasern hinzu, die von vorn nach hinten laufen und mit den vorderen Vierhügeln zusammenzuhängen scheinen.

§. 3.

N. trigeminus.

An dem Ursprung der grösseren Portion (*portio major*), welche hier allein in Betracht kommt, erkennt man einen inneren und äusseren Fascikel, von denen jener gegen die *fossa Sylvii* hin, dieser gegen das *corpus restiforme* verläuft. — Es liegt hier neben und zum Theil über dem Centralende des *n. facialis*. Vergl. den phys. Theil; Abschn. II, Cap. IV. §. 8.

Fünftes Capitel.

Stroma der Iris.

Ausser den Muskeln, Gefässen und Nerven der Iris finden sich noch Gewebtheile, welche theils zur Verbindung jener dienen, theils eine umhüllende Decke um die Iris bilden. Sie sind gewissermaassen als die Unterlage, das Stroma, zu betrachten, in welcher die eigentlichen fungirenden Organe eingebettet und mit denen sie überdeckt sind.

Betrachtet man eine von ihrem Pigment völlig gereinigte menschliche Iris, so fallen sogleich die spindelförmigen pigmenthaltigen Zellen auf, welche bei brauner Farbe der Iris durch anhängendes Pigment dunkler, oder bei blauer Iris blasser erscheinen, vielfach unter einander anastomosiren und wie ein Netzwerk über die ganze Iris ausgedehnt sind (s. Fig. XX). — Daneben erblickt man, jedoch nicht in grosser Menge, eigentliches Bindegewebe, das in lockigen Bündeln erscheint. Diese beiden Arten machen das Stroma der Iris aus, welches von hinten und vorn mit Epithel überzogen ist. Das hintere schliesst das Pigment ein. Wenn die menschliche Iris mehrere Tage in Wasser liegt, so sieht man auf ihrer hinteren Fläche eine dünne Membran in Fetzen flottiren, welche grösstentheils nichts Anderes als eine Masse neben einander hängender Pigmentzellen ausmacht. Dies ist wahrscheinlich die *m. limitans Pacini s. m. pigmenti s. m. Jacobi.*

Zweiter Abschnitt.

Bewegungsphänomene.

Erstes Capitel.

Allgemeines.

Die lebendige Bewegung der Iris beruht wesentlich darauf, dass die beiden oben (Abschn. I, Cap. 2, S. 19 fg.) beschriebenen Muskeln sich verkürzen, bald der *sphincter*, bald der *dilatator*. Durch die Verkürzung des ersten wird die Pupille enger, durch die des zweiten wird sie weiter. Jedoch ist die Veränderung des Pupillendurchmessers nicht immer Folge einer lebendigen Bewegung, vielmehr kann die Pupille auch durch physikalische Ursachen, sowohl während des Lebens, als nach dem Tode enger und weiter werden. Insofern aber durch organische Kräfte die Muskeln sich verkürzen, schreibt man ihnen Contractilität oder Contractionskraft zu. Man kann sich vorstellen, dass während der Verkürzung eines Muskels die kleinsten Theilchen, die ihn zusammensetzen, sich einander nähern und dadurch ein Muskel um so viel dicker wird, als er an Länge einbüsst (vergl. unten: Cap. 2), und dass die kleinsten Theilchen wieder in ihre frühere Lage (Ruhelage) zurückkehren, wenn die Contraction zu Ende ist. Nach dem allgemeinen Tode, d. h. nach dem Aufhören der Athem- und Herzbewegung, sowie des Gefühls, der Empfindung und des Willens dauert noch eine Zeit lang die Contractilität der Muskeln fort; also auch an abgeschnittenen Gliedern. Mit ihrem Schwinden hören alle Kräfte zu wirken auf, die im lebendigen Körper thätig waren. Der Muskel wird starr und verwest dann. Die materiellen Veränderungen der Muskelfasern, welche zwischen der lebendigen Contractilität und der Fäulniss liegen, sind noch nicht so genau bekannt, dass man daraus eine Muthmaassung schöpfen könnte, woher so viele Verschiedenheiten in der Dauer der Muskelreizbarkeit nach dem Tode, sowie auch in ihrer Intensität während des Lebens entstehen. Ich will hier auf diesen oft besprochenen Gegenstand nicht im Einzelnen eingehen, nur soviel bemerken, dass man nicht leicht zwei Individuen derselben Thierspecies findet, in welchen die Contractilität des gleichen Muskels gleichzeitig aufhörte, oder in welchen sich die verschiedenen Muskeln gegen einander gleich verhielten. Was die Iris betrifft, so habe ich zwar fast beständig die Contractilität des *m. dilatator* bei Menschen, Kaninchen, Hunden länger dauern gesehen als die des *sphincter*; bei jungen Ziegen hingegen, bei denen der *dilatator* auch im Leben sehr träge ist, blieb der *sphincter* bei mehren Versuchen nach dem Tode sehr lange contractil. — In vielen Beobachtungen an Kaninchen war vierzig Minuten nach dem Tode der *dilatator* noch bewegungsfähig, in anderen schon nach zwanzig Minuten nicht mehr. Meistens dauerte die Contractilität des genannten Muskels bei Kaninchen länger, als die des Magens und der Gedärme, länger als die der Psoas- und anderer Extremitätenmuskeln, selten länger als die des Herzens und des Zwerchfells. Aber alle diese Verhältnisse sind sehr wechselnd, und es wäre unrecht, wenn man von einer Gesetzmässigkeit sprechen wollte.

Aber auch während des Lebens kann die Muskelcontractilität sich vermindern und schwinden, bei welcher Erscheinung besonders zwei Einflüsse von grossem Werthe sind: nämlich 1) der stets erneute Blutzutritt und 2) der Gebrauch der Muskeln. Wie wichtig jener ist, beweisen ausser den älteren Versuchen von Ségalas[1]) die neuen von den Herren Brown-Sequard[2]) und Stannius[3]) gemachten Beobachtungen, dass diese Eigenschaft eine Zeit lang nach dem Tode sogar den schon durch die Todtenstarre hart gewordenen und jeder Reaction entbehrenden Muskeln wiedergege-

---

[1]) *Ségalas d'Etchepare* in *Magendie Journ. de Phys. exp.* 1824. *T. IV, p.* 287. — *Cf. Treviranus Biologie V, p.* 281.

[2]) *Brown-Sequard* in *Compt. rend.* 1851, *Juin, p.* 85.

[3]) *Stannius* im Archiv für phys. Heilk. 1851, Bd. XI, p. 1.

ben werden kann, wenn frisches Blut von einem lebenden Individuum in die Adern eines schon starren Gliedes eingespritzt wird. Was für eine Bedeutung der Gebrauch eines Muskels hingegen hat, das kann man sehr entschieden an der Iris sehen. Der *m. dilatator* lässt sich ganz ausser Action setzen, wenn man das obere Halsganglion exstirpirt. Bei einem Thiere, an dem man diese Operation auf einer Seite gemacht hat, wird man immer nach drei Wochen, oft noch viel früher finden, dass bald nach dem Tode der *m. dilatator* dieser Seite vollkommen reizlos ist, während der der anderen Seite zwanzig Minuten und länger contractil bleibt.

Neben diesen beiden Bedingungen, welche zum Fortbestande der Verkürzungsfähigkeit der Muskeln wesentlich sind, ist aber noch drittens eine Anregung erforderlich, damit die im Muskel ruhende Kraft sich offenbare. Die gewöhnlichste, wenn auch nicht alleinige Anregung während des Lebens ist die motorische Nervenkraft. Wenn nämlich motorische, einem Muskel angehörende Nerven in Thätigkeit versetzt werden, so erzeugt sich durch dieselbe in dem Muskel eine andere Kraft: die Contractionskraft, welche sich in der Erscheinung als Verkürzung kund giebt; — gerade so, um ein Beispiel aus der anorganischen Physik beizubringen, wie in weichen Eisenstäben durch den galvanischen Strom magnetische Kraft sich bildet. Da die anderen Ursachen, welche den lebenden Muskel contractil machen, theils wenig bekannt sind, theils von geringer praktischer Wichtigkeit für unseren Gegenstand zu sein scheinen, so können wir von ihnen hier vollständig absehen.

Die Entstehung der nervösen Thätigkeit geschieht hingegen nicht in den Nerven selbst, welche vielmehr — den Drähten ähnlich, die den galvanischen Strom leiten — hauptsächlich als Verbindungs- und Leitungsfäden zu betrachten sind; sie geschieht vielmehr in den Centralorganen. Jedoch müssen die Nerven ihre normale Structur beibehalten, wenn sie leitungsfähig bleiben sollen. Sie verlieren dieselbe bald, wenn sie getrennt von ihren Centraltheilen ausser Function sind. Bis sich ihre Structur verändert hat, können sie aber von Reizen künstlicher Art, wie z. B. vom galvanischen Strom, in Thätigkeit versetzt und durch sie die Contractilität in den Muskeln angeregt werden. Obwohl man bis jetzt über die Bedingungen sehr wenig, fast Nichts weiss, unter welchen die nervöse Kraft in den Centralorganen entsteht, so ist es schon von grossem wissenschaftlichen und praktischen Werthe, wenigstens die genauen Gränzen der Centralorgane für einzelne Bewegungsnerven und das Verhältniss derselben zu anderen Centraltheilen zu kennen, welche zu Bewegungen anderer Art, aber in demselben Organe bestimmt sind.

Somit wird also dieser Abschnitt in drei Abtheilungen zerfallen müssen, indem

1) von dem Antheil, den die Irismuskeln an der Bewegung haben, ihrem Hergange und ihren Modalitäten;

2) von den leitenden Nerven;

3) von dem Herde gehandelt wird, an welchem die nervöse Kraft entsteht.

Zweites Capitel.

Ueber die Muskelthätigkeit während der Irisbewegung.

Die organische Muskelthätigkeit besteht, wie gesagt, in der Muskelverkürzung. Bei ihrer Erforschung kommen zwei Fragen in Betracht, erstens: über die dabei stattfindende Veränderung des Muskels im Raume, und zweitens: über den Eintritt und die Dauer der Verkürzung. Denn wenn man weiss, um wieviel sich ein Muskel unter verschiedenen Verhältnissen verkürzen kann und wie lange es dauert, bis er anfängt und wieder aufhört, sich zu verkürzen, so erhält man ein Urtheil über die Leistungen, welche ein Muskel liefern und die man von ihm verlangen kann. Und wenn ein Muskel seine Functionen nicht mehr oder nicht vollständig auszuüben im Stande ist, so muss der Arzt zu jenen Fragen zurückkehren, wenn er die Störung kennen lernen will.

§. 1.

Veränderungen, welche die Irismuskeln bei ihrer Zusammenziehung erleiden.

Die Muskeln sind nicht, oder nur unbedeutend zusammendrückbar; eine Eigenschaft, die fast allen festen und flüssigen Körpern eigen ist. Der Raum, der von ihnen ausgefüllt wird, bleibt nahezu derselbe, wenn sie contrahirt sind, wie vorher. Nur ihre Dimensionen ändern sich wesentlich; was sie an Länge verlieren, gewinnen sie an Breite und Dicke.

Versuche über die Abnahme des Muskelvolums sind unter Anderen von den Herren Erman[1]), Marchand, E. Weber[2]) und Valentin[3]) angestellt worden. Man brachte in einen mit Wasser gefüllten und mit einem Korkstöpsel verschlossenen Cylinder Muskeln eines eben getödteten kaltblütigen Thieres, indem man sie an die Enden zweier Drähte anhing, die getrennt von einander durch den Stöpsel gingen. Die anderen Enden der Drähte standen mit einem galvanischen Apparate in Verbindung. Sobald dieser Apparat in Thätigkeit gesetzt wurde, zuckten die Muskeln. Durch den Stöpsel geht auch noch eine enge kalibrirte Röhre, in welche beim Verstopfen das Wasser aus dem Cylinder hineindringt. Wenn nun bei der Contraction der Muskeln die Masse sich verdichtete, so musste das Wasser in der Röhre fallen, und umgekehrt. Die Herren Erman, Marchand, E. Weber beobachteten eine, jedoch sehr geringe Volumverminderung, Herr Valentin u. A. gar keine.

An der Iris derartige Versuche anzustellen, ist unmöglich, weil die ausgeschnittene Iris auf Reize so gut wie gar nicht mehr reagirt.

Man kann hingegen direct an dem *sphincter iridis* beobachten, dass er bei seiner Verkürzung breiter wird. An dem herausgeschnittenen Auge von Fröschen findet sich eine gute Gelegenheit dazu. Lässt man in die Pupille eines solchen Auges das Sonnenbildchen oder künstliches Licht fallen, so wird die Pupille um 0,5 bis 1^{mm}, im verticalen Durchmesser, enger, und erweitert sich wieder im Schatten. Bei einer Reihe von Versuchen fand sich, dass die Breite des *sphincter*, der sich bei Froschaugen sehr leicht erkennen lässt, im Sonnenlicht um $1/_6$ und sogar bis $1/_3$ seiner früheren Breite zunimmt, und im Schatten wieder kleiner wird. Auch bei weissen Kaninchen kann man mit Hülfe der Lupe eine analoge Veränderung beobachten. Sehr geeignet finde ich aber junge Ziegen, an deren frisch abgeschnittenem Kopfe der Schädel eröffnet

[1]) Erman in Gilbert's Annalen 1812, Bd. 40, S. 13.
[2]) E. Weber in Wagner's Handwörterb. III. 2, S. 53.
[3]) Valentin in dessen Lehrb. d. Phys. II. 1, S. 60.

und das Gehirn soweit zurückgelegt wird, dass der dritte Gehirnnerv noch in Verbindung mit dem Gehirne gespannt zu sehen ist. Das Gehirn dieser Thiere ist sehr zähe und der Nerv reisst nicht leicht ab. Sobald derselbe galvanisirt wird, zieht sich das Auge nach innen und unten, die *membrana nictitans* schlägt sich hervor und die Pupille verengt sich. Der *sphincter* der Wiederkäuer hat eine sehr ungleiche Breite, nach oben und nach unten mass er z. B. bei einer jungen Ziege 2^{mm}, und an den Seiten rechts und links nur 1^{mm}. Während der Verengerung der Pupille, welche hauptsächlich den verticalen Durchmesser betrifft, sieht man, wie diese breiten Stellen des *sphincter* noch beträchtlich breiter werden, schon mit blossen Augen. Bei einer anderen jungen, ebenfalls getödteten Ziege betrug während des ungereizten Zustandes die Breite des *sphincter* oben und unten $1{,}5^{mm}$, bei der stärksten Pupillenenge hingegen 2^{mm}; mithin betrug die Verengerung $0{,}5^{mm}$. Im ersten Fall war der verticale Durchmesser 8^{mm}, im zweiten nahezu 16^{mm}.

In Betreff des *dilatator* ergab das Mittel aus sechs Versuchen an einem schwarzen Kaninchen folgendes Resultat.

Durchmesser der Pupille unmittelbar vor der Reizung des pupillenerweiternden Nerven.	Durchmesser der Pupille, durch die stärkste Reizung bewirkt.	Länge des *m. dilatator* vor der Reizung.	Länge desselben während der Reizung.	Unterschied zwischen der Pupillenapertur vor u. während der Reizung.	Unterschied zwischen der Länge des *dilatator* vor u. während der Reizung.
$4{,}25^{mm}$	7,66	4	2,5	3,41	1,5

Es wäre interessant gewesen, die Veränderungen zu studiren, welche während der Verkürzung erfolgen. Indess ist es mir niemals vorgekommen, dass die ausgeschnittene Iris der Säugethiere, an welchen ich experimentirte, noch ihre Reizbarkeit hatte, als sie unter dem Mikroskope lag.

§. 2.

Leistungsfähigkeit der Irismuskeln.

Auf die Grösse der organischen Verkürzung eines Muskels haben vier Umstände Einfluss: 1) die absolute Länge des Muskels,

2) die Zahl seiner Fasern, d. h. seine Dicke und Breite — oder sein Querschnitt, 3) die Ernährungszustände des Muskels, 4) die Erregung desselben durch die Nerven. Alles dies ist auch auf die Irismuskeln anwendbar.

Da eine Muskelfaser aus sehr vielen kleinsten Theilchen zusammengesetzt gedacht werden muss, so wird von zwei Muskeln derjenige absolut kürzer werden, welcher der längste von beiden ist. Ein Muskel von 2′ Länge kann sich sich bis zu $^3/_4$′ und selbst mehr verkürzen, ein Muskel von 2″ zu 9‴. Die Contractionsgrösse ist der Muskellänge proportional, wofern nämlich, wie es wahrscheinlich ist, die Muskelfaser in ihrer ganzen Länge gleiche Contractilität hat.

Die Muskelverkürzung würde der reine Ausdruck der Kraft sein, welche die Contraction hervorbringt, wenn diese Contraction keinen Widerstand fände. Wird aber während der Contraction durch irgend eine Ursache die sich verkürzende Faser auch ausgedehnt oder sonst wie in ihrer Verkürzung gehindert, so muss natürlich die Wirkung jener Kraft Abbruch leiden, indem ein Theil der Kraft absorbirt wird, um die Widerstände zu überwinden. Man kann sich mithin die Contractionskraft zusammengesetzt denken aus dem Theile, welcher in der Verkürzung des Muskels sich ausspricht, und dem Theile, welcher durch die Widerstände verbraucht wird. Diesen letzteren Theil darf man keineswegs als einen immer nutzlosen betrachten, er ist vielmehr oft gerade derjenige, durch den der Bewegungszweck (Nutzeffect) erreicht wird. Eine Muskelpartie, welche ein Körperglied in Bewegung versetzen kann, würde leichter und stärker contrahirt werden, wenn nicht das ganze Glied mit derselben in Verbindung stände, da es durch seine Schwere einen Zug auf die Muskeln ausübt und die Contraction vermindert. Aber gerade der Krafttheil, welcher erfordert wird, um das Glied aufzuheben, ist der am nützlichsten verwendete.

Je grösser die Widerstände nun sind, welche auf eine Muskelfaser wirken, desto geringer wird ihre Verkürzung sein. Umgekehrt aber werden die Widerstände um so leichter überwunden werden können, je grösser die Zahl der sich verkürzenden Muskelfasern ist, weil dann die Widerstände sich auf alle Fasern vertheilen. Also wächst die Kraft, welche die bei der Muskelcontraction sich erzeugenden Widerstände aufhebt, proportional mit der Zahl der Fasern, d. h. mit der Breite und Dicke oder, wie man sagt, dem Querschnitte des Muskels.

Bei der Verkürzung eines Muskels wird der Raum, den er vorher einnahm, nach der Längenrichtung der Muskelfasern kleiner. Ein Körper, der mit einem Muskelende verbunden ist, muss daher eine Ortsbewegung erfahren. Wenn z. B. der Unterschenkel in einem rechten Winkel zum Oberschenkel steht, und die Extensoren des Unterschenkels verkürzen sich, so wird der letztere in einen geraden Winkel zum Oberschenkel gestellt. Ein mit einem Muskel verbundener Körper kann natürlich einen um so grösseren Weg beschreiben, je länger der Muskel ist, je mehr mithin seine absolute Contractionsgrösse beträgt. Durch den langen *m. sartorius* kann das eine Bein einen Weg von einigen Fussen zurücklegen, um sich über das andere zu schlagen, durch den kurzen *m. abductor pollicis* der Daumen sich nur wenige Zoll von den übrigen Fingern entfernen.

Wenn ein Muskel einen Ring bildet, und seine Fasern concentrisch laufen, so wird der Durchmesser des Ringes durch seine Verkürzung kleiner. So muss nun auch die Pupille durch Contraction des *sphincter* enger werden.

Fig. 1. Fig. 2.

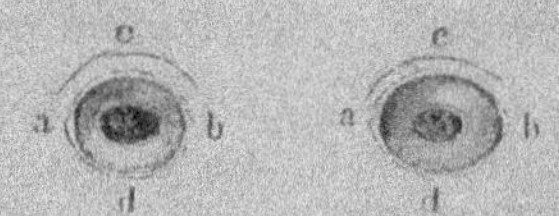

Wenn im Froschauge, Fig. 1, die Pupille im verticalen Durchmesser in der Richtung *cd* 3^{mm} mass, so verkleinerte sich derselbe im hellen Sonnenlicht, wie bei Fig. 2, bis zu 2,5^{mm}. Die Breite des *sphincter* 1 betrug in vier Versuchen:

	Im Schatten.	Bei hellem Sonnenlicht.	Differenz.
A.	0,125^{mm}	0,250^{mm}	0,125^{mm}
B.	0,375	0,500	0,125
C.	0,375	0,666	0,291
D.	0,187	0,250	0,063

Die Verengerung der Pupille im Durchmesser *cd*, dem entsprechend auch die Breite des *sphincter* gemessen wurde, betrug:

	Im Schatten.	Bei hellem Sonnenlicht.	Differenz.
A.	2,750^{mm}	2,250^{mm}	0,500^{mm}
B.	3	2,500	0,500
C.	3	2,666	0,334
D.	2,750	2,250	0,500

Man sieht hieraus, dass der bei der Verengerung geschwundene Raum in der Pupille nicht ganz von dem breiter gewordenen Schliessmuskel ausgefüllt wird. Denn während der verticale Durchmesser $1/2^{mm}$ abnimmt, wird der *sphincter* am entsprechenden Durchmesser nicht um $1/4$, sondern nur um $1/6$ (mehr oder weniger) breiter. Das rührt ohne Zweifel daher, dass der sich verkürzende Muskel nicht nur breiter, sondern auch dicker wird. In einer anderen Weise habe ich Versuche über denselben Gegenstand an *Pelobates fuscus* angestellt. Dieses, zu der Familie der Frösche gehörende, unter dem Namen der Knoblauchskröte bekannte Thier hat eine Pupille, welche der Länge nach wie bei Katzen geschlitzt ist, wie in der beistehenden Fig. 3. Durch Einbringen einiger Tropfen Atropinlösung *) erweitern sich beide Pupillen, jedoch mehr die des direct afficirten Auges. Bei diesem Thiere kann man ebenso leicht wie beim Frosche den goldfarbigen *sphincter* erkennen. Vor dem Eintröpfeln hatte derselbe unten bei *i* eine Breite von $0{,}125^{mm}$, $1/2$ Stunde nach dem Eintröpfeln bei einer bedeutenden Erweiterung der Pupille $0{,}25^{mm}$, er hatte sich also um die Hälfte erweitert. Dasselbe Resultat ergeben die bereits oben angeführten Versuche an Kaninchen, in welchen der blossgelegte *n. sympathicus* am Halse galvanisirt wurde, um die Pupille zu erweitern. Der *dilatator* verkürzte sich im Mittel um $1{,}5^{mm}$, wonach die Pupille hätte 3^{mm} breiter werden sollen; sie wurde aber $3{,}4^{mm}$ breiter. Um $\frac{0{,}4^{mm}}{2} = 0{,}2^{mm}$ war also der *m. sphincter* ausgedehnt worden.

Fig. 3.

Zur Verengerung eines Muskelringes, resp. des *sphincter iridis*, trägt also wesentlich sein Querschnitt, d. h. seine Breite und Dicke bei. Dies lässt sich auch theoretisch entwickeln. Denkt man sich zuerst einen Muskelring, Fig. 4, aus zwei concentrischen Fasern bestehend, einer äusseren *a* und einer inneren *b*, so wird, wenn sich beide Fasern contrahiren, die innere Faser *b* sich am meisten verdicken und verbreitern können, und zwar in der Richtung nach der Pupille hin, weil eben hier ein leerer Raum, daher kein Widerstand vorhanden ist; nach der anderen

Fig. 4.

*) Ich gebrauche: *Atropin Gr. I, Acid. sulph. gutt. V, Aqu. dest.* ℥ß.

Seite, gegen die Faser *a*, wird hingegen die Verbreiterung gering sein. Die Faser *b* wird gleichfalls weniger an ihrem äusseren als an ihrem inneren Durchmesser dicker werden, da sie dort an dem *dilatator* befestigt ist. Dadurch drückt der innere Rand von *a* auf den äusseren von *b* und dadurch wird die Verengerung der Pupille stärker, als wenn der Druck nicht bestände. Da nun in Wirklichkeit der *m. sphincter* nicht aus zwei, sondern aus sehr vielen concentrischen Fasern besteht, so werden sie auf ähnliche Weise wirken, wie oben beschrieben.

Unter übrigens gleichen Umständen muss die Verkürzung des *m. sphincter*, d. h. seine Leistungsfähigkeit, mit der Breite und Dicke der Iris im Verhältnisse stehen. Wegen der geringen Dicke jedoch lässt sich dies nicht genau durch Messungen feststellen. — Zwischen der Breite des *sphincter* und der Verengerungsgrösse der Pupille scheint ein gewisses Verhältniss zu bestehen, wie aus folgenden Beobachtungen hervorgeht, welche sich natürlich auf einzelne Individuen beziehen.

Object.	Pupillendurchmesser im Tode.	Kleinster Pupillendurchmesser im Leben.	Breite des *sphincter*.	Verhältniss der grössten Pupillenenge zum Durchmesser nach dem Tode.
Mensch	7mm	2,5mm	1mm	1 : 2,8
Kaninchen [1])	4,5	3	0,5	1 : 1,5
Käuzchen (*Strix passerina*)	8	2	3,25	1 : 4
Taube	4	1	1,5	1 . 4

Wenn nun der sich verengende Pupillarraum nicht ganz durch die vermehrte Breite des *sphincter* ausgefüllt wird, so folgt, dass die übrige Iris, d. h. der *dilatator*, gedehnt wird. Mit jeder Verengerung der Pupille ist also eine Spannung des *m. dilatator* verbunden. —

Wenn ein Muskel einen Ring bildet, dessen Fasern das Centrum des Ringes schneiden, so wird bei deren Verkürzung der

[1]) Die weissen Kaninchen können hierzu nicht benutzt werden, weil wegen des fehlenden Pigments die Lichtreizung viel grösser ist.

Ring weiter. Da der *m. dilatator pupillae* einen solchen Verlauf hat, so ist seine Wirkung der des *sphincter* entgegengesetzt.

Der *sphincter* ist schmal und lang, der *dilatator* breit und kurz. So zeigte er sich

	sphincter Länge am inneren Rande.	*sphincter* Breite.	*dilatator* Länge am äusseren Rande.	*dilatator* Breite.
einem Menschen	20,41mm	1mm	3,5 — 4mm	43,96mm
„ Kaninchen	14,5	0,5	5,5	40
„ Schwein	38	0,5 — 0,75	3,33	48
„ Ochsen	25	3 oben u. unten 1,5 zu beiden Seiten	6	55

Hiernach müsste der *sphincter* die Pupille mehr verengern können, als der *dilatator* sie zu erweitern vermag. Hingegen müsste der letztere Muskel grössere Widerstände zu überwinden haben, als jener. Um die Richtigkeit dieser Voraussetzungen zu prüfen, habe ich die Pupille eines weissen Kaninchens beim hellsten Sonnenschein, im grössten Schatten, wo mir das Messen eben noch möglich war, und nach dem Tode, als jede Lebensspur verschwunden war, gemessen. Es ergab sich

im Sonnenlicht, der horizontale Durchmesser 2,5mm
im Schatten „ „ „ 7,5
nach dem Tode „ „ „ 4,75

Die Länge des *sphincter* in vollkommener Ruhe, wie nach dem Tode, an seinem inneren Rande, beträgt hiernach . . . 14,91mm
er verkürzt sich in der Sonne bis 7,85
um 7,06

d. h. mehr als die Hälfte.

Die Länge des *dilatator* nach dem Tode betrug genau 5mm. Die Pupille hatte sich im Schatten, so lange es jedoch hell genug war zum Messen, vergrössert un 7,5 — 4,75 = 2,75. Da aber in zunehmender Dunkelheit auch die Erweiterung noch zunimmt, so wollen wir anstatt 7,5mm einen Durchmesser nehmen, wie man ihn bei der stärksten Reizung des *dilatator* kaum beobachtet, nämlich 8,5mm; es wäre also dann der Pupillendurchmesser um 3,75 gewachsen, also der *radius* 1,82. Dies wäre die Verkürzungsgrösse des *m. dilatator*, d. h. etwas mehr als 1/3, wenn sich dieser Muskel nicht auch verdickte, wodurch diese Grösse noch geringer anzuschlagen ist (vergl. oben S. 52 die Messungen). Also nicht nur die absolute, sondern auch die relative Verkürzung des *m. sphincter* ist grösser als die des *m. dilatator*, woraus auch hervorgeht, dass der letztere grössere Widerstände zu überwinden hat als der erstere; wie auch die Voraussetzung war.

Die zwei Irismuskeln haben antagonistische Wirkungen gegen einander; während der eine sich verkürzt, wird der andere mehr ausgespannt. Alle Ursachen, welche die Wirkung des einen Muskels vermehren, schwächen die des anderen. Beide Irismuskeln sind wie alle Muskeln elastisch. Aus den darüber angestellten Versuchen ergab sich, dass die beiden Muskeln nahezu um die Hälfte ausgedehnt werden können, und hiernach ihren früheren Durchmesser wieder erhalten. Wurden sie noch weiter ausgedehnt, so blieben sie gemeiniglich länger. Hier einige Belege am Ochsenauge:

1) *Dilatator* vom äusseren Rande an bis zum äusseren Rande des *sphincter* ausgedehnt.

	Vor der Dehnung.	Während der Dehnung.	Nach der Dehnung.
A.	5,5mm	8mm	5,5mm
B.	6	8	6,25
C.	4,66	6	5
D.	3,66	5	4
E.	6	8	6,5

2) *Sphincter* vom inneren bis äusseren Ring ausgedehnt.

A.	2,66mm	3mm	2,66mm
B.	2	3	2
C.	2,5	3	2,5

3) *Sphincter* ausgeschnitten und der Länge nach ausgedehnt.

A.	19mm	25mm	19mm
B.	20	23	20
C.	25	28	25.

Wird also bei Verkürzung des *sphincter* der *dilatator* vermöge seiner Elasticität ausgedehnt, so muss nothwendig eine widernatürliche Oeffnung im *dilatator* sich erweitern, wenn der *sphincter* sich zusammenzieht, z. B. beim Einfallen von Licht in die normale Pupille.

Es sind hierüber einige Fälle bekannt gemacht worden, welche diese Erscheinung bestätigen. So erzählt Janin[1]) einen Fall von Chaussier, der bei einem Kutscher eine derartige widernatürliche Pupille beobachtete. Diese war an dem unteren Iristheil und hatte ihren Grund in einer Ablösung des Ciliarkreises der Iris, und zeigte sich als schwarzer, halbmondförmiger Fleck. Bei hellem Tage vergrösserte sich dieser Fleck und der zwischen demselben und der Pupille liegende Theil der Iris wurde schmäler, und gerade umgekehrt verhielt es sich im Dunkeln. — Auch Janin[2]) selbst hatte einen solchen Fall mit denselben Erscheinungen beobachtet. — Himly[3]) sah bei einem Kranken der Art, dem er *belladonna*, ein Mittel, durch welches die Pupille erweitert wird, ins Auge geträufelt hatte, dass die natürliche Pupille sich erweiterte, aber die widernatürliche sich verengte. — Herr E. H. Weber[4]) bemerkte gleichfalls bei zwei Pupillen die natürliche sich durch Licht verengen und die andere erweitert werden.

Je mehr ein elastischer Körper ausgedehnt wird, desto mehr wächst sein Streben zur Ruhelage. Somit bildet die Elasticität im *dilatator* einen Widerstand gegen die Contraction des *sphincter*, und umgekehrt.

Herr Valentin[5]) hat die merkwürdige Beobachtung gemacht, dass ein völlig vom übrigen Körper isolirter Muskel im ersten Anfange, wenn er in Contraction versetzt wird, stärker sich verkürzt als später, und wenn man ihm Ruhe lässt, wieder an Contractionskraft zunimmt.

Herr E. Weber[5]) hat diese Beobachtungen bestätigt. Er fand z. B., dass der *m. hyoglossus* vor der Reizung $42{,}1^{mm}$ lang war. Reizte man ihn neun Secunden, so verkürzte er sich bis $19{,}7^{mm}$; nach einer Reizung von 21 Secunden war er wieder 21^{mm} und nach einer Reizung von 476,2 Secunden wieder 40^{mm} lang geworden.

---

[1]) J. Janin, Anat.-physiol. u. physik. Abh. u. Beobacht. über das Auge und dessen Krankheiten. Aus d. Franz. Berl. 1776, S. 365.

[2]) *Ibid. p.* 180.

[3]) Himly in ophthal. Bibl. II. 2, S. 198.

[4]) *E. H. Weber, De motu irid.* 1821, *p.* 34.

[5]) Valentin in s. Phys. 1. Ausg. II, S. 185. — E. Weber in Wagner's Handwörterb. III 2, S. 72.

Die Muskelwirkung ist also im Anfange ihres Entstehens grösser als später. Es muss sich mithin während derselben ein Widerstand entwickeln, der immer zunimmt. Welcherlei Art jedoch dieser Widerstand ist, lässt sich bis jetzt nicht erklären. In galvanischen Strömen findet sich ein ähnliches Verhalten. Ein galvanischer Strom bedingt eine Ablenkung der Magnetnadel, welche im Anfange am stärksten ist, allmählich abnimmt und auf einem Minimum stehen bleibt. Dies rührt von Strömungen her, welche in den Zuleitungsdrähten entstehen und eine andere Richtung haben als die primären.

Auch an der Iris lässt sich sowohl nach dem Tode, wie während des Lebens dies eben erwähnte Phänomen nachweisen.

1) Versuche am ausgeschnittenen Froschauge.

Nachdem dem Thiere der Kopf abgeschnitten, das Gehirn vollständig entfernt war, wurde das Auge eine Zeit lang ins Dunkle gebracht, dann auf einem feststehenden Brettchen in gleicher Entfernung dem hellen Lichte einer Oellampe ausgesetzt.

	Horizontaler Pupillendurchmesser.	Verticaler Pupillendurchmesser.
A. Im Schatten	3,33mm	2,33mm
„ Lichte nach 1 Minute	2,25	2
„ „ „ 3 Minuten	2,75	2
„ „ „ 5 „	3	2
„ „ „ 6 „	3	2,125

Dasselbe Auge wurde hierauf 7 Minuten ins Dunkle gebracht, dann demselben Lichte wie vorher ausgesetzt. Es zeigte:

	Horizontaler Pupillendurchmesser.	Verticaler Pupillendurchmesser.
Im Schatten	3,5mm	2,75mm
„ Lichte nach 25 Secunden	2,33	1,75
„ „ „ 2 Minuten	2,75	2
„ „ „ 3 „	3	2
„ „ „ 5 „	3	2
„ „ „ 6 „	3	2
„ „ „ 8 „	3	2
„ „ „ 10 „	3	2
„ „ „ 11 „	3	2
„ „ „ 13	3	2

	Horizontaler Pupillendurchmesser.	Verticaler Pupillendurchmesser.
B. Im Schatten	3,5^{mm}	2,25^{mm}
„ Lichte nach 30 Secunden	2,50	1,50
„ „ „ 2 Minuten	2,87	1,50
„ „ „ 3 „	2,87	1,75
„ „ „ 4 „	2,87	2

Unter den vielen Versuchen, welche ich anstellte, war es selten, dass der Durchmesser nach einer gewissen Zeit wieder so gross im Lichte wurde, wie er im Schatten gewesen war, und nachher doch noch reagirte. — Zuweilen beobachtete ich ein Schwanken, so dass z. B. eine Pupille, welche dem Lichte eine Zeit lang ausgesetzt war, einen horizontalen Durchmesser von 3^{mm} erreicht hatte und bei demselben Lichte auf 2,75^{mm} in der nächsten Minute gesunken war, dann wieder auf den früheren Stand (3^{mm}) zurückkam.

2) Versuche an dem abgeschnittenen Kopfe eines Truthuhns (*Meleagris Gallopavo*).

Die mit einem Inductionsapparate in Verbindung stehenden Drähte wurden nahe der äusseren *cornea*-Gränze auf die *sclerotica* beiderseits aufgesetzt. Der Versuch wurde bei gewöhnlicher Tageshelle gemacht.

Vor der Reizung war der Pupillendurchmesser	5,5^{mm}
3 Secunden nach dem Beginn der Reizung	2,5
10 „ „ „ „ „ „	3
15 „ „ „ „ „ „	3
20 „ „ „ „ „ „	3,125
30 „ „ „ „ „ „	3,25
4 Minuten „ „ „ „ „	4,5

Sodann wurde 2 Minuten lang geruht, ehe wieder von Neuem gereizt wurde.

Vor der Reizung war der Pupillendurchmesser 5,5^{mm}, 3 Secunden nach dem Beginn der Reizung 2,5^{mm}.

Die Reizbarkeit dauerte 20 Minuten.

3) Versuche an lebenden ätherisirten Kaninchen in Betreff des *dilatator*.

Die Verkürzung des *dilatator* wird durch Reizung des *n. sympathicus* am Halse bewirkt (s. unten Cap. 4, §. 2. b.).

		Horizontaler Pupillendurchmesser.
A.	Vor der Reizung	6mm
	5 Secunden nach dem Beginn der Reizung	10
	40 „ „ „ „ „ „	9
	60 „ „ „ „ „ „	7,75
	100 „ „ „ „ „ „	7,25
	120 „ „ „ „ „ „	6,50
B.	Vor der Reizung	6,50
	4 Secunden nach dem Beginn der Reizung	10
	8 „ „ „ „ „ „	9,75
	30 „ „ „ „ „ „	9,25
	40 „ „ „ „ „ „	8
	70 „ „ „ „ „ „	7,75
	100 „ „ „ „ „ „	7,50
	130 „ „ „ „ „ „	6,75
	160 „ „ „ „ „ „	6,75

Nicht immer sind jedoch die Phänomene so hervorstechend. So z. B. veränderte sich der Durchmesser der Pupille bei einem weissen Kaninchen nach einer 1 Minute andauernden Reizung nur um 0,66mm; bei einem anderen Albino, dessen Auge ¼ Stunde lang intensivem Lampenlichte ausgesetzt, konnte ich sogar mit dem Maassstab gar keine Veränderung im Durchmesser bestimmen.

4) Versuche an mir selbst mit dem Stampfer'schen Pupillenmesser.

Es ist eine fast constante Erscheinung gewesen, dass, wenn ich mit diesem unten näher zu beschreibenden Instrumente den Durchmesser meiner Pupille mass, in den ersten Secunden derselbe um 0,25mm selbst bis 0,75mm enger war, als wenn ich einige Minuten dasselbe Licht in derselben Entfernung anblickte.

Schon Haller[1]) und dann Himly[2]) geben an, dass helles Licht in der ersten Secunde die menschliche Pupille beträchtlich enger mache, als dasselbe Licht gleich nachher vermöge. Auch Blumenbach (*Comm. Gott.* 1785) beobachtete im Augenblicke, wenn Licht ins Auge fällt ein unruhiges, gleichsam krampfhaftes Zittern der Iris.

---

[1]) *Haller* in den *Mém. des Savans étranges. T. II, p.* 569.

[2]) Himly in Ophthalm. Beob. Brem. 1801, S. 46.

Alle diese Versuche führen zu dem gleichen Resultate, dass die Irismuskeln, wie alle Muskeln, gegen denselben Reiz stärker im Anfange reagiren, als später, d. h. wenn sie länger gereizt werden.

Ein dritter sehr wichtiger Widerstand ist die Adhäsion des Pupillarrandes an der Linse. Jedoch sind die Thatsachen, welche meiner Meinung nach auf diese Ursache bezogen werden müssen, einer verschiedenen Erklärung fähig und auch wirklich verschieden gedeutet worden.

a) Nach Entleerung der wässerigen Flüssigkeit aus dem lebenden Auge wird jedesmal die Pupille enger. Bei Staaroperationen hat jeder Wundarzt dies beobachtet. Bei Thieren wurde es schon von Müller[1]), Herrn Valentin[2]), und von mir sehr oft gesehen. — An dem ausgeschnittenen Froschauge, dessen Pupille noch vom Lichte verengt und im Dunkeln erweitert wird, bemerkt man nach Entleerung der wässerigen Flüssigkeit oder Wegnahme der *cornea* eine sehr beträchtliche Abnahme des horizontalen und verticalen Pupillendurchmessers.

Hier folgen einige Belege:

Auge von lebenden Kaninchen.

Vor der Entleerung des *humor aqueus.*		Nach derselben.	
Pupillendurchmesser.		Pupillendurchmesser.	
Horizontaler.	Verticaler.	Horizontaler.	Verticaler.
5mm	5,25mm	4,50mm	5,25mm
4	5,33	3,66	4,50
6	7	5	6,50
Ausgeschnittenes Auge vom Frosche.			
3,5mm	2mm	3mm	1,875mm

b) Nach Durchschneidung sämmtlicher Augennerven tritt dennoch dieselbe Wirkung ein, nämlich sehr beträchtliche Verengerung. Ich habe dies nicht nur beobachtet, wenn ich den *n. opticus* nahe seinem Eintritte in den *bulbus* durchschnitt, wobei natürlich sämmt-

---

[1]) *Müller, Specimen de irritabilitate iridis. Basil.* 1760. 4.

[2]) *Valentin. De funct. nerv. Bern* 1839, *p.* 112. *Nro.* 15.

liche Ciliarnerven mit durchschnitten werden mussten, sondern auch wenn ich den *n. opticus* allein in der Schädelhöhle oder den *n. oculomotorius*, wenn ich den *n. trigeminus* in der Schädelhöhle, und endlich nachdem ich den *n. sympathicus* am Halse oberhalb des oberen Halsganglion durchschnitten hatte. Diese Wirkung trat ein, gleichviel ob am *n. sympathicus* eine Stunde, ein Monat oder ein Jahr vor der Entleerung des *humor aqueus* die Operation gemacht worden war; und ich konnte nicht zu dem Resultate gelangen, welches Herr Valentin[1]) fand, indem er sagt: *Humore aqueo emisso, sani cuniculi pupilla eximie minuitur. Quodsi vero in cuniculo, cui fons spinalis* (hierunter ist der *n. sympathicus* gemeint) *resectus est, eadem operatio instituitur, pupilla non minuitur, sed augetur.* — Am auffallendsten war mir, dass sich auch nach Durchschneidung des *n. trigeminus* die Pupille noch verkleinert, wenn man die wässerige Flüssigkeit entleert, weil sie schon so sehr eng und die Iris, wie das ganze Auge, so leblos ist, dass man einen glühenden Stahl einstossen und den stärksten galvanischen Strom anwenden kann, ohne Reaction zu erzielen.

c) Wenn durch Eintröpfeln von einer Lösung des Belladonnaextracts oder Atropins die Pupille gegen Licht nicht mehr im geringsten reagirt und sehr erweitert ist, verengt sie sich dennoch durch Entleerung des Kammerwassers. Dies ist von Schmidt[2]) bei Menschen, von mir sehr häufig bei Thieren gesehen worden.

d) Nach dem Tode tritt die Erscheinung oft ein, oft fehlt sie, oft ist sie nur sehr gering. Langenbeck und Palmedo[3]) beobachteten bei menschlichen Leichen noch mehre Tage nach dem Tode, dass nach dem Abfliessen des *humor aqueus* und nach dem Berühren der Iris die Pupille sich rasch verenge; wenn aber einmal die Verengerung eingetreten sei, wirke keine Berührung der Iris mehr. — Bei Kaninchen sah ich nach dem Tode die Verengerung niemals so gross wie im Leben, oft gar nicht, und je länger ich wartete, desto weniger Wirkung trat ein. Ganz scheint sie aber selten zu fehlen. Bei den zwei Augen eines Kaninchens, das 16 Stunden vorher getödtet war, verhielten sich die Durchmesser wie folgt:

---

[1]) *Valentin, De funct. nerv. Bern* 1839, *p.* 112. *Nro.* 15.
[2]) Schmidt in Himly und Schmidt, Ophthalmologische Bibl. II. 1, S. 188.
[3]) *Palmedo* in *Comm. phys. de iride. Berol.* 1837, *p.* 25.

Messung durch die unversehrte *cornea.*		Nach abgetragener *cornea.*	
Horizontal.	Vertical.	Horizontal.	Vertical.
5,666mm	6,333mm	5,333mm	5,50mm
6	6,166	5,84	6,125

Die Unterschiede sind hier sehr gering, und dabei kommt noch ein anderer Umstand in Betracht. Misst man durch die *cornea*, so sind die Brechungsverhältnisse andere und der Durchmesser erscheint grösser als er wirklich ist. Die *cornea* mit der wässerigen Flüssigkeit wirkt wie eine convexe Linse vergrössernd.

Bei einer Taube hingegen, die 52 Stunden vorher getödtet war, hatte die Pupille einen Durchmesser von 5mm und verengte sich nach dem Ausfliessen des *humor aqueus* bis 3mm.

e) Die nach dem Ausfliessen der wässerigen Flüssigkeit enger gewordene Pupille kann sich durch sehr intensives Licht noch mehr verengen, hingegen konnte ich dieselbe nicht leicht wieder erweitern.

Man hat diese Verengerung nach der Entleerung des *humor aqueus* für eine organische Muskelcontraction des *sphincter* betrachtet und dem Zutritte der Luft die Ursache der Reizung zugeschrieben. So z. B. Herr E. H. Weber[1]). Ich bezweifle dies jedoch deshalb, weil einmal nach dem Tode, wenn kein Reiz mehr wirkt, diese Erscheinung, wenn auch in geringerem Grade, noch eintritt, weil ich bei dem völlig erregungslosen Auge, wie nach der Durchschneidung des *n. trigeminus*, in dem höchsten Grade der Aetherisation, nach der Anwendung der *belladonna* dieselbe nicht fehlen sah und weil die Iris, der man eine so grosse Empfindlichkeit gegen den Reiz der Luft zuschreibt, nach dem vollständigen Ausfliessen des *humor aqueus* beinahe gar nicht mehr zu erweitern ist. — Wenn man, wie ich bei Kaninchen beobachtete, die wässerige Flüssigkeit ausgeleert hat, so wird man bemerken, dass die Iris sich in Falten legt, zum Zeichen, dass sie ihre Spannung verloren hat. Dabei fällt der Pupillarrand auf die Linsenkapsel auf und haftet fest an dieser an. Durch die Faltung der Iris ist der Pupillarrand um ein Bedeutendes enger geworden. Dass nach dem Tode die Erscheinung geringer ist, rührt theils, wie mir scheint, von dem Verdunsten der wässerigen Flüssigkeit, theils davon her, dass im Leben durch den vermehrten Druck, den die Augenmus-

[1]) *E. H. Weber, De motu irid. p.* 20.

keln auf die *sclerotica* nach Entleerung des *humor aqueus* üben, die Iris und die *cornea* mehr einander genähert werden, daher die Adhäsion leichter erfolgt.

Auf derselben Ursache beruht auch nach meiner Ansicht:

f) die Verengerung der Pupille nach dem Tode. Es ist durch zahlreiche Beobachtungen von Winslow[1]), R. Whytt[2]), Fontana[3]), Morgagni[4]), Hesselbach[5]), Rudolphi[6]), Brown-Sequard[7]), Duval, Rochard und Petit[8]), sowie von mir ausgemacht, dass nach dem Tode, wenn die Leichen vollkommen erkaltet sind, die Pupillen noch enger als während des Lebens im Schatten werden. Man kann unmöglich diese Verengerung für die Folge einer organischen Bewegung ansehen, da ein solcher todter Körper gegen gar keinen Reiz mehr reagirt. Die Erscheinung scheint ganz allgemein zu sein, obwohl im Grade der Verengerung ein bedeutender Unterschied herrscht. Ich beobachtete sie genauer bei Leichen von Menschen, bei Kaninchen und Fröschen. Ich gebe hier einige durch einen meiner Zuhörer, Herrn Blackie, angestellte Beobachtungen am Froschauge. Sie sind im Juni und Juli bei grosser Hitze gemacht worden.

	Horizontaler Durchmesser.		Verticaler Durchmesser.	
	Im Schatten.	In d. Sonne.	Im Schatten.	In d. Sonne.
A. Während des Lebens	4,5 mm	3 mm	2,5 mm	2 mm
Nach dem Tode bis zur Fäulniss	3	3	2	2
B. Während des Lebens	4,5	3	3	2,5
Am 2., 3., 4. Tage nach dem Tode	3	3	2	2

Bei einem Kaninchen war der Pupillendurchmesser

90 Minuten nach dem Tode 7 mm
115 „ „ „ „ 6,75

[1]) *Winslow* in *Hist. de l'acad. des sc.* 1720. *ed.* 4, *p.* 320.

[2]) Rob. Whytt, Sämmtl. zur Arzneik. gehörige Schriften, übers. von J. E. Lietzau. Berl. u. Strals. 1790, S. 482.

[3]) *Fontana, Dei moti dell' irride. In Lucca* 1765. 8.

[4]) *Morgagni, Epist. anat.*

[5]) Hesselbach bei Dömling in Reil's Arch. f. Phys. V, S. 352.

[6]) Rudolphi, Physiol. II, 1. S. 217.

[7]) *Brown-Sequard* in *Ann. d'Ocul. par Cunier.* 1849. *T.* 22, *p.* 165.

[8]) *Duval, Rochard et Petit* in *Gazette méd.* 1851, *p.* 437.

135	Minuten	nach	dem	Tode	6,50mm
175	„	„	„	„	6,25
210	„	„	„	„	6
220	„	„	„	„	6
280	„	„	„	„	6
340	„	„	„	„	5,66
400	„	„	„	„	5,25
460	„	„	„	„	5

Diese Verengerung der Pupille nach dem Tode hat man auf verschiedene Weise zu deuten gesucht.

1) Einige glaubten, es sei dies der passive Zustand der Iris, so Fontana[1]), Zinn[2]), Toracca[3]), Dömling[4]), Palmedo[5]); weil auch im Schlafe die Pupille sich verengere. Dieser Schluss ist jedoch unbegründet. Schneidet man nach dem Tode die Iris aus und legt sie in Wasser, damit sie nicht adhärire, so ist die Pupille nicht mehr so eng, als sie vorher war. Also muss noch ein anderer Umstand mitwirken. Unbegründet ist aber der Schluss auch deshalb, weil man im Schlafe nicht gerade bloss passive Bewegungen sieht. Sonst müsste die Schliessung der Augenlieder während des Schlafes durch den Kreismuskel, die Stellungen vieler Thiere während des Schlafes auch passive Zustände sein, was Niemand behaupten will; vgl. Buch II, Abschn. 4.

2) Andere hielten die Pupillenverengerung nach dem Tode für ein Zeichen der Todtenstarre, so Palmedo[6]) und Brown-Sequard[7]). Dass die Iris nach dem Tode steif werde, wie alle Muskeln, ist sehr wahrscheinlich. Wenn sie auch bei Säugethieren und Reptilien keine quergestreiften, sondern cylindrische Fasern enthält, wenn sie auch, soviel bis jetzt bekannt ist, bei keinem Thiere willkürlich bewegt werden kann, so thut das zur Sache nichts. Denn durch die Beobachtungen der Herren Valentin[8]), Gierlichs[9]),

---

1) *Fontana l. c.*
2) *Zinn, De motu uveae.* 1757, *p.* 57.
3) *Toracca, Giornale di Méd. IV, p.* 321.
4) Dömling in Reil's Arch. V.
5) *Palmedo, De iridis motu, p.* 52.
6) *Palmedo, De iride, p.* 28.
7) *Brown-Sequard* in *Ann. d'Ocul.* 1849. *T.* 22, *p.* 165.
8) Valentin, Lehrbuch d. Phys. II, 1. S. 141.
9) *Gierlichs, De rigore mortis. Bonn* 1843, *p.* 25.

E. Krause[1]) ist zur Genüge nachgewiesen, dass auch der Darm, die Gefässe, das Herz nach dem Tode erstarren, bis die Fäulniss eintritt. — Um mich zu überzeugen, ob eine Todtenstarre der Iris anzunehmen sei, beobachtete ich Augen nach dem Tode, die ich in Wasser gelegt hatte, weil dann die Iris nicht an der Linse adhäriren kann, indem Wasser durch die *cornea* durchdringt.

	Rechte Pupille.		Linke Pupille.	
	Vertical.	Horizontal.	Vertical.	Horizontal.
Bei einem Frosche mass während des Lebens im Schatten	3,5mm	4,25mm	3,5mm	4,25mm
Das rechte Auge wurde nach dem Tode in Wasser, das linke trocken hingelegt; 5 Stunden später mass	2	3,5	3	4,125
15 Stunden nach dem Tode . .	2,5	3,5	2,75	3,25
30 Stunden nach dem Tode . .	3	4	2,5	3
Bei einem zweiten Frosche mass bald nach dem Tode, der spontan entstanden war	2,25	3,25	2,25	3,25
Die rechte Kopfhälfte wurde ins Wasser, die linke trocken hingelegt. Nach 2 Stunden . . .	2	2,75	2,25	3,25
Nun wurde die linke ins Wasser, die rechte trocken gelegt. Nach 2½ Stunde	2	3,25	2	3
Nach weiteren 5 Stunden hingegen	1,50	3	2,25	3,25
Nach noch weiteren 10 Stunden	1,50	2,50	2,50	3,75
Sodann wurde auch dies rechte Auge wieder in Wasser gelegt; nach 8 Stunden	2	3,5		
Nach weiteren 16 Stunden . . .	2,25	4		

Bei einem Kaninchen, welches ungefähr eine Stunde nach dem spontan eingetretenen Tode beobachtet wurde, waren die Pupillen von ungewöhnlicher Grösse und sogar auf beiden Seiten nicht gleich, was sich auch bei schon eingetretener Fäulniss nicht ausglich. Ich habe nur den horizontalen Durchmesser gemessen.

[1]) *E. Krause, De rigore mortis. Dorpat* 1853.

	Rechte Pupille.	Linke Pupille.
	9,50mm	7,25mm
Linkes Auge ins Wasser gelegt; das rechte, im Kopfe gelassen, blieb im Trocknen. Nach 5 Stunden	11	6,50
Nach weiteren 6 Stunden	8,50	7
Der Kopf (mit dem rechten Auge) ins Wasser gelegt. Nach 12 Stunden	9,50	
Nach weiteren 6 Stunden	10	

Bei einer Ziege mass nach dem Tode die Pupille an jedem Auge, vertical 6,875mm, horizontal 8,875mm; nun wurde ein Auge *A* ins Wasser gelegt, das andere *B* daneben ins Trockne; nach 24 Stunden war

	von *A*	von *B*
der verticale Durchmesser	6,5mm	6,25mm
der horizontale „	9,25	7,5

Sodann wurde *A*, das bisher im Wasser lag, in's Trockne, hingegen *B* ins Wasser gelegt, nach 24 Stunden war

	von *A*	von *B*
der verticale Durchmesser	6mm	7,5mm
der horizontale „	6,5	10

Bei einem Huhne war während der (bei Vögeln bekanntlich sehr rasch nach dem Tode eintretenden) Starre der Pupillendurchmesser 5mm, 12 Stunden später im Trocknen 5,5mm, dann ins Wasser gelegt, nach mehren Tagen 6mm.

Hieraus geht also hervor, dass an einem Auge, welches gleich nach dem Tode ins Wasser gelegt wird, der Pupillendurchmesser kleiner wird, als an einem im Trocknen liegenden Auge, dass dagegen später sich die Sache umkehrt, indem nämlich das im Trocknen liegende eine engere Pupille zeigt als das andere. Es müssen mithin zwei verschiedene Ursachen wirksam sein.

Wenn man beachtet, dass, nach Sommer, die Muskeln in Wasser von 0 bis 15° steifer werden, als in gleich warmer Luft, und nach Herrn Bruch in kaltem Wasser leichter die Starre eintrat, als in warmem, so lässt sich vermuthen, dass die in kaltem Wasser liegende (die Temperatur der Luft schwankte zur Zeit der oben angeführten Beobachtungen zwischen 11° und 14° R.) Iris eher vom *rigor* ergriffen wird, als eine andere im Trocknen liegende, dass aber, wenn die Zeit der Starre vorüber ist, die im Wasser liegende Iris eine weitere Pupille zeigt, weil die trockne Iris an der Linse anklebt. Die Pupille eines bald nach dem Tode herausgenommenen Auges wird also im Wasser noch enger als sie war; einige Tage später hingegen weiter. Ich habe das auch an den Augen von menschlichen Leichen gesehen. So z. B. massen die Pupillen bei einer Leiche vier Tage nach dem Tode:

	Rechts.		Links.	
	Horizontal.	Vertical.	Horizontal.	Vertical.
	5,85mm	4,5mm	5,06mm	3,82mm
Nachdem der Kopf 24 Stunden in Wasser gelegen hatte	6	6	5,85	5,62

Aus diesen Beobachtungen scheint mir zu folgen, dass die nach dem Tode eintretende Verengerung der Pupille zum Theil der Todtenstarre, hauptsächlich aber der durch die Verdunstung des *humor aqueus* entstehenden Adhäsion der Iris an der Linse zuzuschreiben sei. In keinem Falle jedoch darf man sie für eine organische halten, da es ein Widerspruch wäre, anzunehmen, dass ein Muskel regungslos gegen alle künstlich angewandten Reize sein sollte, und doch erregbar wäre und sich zusammenziehen könnte.

Das ist auch der Grund, weshalb ich mich nicht mit der Erklärung befreunden kann, welche Herr E. Harless[1]) von den Beobachtungen über die Pupillenveränderungen nach dem Tode giebt. Er schloss bei Leichen das eine Auge, während er das andere offen liess. An dem geschlossenen Auge war die Pupille stets weiter als am offenen. Er schreibt diese Erscheinungen zwar nicht der Nervenerregbarkeit, wohl aber der unmittelbaren Einwirkung des Lichtes auf die contractilen Fasern der Iris zu. Zur Beurtheilung der Versuche ist es nützlich, dieselben hier anzuführen.

	Stunden nach dem Tode.	Pupillendurchmesser im offenen Auge.	Pupillendurchmesser im geschlossenen Auge.
A.	2*)	3mm	3mm
	3¾	4,5	5,75
	6¾	4,25	5,25
	8¾	4,25	5,25
	27	2	4,25

[1]) E. Harless in Abh. d. K. Bayerschen Acad. d. Wiss. Bd. V, 1850, S. 490.

*) In den ersten Beobachtungen waren wahrscheinlich beide Augen offen, deshalb die Pupillen gleich.

	Stunden nach dem Tode.	Pupillendurchmesser im offenen Auge.	geschlossenen Auge.
B.	3^{mm}	6^{mm}	6^{mm}
	5	6	6
	$6^1/_4$	5	6,25
	$7^3/_4$	3,75	6,25

Nun wurde bei derselben Leiche das bisher offene Auge geschlossen und umgekehrt, und nach $1^3/_4$ Stunden war das geschlossene von 3,75 zu 5,75, nach $2^3/_4$ weiteren Stunden wieder zu 5^{mm} Durchmesser gekommen, hingegen hatte sich das offene vorher $6{,}25^{mm}$ verengt bis 5 und 4^{mm}.

	Stunden nach dem Tode.	Pupillendurchmesser im offenen Auge.	geschlossenen Auge.
C.	5	7^{mm}	7^{mm}
	$6^1/_4$	6	7
	15	5	7,25
	17	4,75	7,25

Wären diese Pupillenveränderungen wirklich Contractilitätserscheinungen der Iris, so liesse sich schwer einsehen, weshalb der vermeintliche Lichtreiz, wie im ersten Versuche, erst 25 Stunden nöthig haben soll, bis seine Wirkung hervortritt, zumal da unterdess die lebendigen Erscheinungen spurlos geschwunden sind. Wenn man ferner erwägt, dass nach allen Untersuchungen (s. B. II.) die Iris selbst während des Lebens gegen dies intensivste Licht nicht reagirt, so ist nicht wahrscheinlich, dass nach dem Tode und zwar nicht einmal gleich nach dem Aufhören der Nervenreizbarkeit die Iris wieder für den Reiz des Lichtes empfänglich werden soll.

Wenn aber die angeführten Veränderungen nicht von der Muskelcontractilität herkommen, wenn sie überhaupt nichts mit dem Leben zu thun haben können, so müssen sie auf physikalischen Ursachen beruhen, und es scheint mir, dass die Adhäsion, bald mehr, bald weniger durch die Verdunstung begünstigt, eine wichtige Rolle spielt.

Ein vierter Widerstand hängt von dem Maass der Nervenkraft ab, welches in dem einen oder anderen der beiden Irismuskeln erzeugt wird. Es ist klar, dass wenn in einem Muskel eine grössere Nervenkraft vorhanden ist als in dem anderen, so würde selbst bei gleicher Länge und gleicher Dicke der Muskeln doch jener bevorzugt sein und grössere Leistungen ausführen können. Vielleicht wird dieses Verhältniss klarer, wenn wir ein anderes Agens, welches gleichfalls auf die Muskeln wirken kann, vergleichen. Wird durch Anwendung des Aethers oder Chloroforms die Nervenkraft vollständig aufgehoben und galvanisirt man dann einen Muskel, so entstehen in ihm dennoch Zuckungen. Diese sind aber viel stärker, wenn die Leitungsdräthe des galvanischen Apparats sehr dick und kurz, als wenn sie dünn und lang sind; viel stärker, wenn eine grosse Menge von elektrischem Fluidum in dem Apparate gebildet wird, als wenn es nur eine geringe Menge ist. So zeigt es auch die Erfahrung hinsichtlich der Nerven. Durch manche Nerven wird eine viel grössere Nervenkraft frei als durch andere, was zum Theil von der Erzeugung der Nervenkraft innerhalb der Centralorgane, zum Theil von den leitenden Nerven abhängen mag, mit deren Dicke und Kürze es vielleicht gleichfalls sich verhält, wie mit denselben Eigenschaften galvanischer Drähte. Der *n. oculomotorius*, der den *m. sphincter* anregt, entwickelt mehr Kraft, als der *n. sympathicus*, der dem *m. dilatator* vorsteht, wie auch jener kürzer und dicker als dieser ist. Beim Menschen ist die Entfernung vom Austritt des *n. oculomotorius* bis zum *bulbus* ungefähr 3^{cm}, die Dicke der *rad. brevis* 1^{mm}; hingegen ist die Entfernung vom Austritt des *n. sympathicus* bis zum *bulbus* vielleicht 15^{cm}, die Dicke der *rad. media* kaum 0,5^{mm}. Wie dem auch sein mag, soviel ist thatsächlich, dass der *n. oculomotorius* mehr Kraft entwickelt, als der *n. sympathicus*, wie im dritten Capitel angegeben wird. Dadurch muss der *n. sympathicus* einen grossen Widerstand überwinden, wenn der *n. oculomotorius* in Thätigkeit ist.

Ueber das Nähere dieses antagonistischen Verhältnisses kann erst im vierten Capitel gehandelt werden.

B. *Ueber die Dauer der Verkürzung der Irismuskeln.*

Von dem Augenblicke an, in welchem die Irisnerven gereizt werden, vergeht eine gewisse Zeit, ehe die Wirkung vollständig hervortritt, und dann dauert es wieder eine Zeit lang, bis die Iris wieder zur früheren Lage zurückgekehrt ist. Diese Verhältnisse bleiben sich nicht gleich bei der Erweiterung und Verengerung der Pupille. Wenn man den *n. sympathicus* am Halse reizt, und lässt nur eine halbe Sekunde den galvanischen Strom durch den Nerven gehen, so erweitert sich die Pupille nicht in dem Grade, als wenn man drei Secunden gereizt hat. So z. B. habe ich bei einem Kaninchen beobachtet, dass die Pupille von 4^{mm} nur zu 5^{mm} nach einer Reizung von $^1/_2$ Secunde, hingegen bis 7^{mm} nach einer Reizung von 3 Secunden sich erweiterte. Ist der höchste Grad der Ausdehnung erreicht und wird noch länger gereizt, so vermindert sich sogleich der Durchmesser wieder. So fand sich z. B. der Durchmesser D vor der Reizung 4^{mm}, nach Reizung von 3 Secunden $7{,}66^{mm}$, nach Reizung von 60 Secunden 7^{mm}. — Wenn die Reizung des *n. sympathicus* nur kurze Zeit an einer Stelle des Nerven stattfand, welche vorher noch nicht gereizt war, so war die Apertur der Pupille sehr rasch wieder dieselbe wie vor der Reizung, z. B. $D = 4^{mm}$, Reizung 2 Secunden $= 6{,}5^{mm}$, 4 Secunden nach der Reizung $= 4^{mm}$. Wenn hingegen die Reizung länger dauerte, oder wenn dieselbe Stelle des Nerven wiederholt gereizt wurde, so dauerte es beträchtlich länger, bis die Ruhelage wieder gewonnen war. Im Mittel aus vielen Beobachtungen an einem weissen Kaninchen musste 3 Secunden gereizt werden, bis die stärkste Erweiterung zu Stande kam, wenn man immer eine andere Nervenstelle wählte, und dann vergingen 12 Secunden, bis wieder der Durchmesser eine Grösse wie vor der Reizung hatte. Als hingegen dieselbe Nervenstelle mit dazwischen liegenden Pausen von je 2 Minuten vier Mal gereizt worden war, gingen 30 Secunden darauf, ehe die Contraction vollständig geendigt war. Diese Zeit des Abschwingens schien nicht in geradem Verhältnisse zur Contraction zu stehen. Es schien vielmehr im ersten Anfange längere Zeit zu kosten als später; wenn der Contractionsnachlass einen gewissen Grad erst erreicht hatte, trat schneller die Ruhe ein, als man dies hätte erwarten sollen, wenn er in gleicher Weise fortgedauert hätte wie im Anfange.

Die Verengerung der Pupille nach Reizung des *n. oculomotorius* erfolgte hingegen, so lange die Reizbarkeit noch vorhanden war, in einer überaus kurzen Zeit und nach der Reizung nimmt ebenso rasch die Pupille ihren früheren Durchmesser ein. Bei Säugethieren dauert es ein wenig länger, als bei Vögeln, bei denen eine Bestimmung nach der Uhr nicht möglich ist. Am langsamsten unter den von mir beobachteten Säugethieren sah ich die Wirkung bei Ziegen erfolgen; jedoch fehlen mir genauere Bestimmungen.

Drittes Capitel.

Ueber die Bestimmung der Irisnerven.

Durch die Ciliarnerven erhält die Iris ihr Gefühl, die Muskeln und Gefässe derselben ihre Contractilität.

§. 1.

Gefühl der Iris und der Augennerven, welche mit ihr in Beziehung stehen.

Verwundungen der Iris bei Operationen (z. B. der künstlichen Pupillenbildung oder wenn zufällig bei unruhigen Kranken das Staarmesser an oder in die Iris geräth) sind sehr schmerzhaft. Die Iris muss also Gefühl für Schmerz haben. Dieses hört auf, sobald der *n. opticus* und die Ciliarnerven durchschnitten sind, wie folgender Versuch zeigt. Man gehe an dem hinteren oberen Rande unter die *orbita* ein, die *conjunctiva* trennend, durchschneide, wie bei der Operation des *strabismus divergens*, den in der Richtung des Ohres sich zeigenden *m. rectus externus*, unter welchem der *n. opticus* sich dem Auge darbietet. Indem man nun den *bulbus* anzieht und dieser etwas vorfällt, spannt sich der *n. opticus*, den man mit einer Scheere durchschneiden kann. An diesem Nerven liegen, wie aus der anatomischen Beschreibung hervorgeht, die Ciliarnerven ganz dicht an und werden in der Mehrzahl der Fälle mit getroffen. Nach dieser Operation ist das Auge gefühllos. So kann man z. B. die sonst so schmerzhafte *coredialysis* verrichten, ohne dass das Thier Bewegungen einer Art macht, die auf Schmerz deuten. Hingegen während man den *n. opticus* durchschneidet, sträubt sich jedesmal das Thier. So ist es auch beim Menschen. Ich habe Gelegenheit gehabt, hier bei der Exstirpation eines vollkommen normalen *bulbus oculi* zugegen zu sein, welcher wegen einer dahinter sitzenden melanösen Geschwulst hinweggenommen werden musste. Im Augenblicke, in welchem der Wundarzt den *n. opticus* durchschnitt, zeigte der übrigens resignirte Kranke deutlichen Schmerz.

Sicher also ist es, dass unter den bei dieser Operation durchschnittenen Nerven auch sensible sind; dennoch ist es nicht leicht, durch Versuche zu entscheiden, welche dieser Nerven Gefühl haben und welchen es fehlt. Da es keine objectiven Zeichen giebt, durch die sich das Gefühl in einem Nerven erkennen lässt, da ferner bei Thieren auch das Subjective am Schmerzgefühl nicht durch die Sprache, wie beim Menschen, kund gegeben werden kann, so ist man bloss auf die begleitenden Bewegungen hingewiesen. Diese, theils verstärkte Athembewegungen, theils Bewegungen zur Abwehr, Flucht und zum Angriff, lassen sich nicht immer mit Sicherheit als Folge des Schmerzes bezeichnen. Sie können vielmehr schon durch den gezwungenen Zustand, in welchem sich ein solches Thier befindet, veranlasst werden. Auf der anderen Seite sieht man nicht selten Thiere auf eine merkwürdige Weise sich regungslos gegen Eingriffe verhalten, die sicher Schmerz machen, so z. B. rührt sich oft ein Kaninchen bei einem Hautschnitt kaum oder gar nicht; ein ander Mal schreit es, wenn man den *n. vagus* eben berührt, ist aber ruhig, wenn man ihn durchschneidet.

Wo daher bei öfteren Versuchen die genannten Erscheinungen nicht constant und plötzlich auftreten, ist es stets bedenklich, über das Gefühl eines Nerven zu entscheiden. Wo sie ausbleiben, wird man nur mit Vorsicht jeden Mangel von Sensibilität statuiren wollen.

1) *N. opticus.* Ihn zu prüfen, muss man entweder die Schädelhöhle aufbrechen, das Gehirn aufheben und den *opticus* reizen, oder man muss ihn an der *orbita* selbst aufsuchen, oder die *retina* angreifen. Im ersteren Fall entsteht freilich Blutung, das Gehirn wird der Luft ausgesetzt und gedrückt, und die Bestimmung über das Gefühl des Nerven ist nicht ganz unverfänglich. Indess haben weder die Herren Magendie [1]), Valentin [2]) und Longet [3]), noch ich in zahlreichen Versuchen während der Durchschneidung dieses Nerven eine Bewegung beobachtet, die man auf Schmerzgefühl beziehen konnte. Vgl. auch B. II. 1. §. 2. Herr Longet sagt ausdrücklich, man könne bei lebenden Thieren den *n. opticus* kneipen, ätzen, zerschneiden, ohne dass Reaction entstände. Wie er und Andere habe auch ich gesehen, dass, während ein Thier Insultationen dieses Nerven ganz geduldig ertrug, gleich nachher eine leise Berührung des *n. trigeminus* die stärksten Aeusserungen von

---

1) *Magendie* in *Journ. de phys. IV, p.* 312.

2) *Valentin. De funct. nerv. p.* 12. §. 25.

3) *Longet. An. et phys. du syst. nerv. Par.* 1842. *II, p.* 59. — Uebers. von J. A. Hein. Leipz. 1849. II, S. 48.

Schmerz veranlasste. Wenn überhaupt also Gefühl bei mechanischen Reizungen dem *n. opticus* zukommt, so muss es sehr gering sein. Ich will jedoch nicht unterlassen, zu bemerken, dass einige Mal, wenn ich bei Kaninchen die beiden *n. optici* vor mir liegen sah und nun den einen mit der Pincette fasste und daran zog, bis er sich löste, das Thier etwas zurückwich, — was ich jedoch niemals bei der Durchschneidung beobachtete. Bei Vögeln hingegen soll nach Herrn Magendie [1]) der *n. opticus* sensibel sein. Ich möchte jedoch diesen Ausspruch deshalb nicht unterschreiben, weil, wie Herr Longet mit Recht bemerkt, bei Vögeln leicht durch den Zug, den man an den Sehnerven bei der Operation anwenden muss, die sehr empfindlichen *corpora bigemina* gezerrt werden können, denen die *n. optici* so nahe liegen.

Die zweite Art, den *n. opticus* zu prüfen, indem man in die *orbita* eindringt, halte ich nicht für maassgebend, da man niemals vor Verletzung der Ciliarnerven sicher ist.

Um direct die Empfindlichkeit der Netzhaut zu untersuchen, berührte Herr Magendie [1]) bei verschiedenen Kranken, denen er den grauen Staar operirte, wiederholt mit der Nadel die Netzhaut, ohne dass sich Schmerz äusserte. Herr Eschricht bestätigt als Augenzeuge diesen Versuch. Bei Säugethieren, Amphibien und Fischen beobachtete Herr Magendie [1]) dasselbe, hingegen glaubt er, dass bei Vögeln die *retina* mit Gefühl begabt sei. Bei Kaninchen drang ich mehrmals mit der Nadel durch das Centrum der *cornea*, durch die Pupille, die Linse und den Glaskörper bis in die *retina* und sah dabei die Thiere vollkommen ruhig bleiben. (Immer sah ich nach diesem Versuch die Linse sich trüben.)

Gegen mechanische Einflüsse scheint also auch die *retina* gefühllos. Aber wie ist ihr Verhalten gegen Licht? Man kann das intensivste Licht auf die Irisfläche selbst scheinen lassen, ohne Schmerz zu fühlen. Im Augenblick hingegen, in welchem es in die Pupille einfällt, entsteht ein sehr empfindlicher Schmerz, der sich zuweilen über den halben Kopf verbreitet. Menschen und Thiere pflegen vor Schmerz die Augenlider zusammenzukneipen. Nach Durchschneidung des *n. opticus* bleiben hingegen die Lider vollkommen ruhig, wenn das intensivste Licht auffällt. — Es ist unglaublich, dass der Ort, von welchem der Schmerz ausgeht, ein anderer, als

---

[1]) *Magendie* im *Journ. de phys. exp. IV*, p. 312. *V*, p. 37.

die Netzhaut sei. Und wenn sie es ist, wie wunderbar erscheint es doch, dass sie gegen mechanische Reize nicht reagirt! Freilich ist diese Erscheinung nicht ohne Analogie. Der Geruchsnerv z. B. ist gegen alle Eingriffe so unempfindlich, dass man ebenso wenig Reaction bemerkt, wenn man ihn zerquetscht oder durchschneidet, als wenn man ein Haar abschneidet; und doch können starke Gerüche heftigen Schmerz im Geruchsorgan und im Kopf veranlassen. Wahrscheinlich ist dasselbe Verhalten am Gehörnerven. Damit ist die Erscheinung jedoch nicht erklärt; und ich finde auch für keine Vermuthung, welche zur Erklärung dienen könnte, einen schlagenden Beweis. Zwei Vermuthungen könnten vor Allem aufgestellt werden. Man könnte nämlich erstens sagen, dass die Empfindung und das Gefühl des *n. opticus* wie aller Sinnesnerven in den Apparaten entständen, in denen sie sich verbreiten, dass also das Organ, welches vom Lichte afficirbar sei, nicht der *n. opticus*, sondern die *retina* wäre, und dass der *n. opticus* von dieser aus erst in Thätigkeit gebracht würde, — ungefähr wie die Contractilität in den Muskeln von der motorischen Nervenkraft angeregt wird. Der *n. opticus* wäre hiernach nur für die organischen, in der *retina* durch das Licht erzeugten Zustände empfänglich, und nicht für Licht noch für mechanische Reize.

Wahrscheinlicher vielleicht ist die zweite Vermuthung, dass eine Reflexion zwischen dem *n. opticus* (*olfactorius s. acusticus*) und *n. trigeminus* stattfindet, so dass Eindrücke, welche der bloss empfindende *n. opticus* erhält, übergeleitet werden zu den Wurzeln des *n. trigeminus* und hier Gefühl erwecken. Der *n. trigeminus* an sich wird nicht vom Licht afficirt; denn wäre dies der Fall, so müsste helles Licht, das auf die Iris selbst fällt, Schmerz erzeugen können, was niemals vorkommt. — Auch darf man nicht daran denken, dass die Ausbreitung des *n. trigeminus* im Pupillarrande allein empfänglich für Licht sei, denn es macht keinen Unterschied im Schmerzgefühl, ob intensives Licht durch die natürliche Pupille oder durch eine künstliche Oeffnung der Iris einfällt. Ich habe an zwei Männern, welchen Herr Wutzer künstliche Pupillen gebildet hatte, beobachtet, dass sie das einfallende Sonnenlicht ebenso unangenehm schmerzhaft empfanden, als Gesunde. Wenn hingegen der *n. trigeminus* bei Thieren durchgeschnitten worden ist, so macht das intensivste Sonnenlicht offenbar einen geringeren Eindruck auf die Pupille der kranken Seite. Ich habe zwar deutlich gesehen, dass ein Thier nach dieser Operation in Folge des Lichteinflusses blinzelte, wie auch Herr Magendie angiebt, aber es war kein Vergleich mit den Bewegungen am gesunden Auge. Nach Durchschneidung des *n. trigeminus* kann also das Licht sicher noch Schmerz machen; dieser Schmerz ist aber geringer und mag von undurchschnittenen Zweigen derselben Seite oder vom Nerven der anderen Seite herrühren, und die zweckmässigen, vom *n. facialis* beherrschten Bewegungen eine Folge des Schmerzes sein. — Bewegungen, welche auf Schmerz deuten und durch schmerzerregende Einwirkungen veranlasst werden, können auch an ganz gefühllosen Theilen entstehen, wenn jene Reize auf fühlende Körpertheile applicirt werden. So z. B. kann ein Hinterbein vom Frosch, an dem die sensiblen Wurzeln für dies Bein abgeschnitten worden sind und das keine Spur von Gefühl mehr hat, mit Energie sich zurückziehen, wenn die Vorderextremität gereizt wird, etwa durch Betupfen mit Schwefelsäure. Dieselbe Erscheinung tritt auch als Reflex bei enthaupteten Fröschen ein; und hier noch stärker.

2) *N. oculomotorius.* Meinen Beobachtungen zufolge kann ich die Annahme der Herren Magendie [1]) und Valentin [2]), dass der dritte Hirnnerve Gefühl zeige, nicht unterstützen. Beide Forscher drücken sich indess selbst sehr vorsichtig aus. So z. B. der erstere: *la troisième paire me parut le plus souvent insensible; cependant j'ai quelque scrupule sur ce point, car il m'a semblé une fois ou deux entrévoir quelque apparence de sensibilité.* Ich habe, gerade wie Herr Longet [3]), niemals allgemeinere Bewegungen, welche auf Schmerz deuten, eintreten gesehen, wenn ich diesen Nerven berührte oder durchschnitt. Die Blutung und Insultation des Gehirns sind freilich noch bedeutender, wenn man den *n. oculomotorius*, als wenn man den *n. opticus* blosslegt. Nichts desto weniger wird dadurch die Schmerzäusserung nicht unmöglich. Denn im danebenliegenden *n. trigeminus* erscheint sie äusserst frappant. Jedenfalls muss also das Gefühl des dritten Nerven, wenn es überhaupt da ist, sehr gering sein. — Mit dem *n. oculomotorius* verbinden sich aber sehr gewöhnlich Fäden vom ersten Aste des *n. trigeminus*, und dadurch haben wahrscheinlich die vom *n. oculomoto-*

---

[1]) *Magendie, Journ. de phys. IV, p.* 313; und Vorles. über das Nervensystem, übers. von Krupp. Leipz. 1841, S. 233.

[2]) Valentin, Phys. II, S. 365.

[3]) Longet, Nervensystem. II, S. 324.

rius versorgten Augenmuskeln ihr Gefühl, worauf Herr Müller [1]), Herr Volkmann [1]) u. A. aufmerksam machen. Auch findet sich nicht selten eine Verbindung des *ramus superior oculomotorii* mit dem *n. nasociliaris*.

3) *N. trigeminus*. Es giebt keinen Nerven im Körper, der empfindlicher für Schmerz wäre, als der *n. trigeminus*. Die scheinbar vollkommenste Gefühllosigkeit, durch Aether erzeugt, wurde (wenigstens bei Kaninchen) unterbrochen, wenn ich mit dem Nervenmesser den *n. trigeminus* erreicht hatte. Das Thier schrie laut auf. Nach dem stärksten Blutverluste, kurz vor dem Tode, wenn kein sensibler Nerv mehr Wirkung zeigt, reagirt jener noch. — Umgekehrt ist nach der Durchschneidung desselben die halbe Kopfhälfte bis zu dem Ohr so gefühllos, als wäre sie todt. Man kann den *bulbus oculi* in den galvanischen Strom nehmen, die Iris losreissen, ohne dass das Thier sich rührt. Hinter dem Ohr und gegen den Hals hin, d. h. im Bereiche der Halsnerven tritt das Gefühl wieder auf.

4) *N. sympathicus cervicalis*. Auch dieser Nerv scheint, wie sein Antipode, der *n. oculomotorius*, gefühllos zu sein. Ich habe wenigstens niemals eine Schmerzäusserung bei der Durchschneidung oder bei der mechanischen oder elektrischen Reizung gesehen, selbst bei letzterer nicht, wenn Funken sprühten und der Nerv ganz verbrannt wurde. Mit dem oberen Halsganglion hingegen ist es anders, ich habe wiederholt beobachtet, wenn ich dasselbe mit der Pincette berührte, dass das Thier abwehrende Bewegungen machte. Ob der Theil des *n. sympathicus*, welcher vor diesem Halsganglion liegt, gleichfalls sensibel ist, habe ich durch die Beobachtung nicht mit Gewissheit erfahren können.

Höchst wahrscheinlich bleibt es mithin, dass alles Gefühl der Iris ganz allein vom *n. trigeminus* herrührt.

§. 2.

Wirkung des *n. oculomotorius* und *sympathicus cervicalis* auf die Irismuskeln.

Tritt in einem Muskel nach Reizung eines Nerven eine Bewegung ein, so ist der gereizte Nerv nicht immer der motorische

[1]) Vergl. Joh. Müller, Phys. 1844. 1, S. 570. — Volkmann in Wagner's Hand-

d. h. derjenige, welcher unmittelbar die Contractilität des Muskels veranlasst. Der gereizte Nerv kann möglicher Weise erst den motorischen zur Thätigkeit anregen, und also auf indirectem Wege die Muskelzusammenziehung hervorrufen. In der nebenstehenden Figur 5 ist ein Präparat von einem frisch getödteten Frosch naturgetreu dargestellt. *a* ist ein Theil des Rückenmarks; *b* die hintere, *c* die vordere Wurzel des neunten Nerven; *d* das Spinalganglion; *e* der aus beiden Wurzeln hervorgehende Nerv; *f* der Muskel. Wird *b* von *e* getrennt und galvanisirt, so zuckt der Muskel *f*; wird *b* von *a* getrennt und galvanisirt, so fehlt jede Wirkung; wird *c* von *e* getrennt und galvanisirt, so fehlt jede Wirkung; wird *c* von *a* getrennt und galvanisirt, so zuckt der Muskel *f*. Die Richtung der molekularen Bewegung in *b* geht nach dem Rückenmark, in *c* nach dem Muskel; in *e*, welcher sich aus *b* und *c* zusammensetzt, nach beiden Seiten. Man kann den Nerven *b* den excitirenden Nerven nennen, weil er durch Vermittelung des Rückenmarks den motorischen Nerven *c* zur Thätigkeit excitirt. Im Rückenmark machen höchst wahrscheinlich die Ganglienkugeln die vermittelnden Organe; ohne Rückenmark wirken niemals die Fasern in *b* auf die in *c*, oder die Fortsetzungen beider in *e*. — Ebenso wie das Rückenmark, vermittelt und verbindet auch das Gehirn die genannten zwiefachen Faserarten.

Fig. 5.

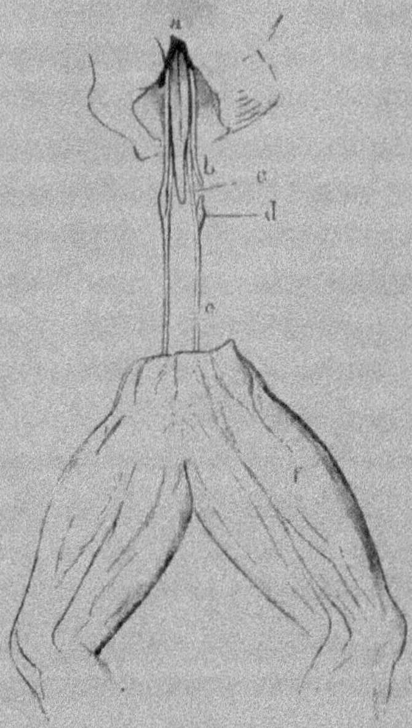

In normalen Lebensverhältnissen ist die indirecte Erregung des motorischen Nerven die Regel, die directe die Ausnahme. Ja es schliesst sich damit die Kette nicht ab, der excitirende Nerv wird häufig von anderen Nerven wieder angeregt u. s. w.

Für den Physiologen und Arzt ist es von grösster Wichtig-

---

wörterbuch II, S. 579. — *Swan, Illustr. of the comp. anat. of the nerv. syst. Lond.* 1835. — Bonsdorff in den im ersten Abschnitt angeführten Schriften. — *Longet, l. c.*

keit, den Weg zu kennen, auf dem die anregende Ursache endlich die Muskelfaser erreicht; aber auch oft von der grössten Schwierigkeit. Die Schwierigkeit hat hauptsächlich darin ihren Grund, dass man kein anatomisches Zeichen kennt, durch welches man die excitirenden und motorischen Nervenfasern unterscheiden kann, und dass beide sehr gewöhnlich in einem und demselben Nerven neben einander liegen. Wenn wir beobachten, dass nach der Reizung des Nerven *e* Muskelzuckung entsteht, so kann ein Theil dieser Wirkung auf Rechnung der Fasern von *b*, und ein anderer Theil derer von *c* kommen. Es ist möglich, dass der Antheil, welchen die eine und die andere Faserreihe an der Wirkung haben, gleich gross ist, aber auch möglich, dass sich beiderlei sehr ungleich gegen einander verhalten, möglich, dass krankhaft eine Aenderung entsteht.

Versuche haben gelehrt, dass die Wirkung in den Muskeln geringer ist, wenn man den excitirenden, als wenn man direct den motorischen Nerven reizt. Man wird sich leicht überzeugen, dass man einen viel stärkeren galvanischen Strom nöthig hat, um eine Muskelzuckung auf indirectem, als directem Wege zu veranlassen, dass auch die Reactionsfähigkeit eher nach dem Tode bei den excitirenden als den motorischen Nerven erlischt. Dies lässt sich auch leicht begreifen. Denn erstens mögen schon bei dem grösseren Weg, den die Reizung zu machen hat, die molekularen Nervenbewegungen an Intensität abnehmen; aber zweitens wird auch bei Weitem die Kraft, welche in dem excitirenden Nerven erweckt wird, nicht allein dazu verwendet, den entsprechenden motorischen Nerven zur Thätigkeit zu bringen, sondern noch viele andere. Wenn man die hintere Wurzel des neunten Froschnerven galvanisirt, so zucken nicht allein die Muskeln, welche von dem Nerven *e* versorgt werden, sondern das ganze Bein, selbst das der anderen Seite, ja der ganze Körper, — es entsteht nicht nur Bewegung, es entsteht auch Gefühl. Also kein Wunder, dass im einzelnen Muskel die Contraction nicht so intensiv auftritt.

Wir haben oben gehört, dass die excitirenden Nerven ihre Wirkungsfähigkeit verlieren, sobald sie nicht mehr mit dem Rückenmark (resp. Gehirn) in Verbindung stehen. Ein Nerv, der Fasern einer hinteren (excitirenden) und vorderen Wurzel zusammen enthält, wird daher weniger stark auf eine bestimmte Muskelpartie wirken, wenn er nicht mehr mit dem Rückenmark in Verbindung steht. Wenn umgekehrt ein Nerv vor und nach seiner Trennung vom Rückenmark und Gehirn dieselbe Verkürzungsgrösse eines Muskels hervorbringt, so dürfen wir annehmen, dass in ihm keine excitirenden Fasern seien, dass er vielmehr eine motorische sei.

In der That habe ich gefunden, dass die Verengerung der Pupille, also die Muskelverkürzung des *sphincter* genau dieselbe blieb, wenn ich den abgeschnittenen, als wenn ich den noch mit dem Gehirn in Verbindung stehenden *n. oculomotorius* reizte. Freilich ist eine absolute Genauigkeit deshalb nicht möglich anzugeben, weil man auf die *cornea* und nicht auf die Irisränder selbst die Zirkelspitzen appliciren kann. Wäre dieser Zweifel nicht vorhanden, so würde ich in den eben angeführten Versuchen einen Beweis mehr sehen, dass der *n. oculomotorius* kein Gefühl hat, — weil er keine excitirenden Nervenfasern besitzt.

Wo es, wie in sehr vielen Fällen, darauf lediglich ankommt, zu bestimmen, ob ein Nerv der direct motorische für eine Muskelpartie sei, bleibt die erste Bedingung, ihn vom Rückenmark resp. Gehirn zu trennen, ehe man in ihm eine Reizung veranlasst, unerlässlich.

Die zweite nicht minder wichtige Bedingung aber ist die, dass der zu reizende Nerv vollkommen isolirt sei. Bei mechanischen Reizungen ist dies leicht ausführbar, wenn man den zu berücksichtigenden Nerven von anderen Theilen trennt. Bei chemischen Stoffen, welche zerfliessen, ist Vorsicht schon nothwendiger. Am leichtesten hingegen sind Missgriffe bei der galvanischen Reizung möglich. Will man einen Nerven galvanisiren, so muss der Nerv und nichts Anderes die Kette schliessen. An der Stelle, an welcher die mit einem galvanischen Apparat in Verbindung stehenden Drähte den Nerven berühren, muss daher ein Körper, durch den der elektrische Strom nicht durchgeht, unter dem Nerven liegen, wozu am besten ein Glasstab oder ein Stück Guttapercha dient. Auch die Luft ist ein Isolator. Nur unter Beobachtung dieser Maassregeln hat ein Reizversuch Werth, und man würde bei einem so behandelten Nerven, der vom Rückenmark (resp. Gehirn) getrennt ist, mit Bestimmtheit sagen können, er wäre der direct motorische Nerv für den in Bewegung gesetzten Muskel, wenn nicht noch ein Umstand in manchen Fällen zu beachten wäre, der das an sich einfache Verhältniss complicirt und zu mancherlei neuen Schwierigkeiten geführt hätte.

Im Verlaufe vieler Nerven finden sich Ganglien. Die Ganglien bestehen wesentlich aus Zellen mit Kern und Kernkörperchen, den sogenannten Ganglienkugeln. Mit vielen Ganglienkugeln stehen Nervenfasern in ununterbrochenem Zusammenhang, bald mit einer Kugel eine, bald auch zwei. Es ist möglich, dass unter diesen Nervenfasern auch excitirende sein können, und wenn also ein Reiz zwischen einem Ganglion und zwischen einer Muskelpartie angebracht wird, so wird man stets daran zu denken haben, ob nicht das Ganglion sich dem Rückenmark ähnlich verhalten und einen Reflex vermitteln könne. Jedem muss es einleuchten, wie ein solcher Fall noch dadurch verwickelter wird, dass in dem Verlauf desselben Nerven mehr als ein Ganglion vorkommt. Welcherlei Fasern reizen wir? das wird die beständige Frage sein, wenn wir die Nervenwirkung auf die Muskeln beurtheilen. So auch in Betreff der zunächst zu betrachtenden Irisnerven, des *n. oculomotorius* und *sympathicus cervicalis*.

Die Thatsachen sind die, dass, wenn man den *n. oculomotorius* bei Säugethieren oder Vögeln reizt, der Durchmesser der Pupille sich verengt, und wenn man den *n. sympathicus cervicalis* reizt, der Durchmesser der Pupille weiter wird.

Zum ersten Versuche gebraucht man am besten Thiere unmittelbar nach deren Tödtung, zum zweiten lebende.

a) *N. oculomotorius.* Es wäre zwecklos und deshalb grausam, den *n. oculomotorius* während des Lebens blosszulegen. Die Wirkung ist nicht verschieden, die starke Blutung stört die Reinheit des Versuchs und kein Säugethier bleibt am Leben. Man bediene sich lieber junger als alter Säugethiere; besonders lange, eine halbe bis eine ganze Stunde, nach dem Tode pflegt noch der Nerv bei jungen Ziegen zu reagiren, ebenso sind junge Hunde sehr lange reizbar. Auch bei enthaupteten Menschen sah man 20 Minuten noch nach der Execution die Pupille sich verengern, wenn nach geöffnetem Schädel der *n. oculomotorius* galvanisirt wurde, so unter anderen in einem von mir gemeinschaftlich mit Herrn Waller beobachteten Fall an einem enthaupteten Mörder. Bei Kaninchen vergeht die Wirkung rascher als bei Katzen und Hunden. Nirgendwo fehlt sie. — Vögel eignen sich zu diesem Versuch vorzüglich.

Die Tödtung geschicht am zweckmässigsten und raschesten,

indem man den Kopf abschneidet. Jedoch darf der Schnitt nicht ins verlängerte Mark fallen, weil dies Einfluss auf die Irisbewegung hat. Deshalb ist es auch unpassend, Kaninchen durch einen Schlag hinter die Ohren zu tödten, wenn man sie zu diesem Versuche benutzen will, weil dadurch eine Erschütterung des verlängerten Marks erfolgt.

Der Versuch selbst ist ausserordentlich einfach. Mit einer schneidenden Zange wird die Schädeldecke weggebrochen, an dem Riechkolben das Gehirn quer durchgeschnitten, dann aufgehoben, bis die beiden Sehnerven erscheinen, welche man trennt. Beim weiteren Zurücklegen des Gehirns sieht man die beiden *n. oculomotorii* sich spannen. Man kann entweder die noch am Gehirn hängenden Nerven reizen, oder man bindet an dem Gehirnende um jeden einen Faden, bevor man ihn löst. Im ersten Fall, der besonders bei jungen Thieren, wo das Gehirn zäher ist, Anwendung findet, isolirt die Luft hinlänglich, im zweiten Fall legt man den Nerven, den man mit einer Hand an dem Faden festhält, auf ein Gummi- oder Glasplättchen und bringt die beiden Drähte eines galvanischen Apparates [1]) unter den Nerven und auf die Platte. Unmittelbar nach der Berührung des Nerven wird die Pupille sehr verengt. Niemals ist die Wirkung eine andere, niemals fehlt sie, so lange überhaupt der Nerv noch reizbar ist. — Ein sonderbarer Irrthum hat sich eine Zeit lang in der Wissenschaft verbreitet, nämlich dass Reizung des *n. oculomotorius* bei Säugethieren anfangs die Pupille verengere, später aber erweitere, bei Vögeln aber immer sie verengere [2]).

---

[1]) Am geeignetsten zu Reizversuchen ist der Neef'sche, von Herrn Dubois-Reymond verbesserte Inductions-Apparat (von Einigen auch Schlitten-Apparat genannt). Zur Erregung der Elektricität ist ein Element ausreichend. Ich gebrauche das Bunsen'sche aus Zink und Platin. Die Schwefelsäure im Glase kann auf 1 Thl. Säure 12 Thle. Wasser enthalten. Mit derselben Salpetersäure (im Thoncylinder) kann man fünf und mehr Mal experimentiren, wenn die Versuchszeit etwa zwei bis drei Stunden dauert, ehe man frische anzuwenden braucht. Wenn die Salpetersäure viel salpetrige Säure enthält und nicht vertragen wird, so kann man über das Platinglas, welches den Thoncylinder deckt, ein Stückchen Leder von Guttapercha binden. — Die besponnenen Drähte des Inductionsapparates lasse man nahe an ihrem Ende durch ein Stückchen Holz gehen, vor welchem nur noch die sehr genäherten Spitzen hervorstehen; so dass man mit einer Hand beide Drähte halten kann.

[2]) Vergl. Volkmann in Müller's Archiv, 1845, S. 418. — E. Weber in Wagner's Handwörterb. III. 2, S. 10. 30. — Valentin, Physiol. II. 2, 369. — *E. H. Weber, De motu iridis, p.* 102.

Dieser Irrthum war, wie ich gezeigt habe, dadurch entstanden, dass die betreffenden Forscher den Nerven, den sie reizen wollten, nicht isolirten. Hart am *n. oculomotorius* liegt nämlich der erste Ast des *n. trigeminus*, der die Irisfasern des *sympathicus* einschliesst. Der galvanische Strom ging daher auch durch diese Fasern, deren Reizung Pupillenerweiterung zur Folge hat. Der *n. oculomotorius* verliert jedoch bei den meisten Thieren und auch dem Menschen, wie schon oben angeführt ist, nach dem Tode eher seine Reizbarkeit und stirbt früher ab als der *n. sympathicus*, welcher länger reizbar bleibt. Wenn man daher einige Zeit nach dem Tode den *n. oculomotorius* galvanisiren will und ihn nicht durch ein untergelegtes Glasstäbchen oder Guttapercha etc. isolirt, so wird lediglich, weil er selbst nicht mehr reactionsfähig ist, der daneben liegende *n. sympathicus* gereizt, und es erweitert sich natürlich die Pupille. Kurz nach dem Tode hingegen, wo noch beide Nerven ihre Reizbarkeit besitzen, entsteht deshalb eine sehr auffallende Verengerung, weil der *n. oculomotorius* weit erregbarer als sein Antipode ist. Die leiseste und kürzeste Berührung des *n. oculomotorius* mit den Leitungsdrähten ist ausreichend, ihn in Thätigkeit zu versetzen, während der *n. sympathicus* eine längere und stärkere Reizung erheischt. — Bei Vögeln, wo der *n. sympathicus* keinen Antheil an den Irisbewegungen hat, entsteht dagegen entweder bloss Verengerung oder gar keine Wirkung.

Hält man bei Säugethieren den *n. oculomotorius* in der isolirenden Luft während des Galvanisirens, so sieht man gleichfalls entweder Verengerung der Pupille oder gar keine Wirkung.

Wenn man nun den *n. sympathicus* seiner Nervenkraft berauben könnte, so würde demzufolge die Pupille sich nicht erweitern können, obgleich man die Drähte auf den *n. oculomotorius* aufsetzte, ohne ihn zu isoliren. Es müsste auch hier entweder Verengerung oder gar keine Wirkung entstehen. So ist es auch. — Herr Longet [1]) hat die interessante Beobachtung gemacht, dass ein Bewegungsnerv schon nach vier Tagen sein Vermögen einbüsst, auf Reize zu reagiren, wenn er durchgeschnitten worden ist. Nachdem er z. B. diese Operation am Stamm des *n. ischiadicus* gemacht und vier Tage später die Zweige dieses Nerven am Unterschenkel gal-

[1]) Longet, Anat. u. Phys. des Nervensyst., übers. von Hein. I, S. 49.

vanisirt hatte, konnte er nicht die leisesten Zuckungen in den Muskeln wahrnehmen. Durch Untersuchungen, welche zuerst Herr Nasse [1]) gemacht hat, kennt man auch den wahren Grund, weshalb die durchschnittenen Nerven aufhören müssen, reizbar zu sein. Wenn sie nämlich nicht mehr mit den Centralorganen im Zusammenhange stehen, so werden ihre Primitivfasern, wie Herr Nasse sich ausdrückt, aufgelöst. Die Fasern kräuseln sich und der Inhalt verliert seine Structur, es entstehen vielmehr lauter kleine Fettkügelchen. Die Primitivfaser erscheint viel dunkler, ganz körnig und gleicht der gesunden gar nicht mehr. Diese fettige Degeneration breitet sich bis in die peripherischen letzten Zweige aus, wie Herr Waller [2]) dargethan hat.

Ich habe theils allein, theils mit Herrn Waller sehr häufig den *n. sympathicus* oberhalb des *ganglion cervicale supremum* durchschnitten, und fünf oder sechs Tage später das Thier, welches in dieser Weise operirt war, getödtet. Wurde dann auch der *n. oculomotorius* ohne alle weitere Vorkehrung galvanisirt, so verengte sich jedesmal die Pupille, oder es zeigte sich gar keine Veränderung. Ja die Verengerung war deutlicher und dauerte länger, als an der anderen Seite, an welcher der *n. sympathicus* unversehrt geblieben war. Das kann nicht auffallen, wenn man in Erwägung zieht, dass auf der gesunden Seite der *n. oculomotorius* noch einen Widerstand an dem *n. sympathicus* fand, nicht aber an der operirten Seite. Es ist ganz interessant, wenn man bald auf der einen, bald auf der anderen Seite die Drähte anlegt, und hier nur Verengerung, dort nur Erweiterung der Pupille entstehen sieht, obwohl in die ganz analogen Stellen der galvanische Strom eindringt.

Endlich giebt es Thiere, bei denen im Leben wie nach dem Tode der *n. oculomotorius* das entschiedene Uebergewicht über den *n. sympathicus* hat. Dazu gehören die Ziegen. An anderen Ein- und Zweihufern habe ich keine Versuche gemacht. Sehr rasch nach dem Tode konnte ich bei mehren Ziegen nur leise Spuren von Erweiterung sehen, wenn ich den *n. sympathicus* galvanisirte, hingegen blieb die Wirkung des *n. oculomotorius* 20, selbst 30 Minuten nach dem Tode sehr deutlich. Wenn die Drähte den *n. oculomotorius*, der auf dem Knochen lag, berührten, so zeigte sich nie-

---

[1]) Nasse in Müller's Arch. 1839, S. 405.

[2]) *Waller, Nouvelle méth. anat. pour l'investig. du syst. nerv. Bonn* 1852.

mals Erweiterung, obwohl der *n. sympathicus* mitgereizt ward, sondern stets Verengerung.

Mithin zeugen alle Beweismittel dafür, dass der *n. oculomotorius* niemals eine Erweiterung, sondern nur eine Verengerung der Pupille veranlassen kann, wenn er in Thätigkeit ist.

Die Beobachtung über die Wirkung des *n. oculomotorius* wurde wiederholt schon früher gemacht [1]), aber erst in neuester Zeit mit Unrecht in Abrede gestellt [2]).

Dieselbe Wirkung, wie nach der Reizung des Nerven selbst, tritt ein, wenn die ganze Iris der (galvanischen) Reizung ausgesetzt wird. Man überzeugt sich am leichtesten bei Vögeln, deren Irismuskeln sich ausserordentlich rasch zusammenziehen. Setzt man bei einer jungen Taube oder Ente oder Gans gleich nach deren Tödtung an die *sclerotica* die Drähte so an, dass in dem Strom auch die Iris liegt, so entsteht jedesmal eine Verengerung der Pupille, die sich beim Aufhören der Reizung sogleich wieder erweitert. Ich habe nicht gesehen, dass, wenn nur ein kleiner Theil der Vogeliris galvanisirt wurde, auch nur dieser Theil sich contrahirt hätte, sondern die ganze Iris verkürzte sich. Die in dem Irismuskel entstandene molekulare Bewegung pflanzt sich hier von der gereizten Stelle aus mit so grosser Schnelligkeit fort, dass im Moment alle kleinsten Theilchen ergriffen sind. In den meisten Muskeln mit Querstreifen beobachtet man, wie Herr E. Weber [3]) gezeigt hat, diese Schnelligkeit in der Verbreitung. — Ohne in Abrede stellen zu wollen, dass zu einem gewissen Theil die Muskelstructur die Erscheinung veranlasse, möchte ich nicht, wie der genannte Forscher, behaupten, dass sie lediglich davon herrühre. Denn auch das Herz hat quergestreifte Muskeln und contrahirt

---

[1]) Fowler (*exper. and observ. relative to the influence lately discovered by Galvani, Edinb.* 1793. 4. *p.* 88) sah durch Reizung des Auges selbst Verengerung der Pupille. — *Magendie et Desmoulins, Anat. des syst. nerv. Par.* 1825, *II, p.* 692. — Longet, Anat. u. Phys. des Nervensyst., übers. von Hein. II, S. 327. — *Valentin, De funct. nerv. p.* 18, §. 38. — *Radclyff-Hall* in *Edinb. Med. and Surg. Journ.* 1846, *p.* 355 *sq.* — *Brown-Sequard, Ann. d'Ocul.* 1849, *t.* 22, *p.* 165. — *Duval, Rochard* u. *Petit* in *Gaz. méd.* 1851, *p.* 437.

[2]) Volkmann in Müller's Archiv. 1845, S. 418. — E. Weber in Wagner's Handwörterb. III. 2, S. 10.

[3]) E. Weber in Wagner's Handwörterb. III. 2, S. 3.

sich nicht rasch, und die Iris bei Kaninchen, welche keine quergestreiften Fasern hat, zieht sich zehn Mal rascher zusammen, wenn man den *n. oculomotorius*, als wenn man den *n. trigeminus* reizt, obwohl nach beiden Reizungen Verengerung der Pupille entsteht.

Doch welche Ursachen alle an der Erscheinung auch Theil haben mögen, sicher ist es, dass bei Vögeln nach Reizung der *sphincter iridis* sich rascher zusammenzieht als bei Säugethieren und Amphibien, und niemals nur stellenweise. Anders ist es bei Säugethieren. Bei ihnen sind die Muskelfasern cylindrisch. In der Regel pflanzt sich in cylindrischen Muskelfasern die entstandene molekulare Bewegung viel langsamer von der gereizten Stelle aus fort. — Wenn auch, wie gesagt, hier nicht allein die Muskelstructur dies bewirken mag, so hat auch sie gewiss einen guten Theil daran. Es ist bekannt, wie lange es dauert, bis z. B. ein gereizter Froschdarm sich zu bewegen beginnt, und wenn die Bewegung entstanden ist, wie viel Zeit erfordert wird, bis er wieder zur Ruhe kommt. — Und ferner weiss man, dass auch sehr beschränkte Stellen, wie es am Magen so leicht sich sehen lässt, zur Contraction kommen, während Nachbarstellen ruhen. An der Iris von Ziegen ist dasselbe Phänomen zu beobachten. Je länger das Thier getödtet worden ist, desto länger dauert es, bis nach der Reizung der *sphincter* sich contrahirt, desto länger auch, bis die Pupille ihren früheren Durchmesser wieder erhält. Bei einer Ziege, der man den Kopf abgeschnitten, den Schädel geöffnet und den Nerven blossgelegt hatte, dauerte es unmittelbar nach dieser 5 Minuten in Anspruch nehmenden Vorbereitung $^1/_4$ Secunde, bis die Verengerung der Pupille der Reizung folgte, nach 15 Minuten länger als eine Secunde. Im Anfang war nur eine Secunde erforderlich, bis die Pupille ihren früheren Durchmesser hatte, nach 5 Minuten nahe 2 Secunden, nach 15 Minuten 4 Secunden, nach 25 Minuten 9 Secunden.

Besonders interessant ist die locale Reizung des *bulbus.* Setzt man die Drähte ganz auf die Pupille, so dass durch die Iris der Strom nicht geht, so fehlt jede Wirkung. Setzt man die Drähte nahe neben einander an eine kleine Stelle des oberen oder unteren Pupillarrandes der Iris, so zieht sich nur diese Stelle zusammen, der *sphincter* wird hier breiter (s. o. Cap. 2), die Pupille wird dadurch verzogen. Man sieht also die Möglichkeit ein, dass durch eine partielle Reizung des *nerv. oculomotorius* oder einer Partie des *sphincter* die Pupille winklig und verzogen werden kann, was auch in Bezug auf Krankheiten von Wichtigkeit ist.

b) *N. sympathicus cervicalis.* Nachdem ein Thier, am besten ein Kaninchen, durch Vorhalten eines mit Aether getränkten Tuches gefühllos geworden ist, hält ein Assistent mit einer Hand die vier Beine, mit der anderen den Kopf gerade herab so dass der Vorderwinkel des Schildknorpels genau in der Mittellinie des Körpers zu fühlen ist. Man gehe sodann, nachdem neben dem Kehlkopfe die Haut über einer Falte und der *m. platysmamyoides* etwa 2'' lang durchschnitten sind (wobei die dicke *vena jugularis externa* nach aussen vom Schnitte liegen bleibt), an der inneren Seite des *m. sternocleidomastoideus* ein. Zwischen diesem Muskel und dem *m. sternohyoideus* sieht man sogleich die *a. carotis communis* pulsiren. Neben ihr, und zwar nach aussen liegt der *n. vagus* und mehr nach hinten die sehr dünne *vena jugularis interna*, alle in dieselbe Scheide gehüllt. Auf der Scheide läuft der *ramus descendens hypoglossi* herab. Man isolirt nun an einer Stelle die *a. carotis* und indem man dieselbe nach innen zu zieht, erscheint der *n. sympathicus*, neben welchem mehr oder weniger dicht anliegend der dünnere Herzzweig des *n. vagus* läuft. Man kann dann mit Leichtigkeit ein spitzes sich hinten verdickendes Glasstäbchen unter den *n. sympathicus* schieben und dann ihn in einer grösseren Strecke von allen Nachbartheilen trennen. Nachdem nun durch untergelegtes Glas oder Guttapercha der Nerv vollkommen isolirt ist, berühre man ihn mit den Drähten eines galvanischen Apparates. Schon nach kaum $^1/_4$ Secunde sieht man, wie die Pupille weit aus einander geht; wie sie jedoch erst nach 1,5 bis 3 Secunden ihren grössten Durchmesser erreicht hat. Die Stärke der Ausdehnung hängt theils von der Stärke des Reizes, theils von dem Thier ab, und es hat wenig praktischen Werth, wenn ich hier die vielen Messungen vor und während der Reizung anführen wollte, welche ich gemacht habe. Im Allgemeinen findet sich, dass der Pupillendurchmesser bei erwachsenen Kaninchen um 2 bis 3,5^{mm} sich vergrössern kann. Man vergl. übrigens oben Seite 72.

Die Operation, welche ich eben beschrieben habe, ist für das Thier sehr wenig eingreifend, Blutverlust und Schmerz sind nur beim Hauptschnitt, und hier unbedeutend vorhanden; der *n. sympathicus* selbst ist gefühllos. Dadurch gewährt der Versuch noch ein besonderes Interesse. Denn wir haben in dem Pupillendurchmesser ein mit dem Zirkel ausmessbares Aequivalent für die Reizbarkeit des *n. sympathicus* bei einem bestimmten Reiz. Wenn wir nun den Reiz so abschwächen, dass er für diesen *n. sympathicus* = 0 wird, d. h. dieser Nerv nicht mehr reizbar ist gegen diesen gewonnenen Grad des Reizes, so lässt sich dieser Nullpunkt durch die Ausdehnungsgrösse der Pupille bezeichnen. Hierdurch ist die Möglichkeit gegeben, die Reizbarkeit anderer Nerven mit der des Irissympathicus zu vergleichen. Da der Irissympathicus ein Bruchtheil des ganzen aufsteigenden *n. sympathicus cervicalis* ist, so ist wahrscheinlich, dass der ganze Nerv sich ähnlich hinsichtlich seiner Reizbarkeit verhalte. Von diesem Nerven aber kennt man durch die Entdeckung des Herrn Bernard unter Anderem, dass er die Contractilität der Gefässe des Halses und Kopfes hervorzurufen und dadurch auf die Temperatur dieser Theile mächtig einzuwirken vermag. Da nun Wärmeveränderungen im Gesichte sehr häufig in Krankheiten vorkommen und gewiss auch nicht selten durch den *n. sympathicus* vermittelt werden, so sieht man leicht ein, wie wichtig für den Arzt es sein würde, einen Ausdruck für den Werth einer solchen krankhaften Veränderung zu haben, d. h. bestimmen zu können, wie gross der Reiz anzuschlagen ist, der einer solchen Veränderung zu Grunde liegt. Denn immerhin bezieht sich alle Krankheitsbeurtheilung auf die drei Punkte: der Qualität, der Localisation und der Quantität des Krankheitsobjects, d. h. es ist die Form und der Inhalt, dann der Sitz und endlich die Intensität und Extensität der krankhaften Erscheinung zu erforschen. Untersuchungen, wie die oben angedeutete, gehören zu denen, welche das Quantitative in Auge fassen.

Die Versuche lehrten, dass wenn der galvanische Strom so abgeschwächt war, dass seine Einwirkung auf den *n. sympathicus* nicht die geringste Veränderung der Pupille erzeugte, doch schon starke Zuckungen in der vorderen Extremität entstanden, als der *plexus brachialis* die Kette bei gleicher Stromstärke schloss. Der *n. sympathicus*, wie der *plexus brachialis* waren, um den Versuch möglichst gleichartig zu machen, durch einen umgelegten Faden zusammengeschnürt worden. — Es ist hierdurch klar, dass die Nervenfasern des Irissympathicus gegen einen Reiz nicht reagiren, welcher schon bedeutende Affectionen in den aus derselben Rückenmarksgegend hervorkommenden Fasern der Brachialnerven erzeugt.

Von besonderem praktischen Interesse erschien es, das Verhältniss der Reizbarkeit des Irissympathicus sowohl mit der des *n. vagus* als auch mit dem Gefühle kennen zu lernen. — In dieser Beziehung fand sich, dass wenn bereits die Pupille durch die Reizung des *n. sympathicus* sich deutlich erweitert, vom *n. vagus* aus Verlangsamung und vorübergehender Stillstand, aber noch nicht vollständiger Stillstand zu erzielen war [1]). Als die Drähte bei derselben Stromstärke, auf welche die Iris reagirte, an die Zunge von drei Menschen gebracht wurden, war nichts zu fühlen oder zu schmecken; als sie auf den *bulbus* eines Kaninchens aufgesetzt wurden, zuckten die Muskelfasern des *orbicularis palpebrarum*, das Thier hielt aber ganz ruhig und schien keinen Schmerz zu fühlen.

Hiernach wäre die Reizbarkeit der motorischen Fasern des *plexus brachialis* grösser als die des *n. sympathicus iridis*, die Reizbarkeit des Irissympathicus grösser als die der *rami cardiaci vagi*, die des Herzvagus grösser als die der Gefühlsnerven.

Nach dem Tode bleibt bei vielen Thieren die Reizbarkeit des *n. sympathicus* noch lange bestehen, sowie auch beim Menschen. Man kann daher recht gut den Verlauf desselben durch die Reizung kennen lernen. Im folgenden Capitel wird die untere Gränze dieses Irissympathicus beschrieben. Nach oben, d. h. gegen den Kopf zu, kann man Erweiterung der Pupille hervorbringen, wenn man das *ganglion supremum*, die beiden neben der *a. carotis cerebralis* liegenden Zweige und endlich wenn man das *ganglion Gasseri* und den *r. ophthalmicus n. trigemini* galvanisirt. — Das also ist der Weg, auf dem der Irissympathicus zur Iris hingeht. Der *n. trigeminus* an sich hat diese Wirkung nicht, wie sich aus den unten anzugebenden Versuchen ergiebt.

§. 3.

Reizung des *n. sympathicus* bei Vögeln.

Der Halssympathicus bei Vögeln liegt in dem Canal der *processus transversi* neben der *a. vertebralis*. Ich habe bei verschiedenen Tauben diesen Canal aufgebrochen und den Nerven galvani-

---

[1]) Zur Prüfung der Herzschläge gebrauche ich schon seit vielen Jahren ein kleines Länzchen, welches ich in der Herzgegend in die Brusthöhle einsenke, um an dessen Bewegungen die Herz- (und Athem-) Bewegung zu erkennen.

sirt, ohne den geringsten Einfluss auf die Irisbewegung wahrzunehmen. — Ebenso wirkungslos zeigt sich auch die Durchschneidung desselben Nerven.

§. 4.

Die Reizung des *n. opticus* und ihr Einfluss auf die Bewegung der Iris.

Aus den Versuchen der Herren Herbert Mayo [1]) an Vögeln und Longet [2]) an Säugethieren weiss man, dass durch Reizung des *n. opticus* die Pupille sich verengt, und dass man diese Wirkung sogar hervorbringen kann, wenn man den *n. opticus* durchschneidet und das Ende reizt, welches mit dem Gehirne zusammenhängt, während das mit dem Auge in Verbindung stehende Ende gegen keine Reizung mehr reagirt. Hieraus geht hervor, dass die Veränderung, welche in dem *n. opticus* durch die Reizung entsteht und in Folge welcher der *sphincter iridis* verkürzt wird, sich gegen das Gehirn fortpflanzt und hier weiter auf den Bewegungsnerven (*n. oculomotorius*) wirkt. Die Versuche des Herrn Flourens haben sogar gelehrt, dass es die Vierhügel sind, auf welche der Reiz des *n. opticus* sich überträgt, um von da aus den *n. oculomotorius* zu erreichen. Ich habe einen Versuch bei einem Kaninchen wiederholt, den Herr Longet schon früher angestellt hatte. Ich galvanisirte nämlich einen *n. opticus*, nachdem bereits die Hemisphären des grossen Gehirns und die Sehhügel abgetragen waren, und sah dennoch die Pupillen beiderseits enger werden. Sobald aber die Vierhügel exstirpirt waren, hörte jede Wirkung auf. — Auch nach Durchschneidung des *n. oculomotorius* bleibt der *sphincter* nach jeder Reizung des *n. opticus* ohne alle Bewegung; so dass man also sehr wohl den Weg kennt, auf dem durch Reizung des *n. opticus* die Pupillenverengerung erfolgt. Es ist eine Reflexaction, ausgeführt durch die Erregung von excitirenden Fasern im *n. opticus*, durch die Vierhügel, als Centralorgan, durch den *n. oculomotorius*, als motorischen Nerven.

Die oben erwähnten Versuche gelingen am besten bei Vögeln; bei Säugethieren, namentlich bei Kaninchen, an denen ich experi-

[1]) *H. Mayo* im *Journ. de phys. expér. III, p.* 349.

[2]) Longet, Anat. u. Phys. des Nervensyst., übers. von Hein. II, p. 49.

mentirte, sind zwar die Erscheinungen mitunter sehr eclatant, jedoch nicht in allen Fällen gleich deutlich, wahrscheinlich von dem starken Eingriff herrührend, der dem Versuche vorhergehen muss.

Auf die directe Reizung der Retina, in welche ich eine durch die *cornea* eingeführte Nadel gebracht hatte, sah ich Pupillenverengerung bei Thieren eintreten.

§. 5.

Einfluss des *n. trigeminus* auf Bewegung und Ernährung der Iris.

Im Jahre 1822 hatte Fodera [1]) zuerst an Kaninchen den fünften Nerven in der Schädelhöhle am oberen Rande des Felsenbeins durchgeschnitten, indem er ein Stück des Scheitelbeins wegnahm und ein feines Messerchen unter das Gehirn herführte. Ein Jahr später machte Herr Magendie [2]) denselben Versuch und beobachtete zuerst die Veränderungen am Auge, welche ausser der Gefühllosigkeit entstehen. Wurde Ammoniak auf das Auge der operirten Seite gebracht, so flossen keine Thränen, wie sonst zu geschehen pflegt, das Auge blieb trocken; das Nicken der Lieder hörte auf; die Iris war enge und zeigte keine Bewegung; das Auge entzündete sich; die Hornhaut wurde trüb, nachher alabasterweiss; eine weisse, eiterartige Materie wurde von der entzündeten *conjunctiva* abgesondert und verklebte oft die Augenlieder; am zweiten Tage entzündete sich die Iris, es bildeten sich Pseudomembranen zwischen *iris* und *cornea*; am achten Tage löste sich die *cornea* in ihrem Umfange von der *sclerotica* und in ihrer Mitte entstand ein Geschwür, die Augenflüssigkeiten flossen aus und das ganze Auge wurde in einen Stumpf verwandelt.

Herr Magendie machte bald nachher die interessante Beobachtung, dass die Ernährungsstörungen beinahe gar nicht eintreten, wenn er den Nerven nahe an seinem Austritt aus der Brücke durchschnitt. Erst am siebenten Tage zeigte sich die Hornhaut ein wenig trübe und einige Pseudomembranen waren in der vorderen Kammer bemerkbar.

Später haben die Herren Eschricht, Schöps, Baker,

---

[1]) *Fodera* im *Journ. de phys. expér. t. III, p.* 207. 1823.

[2]) *Magendie, Ibid. t. IV, p.* 176. 1824.

Longet [1]), Valentin [2]) die Versuche Magendie's wiederholt und bestätigt, ohne wesentlich neue Symptome zu beobachten, während durch Herrn Longet die Methode sehr gut beschrieben worden ist.

Die zwei Wirkungen der Durchschneidung dieses Nerven, welche hier allein in Betracht kommen, sind die Verengerung der Pupille und die Nutritionsstörungen der Iris. Die erstere dieser Erscheinungen haben die oben angegebenen Beobachter bei Kaninchen, ich ausser bei diesen bei Fröschen gesehen, pathologische Fälle haben dargethan, dass sie auch bei Menschen vorkommt. Hingegen fehlt sie nach den Angaben von Herrn Longet bei Hunden und Katzen.

Wegen der bekannten Vorzüge, die Frösche beim Experimentiren gewähren, habe ich zunächst Versuche an ihnen angestellt, um zu ermitteln, ob der *n. trigeminus* motorische Fasern enthält, welche den *m. sphincter* zur Contraction bringen. Den Versuch suchte ich dadurch zu vereinfachen, dass ich zuerst die Pupille an beiden Seiten mass, dann durch Unterbindung des Herzens jeden Einfluss der Circulation beseitigte, den Schädel aufbrach, den Vierhügel (Zweihügel) etwas zur Seite schob, den durch Kalkmasse verdeckten *n. trigeminus*, der jedoch durch sein gelbes *ganglion Gasseri* in die Augen fällt, mit einer Nadel aufhob und durchschnitt. Nach dieser Operation verengt sich immer die Pupille an der operirten Seite. Es genügt, wenige Versuche als Beispiele anzuführen.

Versuch 1.

	Horizontal.	Vertical.
Durchmesser der Pupille vor dem Versuch	4^{mm}	$2{,}5^{mm}$
Die Exstirpation des Herzens macht keine Wirkung.		
Nach Durchschneidung des *n. trigeminus* .	3,875	2,33

[1]) Longet, Anat. u. Phys. des Nervensyst., übers. von Hein. I, S. 131.

[2]) *Valentin, De funct. nerv. p.* 22.

Versuch 2.

	Horizontal.	Vertical.
Pupille vor dem Versuch	3,875mm	3mm
Eine Minute nach der Durchschneidung des *n. trigeminus* hinter dem *ganglion Gasseri*	3,500	2,875
5 Minuten nach der Operation	3,250	2,750
22 Minuten nach der Operation hingegen	3,750	2,875
Durchschneidung des *ganglion Gasseri*		
5 Minuten nach derselben	3,25	2,25
10 „ „ „	3	2

Exstirpation des Herzens schien zuweilen eine kleine Verengerung der Pupille zur Folge gehabt zu haben, constant war dies jedoch nicht.

Bei reizbaren Fröschen habe ich bemerkt, dass wenn ich den Zweihügel einer Seite in die Höhe hob, um den *n. trigeminus* zu erreichen, schon dadurch eine vorübergehende Verengerung der Pupille beider Augen entstand, welche von dem *n. oculomotorius* ausgeht (s. oben §. 3). In solchen Fällen ist es zur besseren Ueberzeugung zweckmässig, die folgende Erweiterung abzuwarten und dann zu reizen. Bei einem Frosch hatte ich den Kopf abgeschnitten, die Pupillen massen an beiden Seiten horizontal 4mm, vertical 3mm, dann wurde der Schädel aufgebrochen, wodurch keine Veränderung eingetreten war. Hierauf wurde der linke Zweihügel aufgehoben und der linke *n. trigeminus* hinter dem *ganglion* gereizt, gleich nachher beide Pupillen horizontal 3,5mm, vertical 2,5mm. Nach 10 Minuten hingegen mass

die linke Pupille horizontal 3,5mm, vertical 2mm,
die rechte dagegen „ 3,75 „ 2,75mm.

Der rechte *sphincter iridis* war fast um $^1/_3$ schmäler als der linke. Sodann reizte ich den rechten *n. trigeminus* und fand 5 Minuten später

die linke Pupille horizontal 3,5mm, vertical 2,5mm,
die rechte „ „ 3,25 „ 2,25.

Es macht einen sehr deutlichen Unterschied, ob man den *n. trigeminus* hinter oder vor (resp. in) dem *ganglion* durchschneidet. In jenem Fall ist die Abnahme des Durchmessers nicht so stark und, was besonders hervorzuheben ist, nicht bleibend. Dies hat wahrscheinlich darin seinen Grund, dass bei Durchschneidung vor dem *ganglion* zugleich der sympathische Nerv durchgeschnitten wird.

Nach 22 Minuten hatte der Frosch des zweiten Versuches schon nahe seinen früheren Durchmesser wieder erlangt.

Auch durch mechanische und galvanische Reizung des *n. trigeminus*, welcher auf gleiche Weise blossgelegt und auf ein untergelegtes Glasstäbchen gelegt war, sah ich ähnliche Wirkung, wie nach der Durchschneidung.

Ich [1]) habe eine Methode angegeben, bei lebenden Fröschen auf eine leichte Weise den *n. trigeminus* zu durchschneiden, ohne dass dadurch die Thiere sterben, wie dies nicht selten zu erfolgen pflegt, wenn man denselben Nerven neben dem Zweihügel aufsucht. Selbst wenn auch der Tod hiernach nicht eintritt, geschieht es doch häufig, dass eine krankhafte Wendung des Körpers nach einer Seite hin geschieht, weil der Zweihügel leicht insultirt wird.

Man wickele den ganzen Frosch ein, so dass nur der Kopf frei bleibt, öffne dann den Unterkiefer so weit als möglich, ziehe die Zunge vor und lasse sie durch ein Häkchen halten oder stecke sie mit einer Stecknadel fest. Weil der Frosch bei offener Mundhöhle nicht athmen kann, so wird er fast ganz gefühllos, weshalb er bald vollständig ruhig ist. Man trenne nun die Schleimhaut des Gaumens bis hinter der *orbita* durch einen Kreuzschnitt und setze die beiden Spitzen einer kleinen, ziemlich starken Scheere genau an den inneren, hinteren Winkel der *orbita* vertical ein. Die Spitzen dürfen nicht weiter als 1''' bis $1^1/_2$''' von einander abstehen. An diesem eben bezeichneten Winkel entspringt ein zum Auge hingehender Muskel, der *sustentator bulbi*, der beim ersten Blick in die Augen fällt. In diesen Muskel greift die Scheere ein. Der genannte Winkel der *orbita* ist von dem *os sphoenoideum* und *petrosum* gebildet. Wenn nun die Scheerenblätter geschlossen werden, so zerschneidet man dadurch den *n. trigeminus* so, dass das *ganglion Gasseri* gewöhnlich mittendurch getrennt wird. Es werden dabei weder der *n. oculomotorius*, der am nächsten liegt, noch der Zweihügel verletzt. Sollte letztes geschehen sein, so bemerkt man dies durch Drehbewegungen und das Liegen nach einer Seite hin. Sobald das Thier sich wieder erholt hat, so ist nach vollständig gelungener Operation eine gänzliche Gefühllosigkeit in der betreffenden

---

[1]) Budge in Froriep's Tagesber. 1852, Nro. 662, S. 64.

Gesichtshälfte entstanden, der eine Unterkiefer hängt herab. Nach einiger Zeit wird die *cornea* trübe, ohne jedoch jemals die weisse Alabasterfärbung zu bekommen. Auch habe ich nie eine Zerstörung des Auges beobachtet.

Bei Kaninchen kann man an drei Stellen den *n. trigeminus* durchschneiden, nämlich:

a) Vor dem *ganglion Gasseri.* Bei einem wohl ätherisirten Kaninchen mache man über einer Hautfalte dicht vor dem Ohr einen Hautschnitt und gehe mit dem Finger längs des knöchernen Unteraugenhöhlenrandes von vorn nach hinten, bis man an eine kleine, sich wie ein Knöpfchen anfühlende Hervorragung dieses Randes gelangt. (Hier ist die höchste Spitze des bogenförmigen *processus zygomaticus ossis temporum.*) Dann wende man den Finger gerade gegen das Ende des Ohrknorpels, so wird derselbe auf die ziemlich scharfe Kante gelangen, welche der *proc. condyloideus* des Unterkiefers bildet. Dieser Kante folgt er bis an die hintere Ecke dieses Fortsatzes und bleibt hier stehen. Unmittelbar oberhalb dieser hinteren Ecke wird der Knochen ein paar Millimeter breit blossgelegt, und mit einem nagelartigen Werkzeuge, einem Drahte oder dem einen Ende einer Pincette, vorsichtig durchbohrt. An diese Stelle führe man das Neurotom [1]) so ein, als wollte man am vorderen Rande des *bulbus* des anderen Auges wieder herauskommen, und zwar an der vorderen Gränze zwischen *sclerotica* und *cornea.* Die Länge, in welcher das Werkzeug eindringt, wird durch die Schraube bestimmt, sie beträgt bei mittelgrossen Kaninchen $17^{mm} = 7,'''55$. — Da das Gelingen der Operation wesentlich davon abhängt, dass das Instrument in der gehörigen Tiefe und Richtung eingeführt wird, so ist es nothwendig, den Kopf eines gleich grossen todten Kaninchens vor sich zu haben, bei dem das Gehirn entfernt worden, die Oeffnung durch das Schläfenbein gemacht und eine Stricknadel (zur Bezeichnung der Richtung) von der Knochenöffnung bis in den *n. trigeminus* geführt worden ist.

b) Hinter dem *ganglion Gasseri.* Durch dieselbe Knochen-

---

[1]) Das Neurotom ist ein Messer, dessen Klinge ungefähr $60^{mm} = 26'''$ lang ist, deren hinterer Theil aus einer runden Schraubenmatter (etwa $48 - 50^{mm}$ lang, 2^{mm} Durchmesser), mit einer darauf gehenden Schraube, deren vorderster Theil aus einem ungefähr 10^{mm} langen, kaum 2^{mm} breiten Messerchen besteht. An dem Stiel des Neurotom ist durch einen Stift die Seite bezeichnet, welche dem Rücken des Messerchens entspricht.

öffnung führe man das Neurotom in einer Richtung, als ob es vor dem äusseren Gehörgang der anderen Seite zum Vorschein kommen sollte, in einer Länge von etwa 11^{mm} = nahe $5'''$. Auch hier messe man vorher an dem Kopfe eines todten Kaninchens.

c) Am verlängerten Mark. Bei einem ätherisirten Kaninchen wird ein ausreichender Hautschnitt in der Mittellinie des Rückens vom Hinterhaupt an einige Zoll weit ausgeführt, dann werden quer die Muskeln getrennt, bis in dem dreieckigen Raum zwischen Hinterhaupt und Atlas die *dura mater* gespannt vor Augen tritt. Ist sie und die *arachnoidea* durchschnitten, so fliesst die Rückenmarksflüssigkeit aus. Sodann schneidet man mit einer Scheere an dem *calamus scriptorius* das halbe Mark quer durch. Sobald der Schnitt geschehen ist, springt das Thier auf und fällt auf die Seite, auf welcher der Schnitt gemacht ist, sowie dieselbe Gesichtsseite und die entgegengesetzte Körperseite gefühllos wird.

Bei allen diesen drei Arten von Versuchen können Blutungen entstehen, welche hinderlich und selbst mehr oder weniger gefährlich werden. Während die Knochenstelle am Schläfenbein blossgelegt wird, kann eine Venenblutung der *vena facialis post.*, bei der Durchschneidung des *n. trigeminus* die *a. carotis cerebralis* verletzt werden und dadurch der Tod erfolgen. Ferner können wichtige Gehirnorgane, besonders bei der Durchschneidung des *n. trigeminus* hinter dem *ganglion Gasseri* verletzt werden, zumal das kleine Gehirn und die Brücke, was sich durch Drehbewegungen zu erkennen giebt.

In Folge einer jeden dieser drei Operationen wird die Pupille enger, erweitert sich aber später wieder, jedoch mit dem Unterschiede, dass wenn der Durchschnitt hinter dem *ganglion Gasseri* geschieht, sei es nach der zweiten oder dritten Methode, die Erweiterung viel eher erfolgt, als wenn der Durchschnitt vor dem *ganglion* gemacht wird, in welchem letzteren Fall die Pupille niemals den Durchmesser der anderen auf der gesunden Seite erreicht. Man kann freilich nur bis zum dritten Tage die Beobachtung machen, weil dann durch die eingetretene Trübung der *cornea* die Pupille nicht mehr zu messen ist. Jedoch lässt sich aus Versuchen an Fröschen die Richtigkeit dieser Aussage bekräftigen. Die Erscheinung ist dadurch erklärlich, dass im *ganglion* der *n. sympathicus cervicalis* an den *n. trigeminus* sich anlegt, daher zwei Nerven getrennt werden. Beiderlei Wirkungen aber, die Verengerung der Pupille nach Durchschneidung des *n. sympathicus* und die nach Durchschneidung des *n. trigeminus*, sind ihrem Wesen nach sehr verschieden, jene ist eine bleibende, diese eine vorübergehende Erscheinung.

An welcher Stelle aber auch der *n. trigeminus* durchgeschnitten wird, die folgende Pupillenverengerung entsteht sehr langsam, es vergeht oft eine Minute, selbst noch längere Zeit, ehe sie vollständig vorhanden ist, sie ist aber sehr bedeutend, und wenn die Operation nach den zwei letzten Methoden vollführt wurde, so verstreichen nicht selten 24 bis 40 Minuten, ehe die Pupille ihren früheren Durchmesser erreicht hat. — Die Verengerung nach Reizung des *n. oculomotorius* hat einen ganz anderen Charakter. Wenn man z. B. diesen Nerven durchschneiden lässt und beobachtet zugleich das Auge, so verengt sich im Augenblick, wie die Trennung erfolgt, auch die Pupille, und wenn der Schnitt vollendet ist, so ist auch der Durchmesser wie er vorher war. Es kann daher schon deshalb gar nicht die Rede davon sein, die Wirkung auf den *sphincter iridis*, welche durch die Durchschneidung des *n. trigeminus* entsteht, durch Vermittelung des *n. oculomotorius* erklären zu wollen. Ich habe auch bei Kaninchen wiederholt den *n. oculomotorius* an seinem Ursprung losgetrennt und danach den *n. trigeminus* durchgeschnitten, aber dennoch die gewöhnliche Pupillenverengerung beobachtet. Man kann also unmöglich eine Verbindung zwischen dem fünften und dritten Nerven annehmen, welche in den Centraltheilen stattfände, um den Einfluss des *n. trigeminus* auf den *sphincter iridis* dadurch zu erklären. — Es bliebe nun freilich noch die Annahme übrig, dass das *ganglion ciliare* sich wie ein reflectirendes Organ verhielte, und zwischen der langen und kurzen Wurzel einen Zusammenhang bewerkstelligte. In der That scheinen auch manche Physiologen diese Meinung zu hegen. Diese Ansicht ist jedoch ganz unhaltbar. Denn gerade beim Kaninchen, an dem die Verengerung der Pupille nach dem Durchschnitt des *n. trigeminus* beobachtet wurde, hat dieser Nerv gar keine Verbindung mit dem *ganglion ciliare*; vielmehr ist dies lediglich eine Anschwellung des *n. oculomotorius*. Ein Reflex zweier Nerven, die ohne Verbindung stehen, ist aber nicht möglich. Somit ist es gerechtfertigt, anzunehmen, dass an der Verengerung der Pupille, welche die Durchschneidung des *n. trigeminus* nach sich zieht, der *n. oculomotorius* keinen Antheil hat.

Hierdurch ist nun freilich noch nicht völlig constatirt, dass der *n. trigeminus* motorische Fasern enthält, welche im *sphincter* Contractilität erzeugen. Es ist nämlich sehr auffallend, dass unmittelbar nach dem allgemeinen Tode keine Reaction in der Iris mehr wahrzunehmen ist, wenn man den *n. trigeminus* reizt. Ich habe an Kaninchen, Hunden, Pferden unmittelbar nach dem letzten Athemzuge den *n. trigeminus* in der Schädelhöhle blossgelegt und durchgeschnitten, aber niemals eine Veränderung der Pupillenapertur danach entstehen sehen; ebenso wenig, wenn dieser Nerv galvanisirt wurde. Hingegen entstanden noch lange Zeit Kaubewegungen in Folge von Reizung desselben Nerven. Bei einem Guillotinirten, bei dem 20 Minuten nach dem Tode Reizung des *n. oculomotorius* die Pupillenverengerung bewirkte, entstand nicht eine Spur von Veränderung an der Iris, als man den *n. trigeminus* in die Kette brachte.

Eine zweite auffallende Erscheinung ist es, dass die Contraction so langsam eintritt und die einmal entstandene so schwer wieder vergeht. Diese wahrhaft tetanische, während ihres Bestehens gar nicht zu überwindende Starrheit in der Bewegung ist fast ohne Analogon.

Eine dritte auffallende Erscheinung ist es, dass sogar lange nach dem Tode diese Pupillenenge nicht wieder vergeht. (Ich habe jedoch Ausnahmen gefunden. Bei *Pelobates fuscus* öffnete ich den Schädel, durchschnitt auf einer Seite den *n. opticus, oculomotorius* und *trigeminus.* Da die Haut fest auf dem überaus harten Schädel aufsitzt, so ist es nicht möglich, jene unversehrt zu erhalten und die Wunde durch eine Naht zu vereinigen. Das mag der Grund gewesen sein, dass mir das Thier am vierten Tage starb. Nach der Operation verengte sich die bekanntlich schon enge Pupille noch ganz bedeutend, so dass sie wie eine sehr schmale Ritze erschien. Nach dem Tode hingegen wurde diese Pupille viel weiter als die der anderen Seite und ich konnte sogar die letztere durch beständiges Befeuchten nicht zu derselben Weite bringen.)

Endlich kommt noch in Betracht, dass in einigen Fällen von Anästhesie des *n. trigeminus* die Pupille sich verengert fand, vgl. Buch II, Abschn. IV §. 3, so z. B. in den Fällen von den Herren Serres und Meyer, in welchen das *ganglion* sehr erkrankt war.

Wenn nun auf der einen Seite diese Erscheinungen nicht der Art sind, wie wir sie als Wirkungen motorischer Nerven zu sehen gewohnt sind, so kann man auf der anderen Seite auch nicht diejenigen Merkmale bei Seite setzen, welche zu Gunsten einer solchen Annahme sprechen. Man kennt auch andere Nerven, nach deren Reizung die Wirkung erst spät folgt und lange anhält, so z. B. die sympathischen Geflechte im Unterleibe; man weiss ferner, dass derselbe Nerv noch Reizbarkeit für einen Muskel haben kann und nicht mehr für den anderen, so z. B. sieht man nicht selten, dass Reizung des *n. vagus* die Speiseröhre in Bewegung setzt, aber nicht mehr den Magen. Drittens ist es gerade den Reizungen motorischer Nerven eigen, dass die Wirkung wieder verschwindet.

In den pathologischen Fällen, in welchen bei Anästhesie des *quintus* auch Pupillenenge erwähnt wird, wurde das *ganglion Gasseri* krankhaft erweicht und verändert gefunden. Man kann daher ein Mitleiden des sympathischen Nerven voraussetzen und daraus die dauernde Verengerung der Pupille erklären.

Viertens endlich gehören die Fälle hierhin, in welchen nach Reizung anderer Zweige des *n. trigeminus* beim Menschen Pupillenverengerung entsteht. Fowler[1]) beobachtete dieselbe bei sich und Anderen, wenn er mit einer Silber- und Zinkplatte den oberen Theil der Nase und den Mund armirte, und Reinhold[2]), wenn er Zink hoch in die Nase brachte und Silber auf die Zunge. Nach Larrey[3]) verengt sich die Pupille durch Einschlürfen von kaltem Wasser in die Nase und Betupfen der *conjunctiva* mit Höllenstein. Wenn keine Uebertragung vom *n. trigeminus* auf den *n. oculomotorius* nach den oben angeführten Beobachtungen vorhanden ist, so bleibt kein Weg übrig, auf welchem diese Contraction des *m. sphincter* erfolgen könne, als durch den *n. trigeminus* selbst.

Ist es mithin allerdings wahrscheinlich, dass der erste Ast des *n. trigeminus* motorische Fasern für den *sphincter iridis* in sich schliesst, so möchten doch wohl noch weitere Forschungen erforderlich sein, um sich mit aller Bestimmtheit darüber zu entscheiden.

Neben dieser Veränderung in dem Pupillendurchmesser fallen die Störungen, welche in der Secretion an der *conjunctiva*, *cornea* und Iris nach der Durchschneidung des *n. trigeminus* entstehen, noch stärker in die Augen. Die erste Erscheinung der Art bietet die *cornea* dar. Sehr rasch nach der Operation sieht sie aus, als ob

---

[1]) *Fowler, Experiments and observat. Edinb.* 1793, *p.* 88.
[2]) *Reinhold, De galvanismo. Lips.* 1797, *p.* 89.
[3]) *Larrey, Clin. chir. I.*, 427.

sie kleine Vertiefungen habe, was vielleicht von kleinen Falten herrührt. Ich habe diese sonderbare Veränderung nicht nur dann gesehen, wenn ich vor dem *ganglion Gasseri* den Durchschnitt machte, sondern auch, wenn ich hinter demselben ihn machte. Im letzteren Falle habe ich keine anderen Veränderungen an der *cornea* und Iris wahrgenommen, im ersteren hingegen beobachtet man schon nach 2 Stunden, selbst beim lebenden Thiere, deutlicher noch wenn man dasselbe getödtet und das Auge exstirpirt hat, dass Blutstockungen in der Iris vorhanden sind. Die Gefässe finden sich bedeutend ausgedehnt, oft sogar Blutextravasate. Einige Stunden später findet sich auch Extravasat, welches immer mehr zunimmt, sich nach 24 bis 36 Stunden schon zu Pseudomembranen organisirt. Auch in der *cornea* entstehen ebenso rasch Stase, Exsudation und Verfärbung, so dass sie nach drei Tagen vollkommen undurchsichtig ist; und es folgen sich alle Erscheinungen, welche oben bereits (S. 93) erwähnt sind.

Man ist geneigt, diese Nutritionsstörungen von dem Einflusse des *ganglion Gasseri* abzuleiten. Indessen glaube ich, dass man noch weit entfernt ist, diese Annahme strict beweisen zu können. Es will mir scheinen, als ob die Blutung einen wesentlichen Antheil habe. Ich habe beobachtet, dass wenn ich in der *orbita* die *venae ophthalmicae* verletzte, ohne die Ciliarnerven und den *n. opticus* zu durchschneiden, doch eine Trübung der *cornea* entstanden ist. Bei zwei Kaninchen durchschnitt ich an einem den *n. opticus* mit den Ciliarnerven, bei dem anderen machte ich alle Vorbereitungen, jedoch ohne die Nerven selbst zu durchschneiden. Bei beiden Versuchen war die Blutung bedeutend. An beiden Kaninchen wurde die *cornea* trübe. Jedoch muss ich bemerken, dass an dem einen, an welchem die Nerven durchschnitten waren, die Trübung viel stärker sich zeigte, so dass ich nach 24 Stunden nicht im Stande war, mit Sicherheit die Pupille zu messen, was sehr wohl am anderen Auge möglich war.

Ich vermuthe daher, dass die Trübung der *cornea* nach Durchschneidung des *ganglion Gasseri* theils von den Nerven, theils vom Blutverluste ausgeht.

Viertes Capitel.

Ueber den Sitz der Centraltheile für die Irisnerven.

Die Stelle, an welcher die Nervenkraft sich erzeugt, nennt man den Centraltheil der betreffenden Nerven. Von da aus wird sie durch die Nerven fortgeleitet. Es ist sehr wahrscheinlich, dass während des Lebens beständig die Kraft sich bildet und beständig sich verbraucht. Wenigstens lässt sich mit dieser Annahme viel leichter erklären, dass während der scheinbar vollkommensten Ruhe doch die Muskeln in kleinen Contractionen fortwährend begriffen sind, was man Muskeltonus nennt; dass nach Durchschneidung eines Nerven sein gegenwirkender mit einem Schlage in vermehrte Action sich setzt, wie z. B. nach Durchschneidung des *abducens* sogleich das Auge nach innen schielt. — Auch stimmt eine solche Annahme mit allen Lebensthätigkeiten, die niemals ruhen.

Aber hierdurch kommt es nicht zu progressiver Bewegung und zu deutlich bewusstem Gefühl und Empfindung, es bleibt bei jenem leisen Spiele, das kaum in die Erscheinung tritt. Eine bestimmtere Reaction erfordert Mittel, welche eine Kraftvermehrung möglich machen. Im folgenden Buche wird von solchen Mitteln gehandelt, welche die Natur gebraucht, um die Kraft zu vermehren, während hier durch künstlich herbeigeführte Kraftvermehrung und Kraftverminderung es uns darum zu thun ist, den natürlichen Herd der Krafterzeugung zu finden.

Die bedingenden Ursachen, durch welche die Nervenkraft vermehrt wird, heissen Nervenreize. Während sie geschickt angewandt werden, setzen wir die Gränzpfeiler der Stelle, an der die Kraft entsteht. Wir machen aber auch, wo es möglich ist, wie die Probe auf das Exempel, den Gegenversuch, indem wir diese Stelle und damit die Kraft wegnehmen, und aus der mangelnden Wirkung, aus dem aufgehobenen Gleichgewicht und dem entstandenen Uebergewicht anderer Kräfte nicht nur die Bedeutung ablesen, welche die zu erforschende Kraft hat, sondern auch einen zweiten Weg finden, um die Centralstelle zu umstecken.

Damit sind die zwei Versuchsreihen ausgedrückt, durch welche man nach dem Ziele gelangen kann, wenn sie wirklich Versuche und keine Probirstücke sind; d. h. wenn die Idee dem Mechanismus der Ausführung, wie der Plan dem Baue, vorausgeht und nicht ihm erst nachfolgt.

§. 1.

Bestimmung der Centralstelle des Irissympathicus durch künstliche Anregung von Kraft.

Um zu bezeichnen, welche Idee mich bei diesen Versuchen leitete, muss zuvor ein Ueberblick über das vorher Geleistete gegeben werden.

Da der *n. sympathicus* der ganzen Länge des Rumpfs entlang vor der Wirbelsäule liegt, da mit demselben Gehirn- und Rückenmarksnerven an verschiedenen Stellen in Verbindung stehen, so kann man natürlich durch einfache Präparation dieses Nerven nicht schliessen, ob er von oben nach unten oder von unten nach oben läuft und wo sein Ursprung und wo sein Ende ist. Diese Frage gab die erste Veranlassung zu Versuchen, welche die Irisbewegung betreffen.

Anatomen des 17. Jahrhunderts, wie Thomas Willis[1]) (geb. 1622) und Raimund Vieussens[2]) (geb. 1641), geben an, dass der *n. sympathicus* (*n. intercostalis*) vom *n. abducens* und *trigeminus* ausgehe. Ebenso Gasser[3]); Andere, wie Ridley[4]), Bianchi[5]) (geb. 1681), Achillinus[6]), Morgagni[7]) (geb. 1681), Albinus[8]) (geb. 1696), Haller[9]) (geb. 1708) u. A., lassen den *n. sympathicus* lediglich aus dem *n. abducens* entstehen. Morgagni z. B. sagt

---

[1]) *Thom. Willisii cerebr. anat. et nerv. descr. Lond.* 1664, *p.* 25.

[2]) *Vieussens, Neurographia univ. Lugd.* 1684. *III, c.* 3: *Quinta nervorum conjugatio, praeterquam quod gustui famulatur partium diversarum tactui ut et motui edendo dicata videtur, et haec non modo ad oculos, nares, palatum, linguam, dentes et reliquas tum oris, tum faciei partes exporrigitur, sed etiam propagines singulis intra pectus et infimum ventrem reconditis partibus impertitur, uti clarissimus Willisius anat. cer. c.* 22 *notavit, imo et ad extremos usque pedes descendit, quatenus ex ipsa partim saltem bini prodeunt nervi, intercostales dicti, qui nervis cruralibus posticis unam utrinque propaginem largiuntur, quae una cum ipsis in pedibus desinit.*

[3]) *Ge. Egger auct. Laur. Gasser, de consensu nerv. Vindob.* 1706. 8.

[4]) *Ridley*], *Anat. of the brain. Lond.* 1695.

[5]) *Bianchi, Theatr. anat. II, p.* 319. 345.

[6]) *Achillinus, cf. Halleri op. min. I, p.* 508.

[7]) *Morgagni, Adv. anat.* 6, *p.* 30.

[8]) *Albinus, cf. Haller l. c.*

[9]) *Halleri op. min. I, p.* 510. *Disp. anat. II, p.* 871.

ausdrücklich, dass er niemals Fasern aus dem *trigeminus* zum *sympathicus* habe hingehen gesehen.

Parfour du Petit[1]) (geb. 1664) bemerkte bei der Zergliederung, dass der *n. abducens* augenscheinlich dicker sei, nachdem sich der *n. sympathicus* mit ihm verbunden habe, wie auch dies in den Abbildungen der anatomischen Werke von Willis und Vieussens zu sehen sei. Daher vermuthete er, der allgemeinen Annahme entgegen, dass der *n. sympathicus* von unten nach oben steige. Er dachte sich, wenn er diesen Nerven am Halse bei einem lebenden Hunde zerschnitte, so würde sich vielleicht eine Aenderung an den Augen zeigen und dadurch beweisen lassen, dass dieser Nerv den Augen die Lebensgeister zuführe. In diesem Sinne stellte er die ersten Versuche im Jahre 1712 in Namur an und wiederholte sie später unter den Augen von Winslow, Senac und Hunaut zu Paris 1725. Beim Hunde, wie bei vielen anderen Thieren, liegen der *n. vagus* und *sympathicus* in einer Scheide eng an einander. Petit durchschnitt theils beiderseits diese Nerven, wodurch stets der Tod erfolgte, theils nur auf einer Seite. Er beobachtete nach der Durchschneidung hauptsächlich folgende Erscheinungen am Auge: 1) das dritte Augenlied zog sich über die *cornea* und deckte den vierten Theil derselben; 2) Schleim und Drüsensecret sammelten sich in dem inneren Augenwinkel an; 3) das Auge fiel mehr ein, indem sich, wie die Untersuchung nach dem Tode lehrte, die Augenflüssigkeiten vermindern, daher die *cornea* weniger convex erscheint, der Glanz des Auges schwindet, überhaupt das Auge sich verkleinert. Zuweilen gesellte sich eine leichte Entzündung der *conjunctiva* hinzu; 4) die Pupille wurde enger[2]). — Nach einiger Zeit sah er jedoch die *cornea* wieder convexer werden, das Auge mehr Glanz gewinnen und die Pupille sich wieder ein wenig erweitern. Als Petit 17 Tage nach Durchschneidung des rechten Nerven auch den linken durchschnitten hatte und das Thier (wegen der Durchschneidung des anderen *vagus*) drei Tage nach der Operation starb, mass die rechte Pupille $2^1/_2{}'''$, die linke $2'''$.

Petit schliesst aus seinen Versuchen, dass der *n. sympathicus*

---

[1]) *Petit* in *Mém. de l'acad. des scienc. Année* 1727, *p.* 1.

[2]) In einem Falle, in welchem Petit beide *sympathici* und zugleich auch beide *n. vagi* durchschnitten hatte, fand er die Pupille nicht verengt, sondern erweitert, was wahrscheinlich von der Respirationsbeschwerde abzuleiten ist.

(*n. intercostalis*) seine Lebensgeister zu den Muskelfasern, welche das dritte Augenlied zurückziehen, ferner zu den Drüsen des Auges, zur *conjunctiva* und zu den Gefässen, sowie zu den Fasern der Iris sendet, welche dieselbe erweitern.

Petit's Versuche wurden zuerst von Molinelli[1]) (1755) wiederholt, der anstatt der Durchschneidung die Unterbindung anwandte. Er sah hiernach dieselben Resultate wie sein Vorgänger, beobachtete aber ausserdem, dass die Iris auf der operirten Seite in einem Falle ihre Farbe an dem äusseren Winkel verloren hatte und blau geworden war.

Oefter noch wurden im vorigen Jahrhunderte dieselben Versuche angestellt, ohne dass dadurch neue Seiten dem Gegenstande abgewonnen wurden, ja nicht wenige Forscher wollten sogar gar keine Veränderungen an der Pupille gesehen haben, sondern nur Ernährungsstörungen am Auge[2]). — In diesem Jahrhunderte sind vorzüglich genaue Beobachtungen von den Herren Reid[3]), Arnold[4]) und Valentin[5]) gemacht worden. Durch die beiden ersten Forscher wurde mit Sicherheit bekannt, dass nur der *n. sympathicus*, nicht der *n. vagus* einen Einfluss auf die Iris habe. Reid trennte bei einer Katze beide sehr eng an einander liegenden Nerven und sah nach Reizung des *n. vagus* gar keine Wirkung, dagegen entschiedene Verengerung der Pupille erfolgen, wenn er den *n. sympathicus* allein comprimirte, was auch Herr Stilling[6]) bestätigte; Herr Arnold zeigte, dass bei Vögeln, bei denen der *n. sympathicus* gar nicht neben dem *n. vagus* am Halse, sondern neben der *a. vertebralis* in dem Canale der *processus transversi* liegt, keine Reizung des *n. vagus* die Bewegung der Iris ändert. Herr Valentin machte besonders auf den Gegensatz zwischen *n. oculomotorius* und *sympathicus* aufmerksam und sprach die Vermuthung aus, dass der letztere aus dem Halstheile des Rückenmarkes entspringe.

---

[1]) *Molinelli* in *Commentar. de Bononiensi scientiarum et artium instituto atque acad. Bon.* 1748 — 91. *T. III* (1755), *p.* 280.

[2]) Vgl. *Cruickshank* in *Phil. Transact.* 1795. — Arnemann über Regeneration der Nerven. Gött. 1787, S. 69. 85. — Mayer in Gräfe und Walther's Journ. 1827. X, S. 418. — *Brachet rech. expér. sur les fonct. du syst. nerv. gangl. Par.* 1837, *p.* 432.

[3]) *Reid, Physiol., anat. and pathol. researches. Edinb.* 1848, *p.* 291.

[4]) Arnold, Bemerk. über den Bau des Hirns und Rückenmarks. S. 123.

[5]) *Valentin, De funct. nerv., p.* 109. 114.

[6]) Stilling, Spinalirritation. S. 140.

Von Reid's Beobachtungen ist noch hervorzuheben, dass er fand, wie auch nach Durchschneidung des *n. sympathicus* das Licht noch auf die Pupillenapertur wirke, dass ferner im Augenblicke des Todes die Pupille sich wieder mehr erweitere; sowie er bestätigte, was schon Dupuy[1]) gegen Molinelli behauptet hatte, dass nämlich die Verengerung der Pupille der Durchschneidung des *n. sympathicus* am Halse auf der Stelle folge[2]).

Nachdem nun durch Herrn Valentin und Herrn Stilling zum Theil schon angedeutet war, dass auch durch Reizung des *n. sympathicus* Erweiterung der Pupille erzeugt werden kann, wurde der bestimmte Versuch darüber erst 1846 von Herrn Serafino Biffi[3]) angestellt und dadurch der Petit'schen Thatsache eine zweite wichtige hinzugefügt. Man wusste nun, dass die Pupille sich verengt, wenn der *n. sympathicus* am Halse durchschnitten oder comprimirt wird, dass sie sich erweitert, wenn er gereizt wird.

Als dieser Biffi'sche Versuch von Herrn Waller hier in Bonn wiederholt wurde und ich Zeuge davon war, habe ich denselben dazu benutzt, um den Quellen des Irissympathicus nachzugehen. Ich kam nämlich auf den Gedanken, Schritt für Schritt diesen Nerven zu verfolgen, bis ich an die Stelle gelangt sei, über welche hinaus keine Reizung mehr wirke; hier musste sein Ursprung liegen. Hierdurch ist es mir in der That gelungen, nachzuweisen, dass der Irissympathicus ebenso gut aus dem Rückenmarke entspringt, wie alle motorischen Nerven der Rumpfmuskeln. Einen Theil der dahin bezüglichen Versuche habe ich gemeinschaftlich mit Herrn Waller angestellt und bekannt gemacht, einen anderen Theil allein.

Ich habe zunächst nach und nach den *n. sympathicus* bis zum unteren Halsganglion gereizt, wodurch immer sich die Pupille dilatirte; erst von der Stelle an, wo der Brustsympathicus hinter dem zweiten Brustganglion liegt, war in sehr zahlreichen Versuchen niemals die geringste Einwirkung auf den *dilatator* mehr wahrzunehmen. Hier war also seine Gränze.

---

[1]) *Dupuy* in *Journ. de Méd.* 1816. *T.* 37, *p.* 340.

[2]) Nur bei Hunden und Katzen erreicht die Verengerung sehr rasch ihren höchsten Grad, während bei Kaninchen oft mehre, selbst 12 Stunden darüber hingehen, ehe sie vollständig vorhanden ist.

[3]) *Serafino Biffi, Intorno all' influenza che hanno sull' occhio i due nervi Grande simpatico e Vago. Dissert. inaug. Pav.* 1846. — *Omod. ann. XXII, p.* 630.

Es blieben also nur zwei Annahmen, entweder musste der Irissympathicus aus dieser Ganglienkette oder aus dem Rückenmarke hervorgehen. Bei einigen sehr gut gelungenen Versuchen hatte sich nun ergeben, dass wenn diese Ganglien grösstentheils noch mit dem *n. sympathicus* in Verbindung geblieben waren, aber hinter denselben der Nerv abgeschnitten war, doch die Pupille sich verengte. Wären die Ganglien die Ursprungsstellen für den *n. sympathicus*, also sein Centrum, so durfte keine Pupillenverengerung eintreten. Da dies geschah, so konnte man im Voraus muthmaassen, dass sich im Rückenmarke die Ursprungsstelle des Irissympathicus finden würde. So war es auch.

Der Cardinalversuch ist folgender. Man ätherisire ein Kaninchen, mache über einer Hautfalte einen Schnitt durch die Mittellinie des Rückens, welcher nicht weit hinter dem Hinterhaupte beginnt und bis hinter das Schulterblatt reicht, und entblösse die Dornfortsätze der vier oberen Brust- und zwei unteren Halswirbel von allen Weichtheilen. (Man unterscheidet leicht die Dornfortsätze beiderlei Wirbel, indem derjenige des ersten Brustwirbels ungefähr 6^{mm} weiter hervorsteht, als der des letzten Halswirbels.) Sodann mache man oberflächliche Querschnitte zwischen den einzelnen Dornfortsätzen, den ersten zwischen dem fünften und sechsten, den zweiten zwischen dem sechsten und siebenten Halswirbel, den letzten zwischen dem vierten und fünften Brustwirbel. Geht man mit dem Messer vorsichtig tiefer zwischen dem fünften und sechsten Halswirbel, so kann man bis zum Rückenmark gelangen, ohne dass noch ein Knochenstück weggebrochen ist. Jetzt werden mit einer schneidenden Zange alle Dornfortsätze der blossgelegten Wirbel weggebrochen, und indem man sodann vorsichtig an der Stelle, an welcher das Rückenmark blossliegt, die Zange einsetzt, so kann man die Bogen der genannten Wirbel ohne die geringste Verletzung des Rückenmarks wegnehmen. Ist die Blutung mit kaltem Wasser vollkommen gestillt, so schneide man mit einem Scheerenschnitt das blossgelegte Rückenmark so weit nach vorn als möglich, d. h. hart hinter dem fünften Halswirbel vollständig durch. Setzt man nun die Drähte eines galvanischen Apparates auf die blossgelegte Rückenmarksstelle, so dass der Strom durch beide Hälften gehen kann, so erweitern sich sogleich beide Pupillen, ganz so, als wären die *n. sympathici* am Halse gereizt worden. Schneidet man beide Rückenmarkshälften auseinander, isolirt sie und galvanisirt die eine, so erweitert sich bloss die eine Pupille der entsprechenden Seite. Ist der *n. sympathicus* einer Seite vorher durchgeschnitten und wird dann der Strom durch die beiden Rückenmarkshälften geleitet, so erweitert sich doch nur eine Pupille, während auf der Seite, an welcher der *n. sympathicus* durchschnitten war, nicht die mindeste Veränderung in ihrem Durchmesser sich zeigt. Es bleibt das Resultat dasselbe, wenn man die beiden Enden des durchschnittenen Nerven wieder zusammenbindet, zum Beweise, dass der galvanische Strom nicht etwa durch die Wirbelknochen bis zum *n. sympathicus* gelangt. Auch wenn man dicht vor dem vierten Brustwirbel das Rückenmark durchgeschnitten hat, so kann man an diesem Stücke, das mit dem übrigen Rückenmarke nicht mehr verbunden ist, dieselben Wirkungen auf die Iris wahrnehmen, welche oben beschrieben sind. An den übrigen Theilen des Rückenmarkes hingegen, vom hintersten Lendenmarke bis zum vordersten Halsmarke bleibt jede Reizung ganz ohne Erfolg, so lange sie jene Stelle nicht berührt. Sobald aber diese Stelle gereizt wird, so bleibt niemals die Wirkung aus. Wenn der galvanische Strom soweit abgeschwächt ist, dass eben noch dadurch deutliche Erweiterung der Pupille entsteht, also der seitlich von den Drahtenden durch die feuchte Umgebung fortgeleitete Strom nur ein Minimum ausmacht, so kann man genauer die Gränzen der Stelle bestimmen, von welcher aus man die besagte Wirkung erzielen kann. Zufolge vielfacher in der Weise angestellter Versuche liegt sie zwischen dem sechsten Hals- und vierten Brustwirbel. Man nennt sie *centrum cilio-spinale inferius*.

Auch wenn dieses Centrum aus der Wirbelsäule herausgenommen ist, und die Drähte auf die Knochen in die *foramina intervertebralia* des sechsten, siebenten, achten Hals-, des ersten und zweiten Brustnerven eingesetzt werden, wird an der enstprechenden Körperseite die Pupille erweitert. Am längsten bleibt die Wirkung am zweiten Brustnerven.

Dieses Centrum ist also ganz abgegränzt und scheint vollkommen unabhängig vom vorderen Theile des Rückenmarks und von dem verlängerten Marke. Nichts desto weniger ist es doch nicht ohne Beziehung zu diesem vor ihm liegenden Marktheil. Es macht nämlich einen sichtlichen Unterschied, ob man das Rückenmark vor Anstellung des Versuches am fünften Halswirbel durchschneidet oder nicht. Im ersteren Falle nimmt die Reizbarkeit dieses Theiles viel eher ab, als im letzten, so dass man mitunter beobachtet, wie ein Thier vollkommen gut noch athmet, wie der *n. sympathicus* noch sehr intensiv auf die Pupille wirkt, aber von dem Centrum aus keine Spur von Erfolg sich zeigt, wenn dasselbe noch so stark gereizt wird. — In der Naturwissenschaft heisst Beziehung nichts Anderes als Verbindung, und da in unserem Falle nur eine Verbindung durch Fasern die einzig denkbare ist, so lässt sich folgern, dass zwischen der vor dem Iris-Centrum liegenden Markmasse und dem Centrum selbst eine Brücke sein müsse, gebildet von Fasern; dass auf diesem Wege mächtige Anregungen dem Centrum geboten werden müssen; und dass es daher eine neue Aufgabe der Forschung sein müsse, den Punkt aufzufinden, wo diese Bahn und auf ihr die Thätigkeit beginne, deren Zielpunkt in unserem Centrum liegt. Was hiervon zu sagen ist, wird aber besser im folgenden Buche abgehandelt. Vorerst haben wir noch bei dem Centrum selbst zu verweilen.

Wenn man bedenkt, dass im Rückenmarke so viele Fasern eng neben einander auf einen kleinen Raum beschränkt liegen, so ist klar, dass ein galvanischer Strom, der durch eine noch so kleine Strecke durch das Rückenmark hindurchgeht, eine grosse Menge derselben treffen muss, und das sind nicht Fasern derselben Natur und desselben Ursprungs, sondern wahrscheinlich so verschieden, als es überhaupt verschiedene Arten giebt. Mit einem Worte, wir wissen nicht, indem wir reizen, was wir reizen. Deshalb war es nothwendig, auch die austretenden Wurzeln der auf die Iris Bezug habenden Nerven, die hintere allein und die vordere allein, besonders zu berücksichtigen. Zu dem Zwecke wurde dies Centrum soweit nach aussen zu blosgelegt, dass man an den Wurzeln operiren konnte. Bei diesem Versuche können folgende unglückliche Ereignisse eintreten, welche nur durch Vorsicht und die nöthige Uebung verhütet werden können: 1) starke Blutung, 2) Eindringen in die Brusthöhle, 3) Abreissen der Wurzeln während des Blosslegens, hauptsächlich aber wenn das zur Isolirung nothwendige Glasstäbchen unter die Wurzel geschoben wird, und endlich weil während der Reizungen immer Zuckungen noch in anderen Körpertheilen entstehen. Die Versuche müssen öfters wiederholt werden, weil merkwürdiger Weise die Reizbarkeit manchmal auffallend rasch schwindet, und nicht einmal gleichzeitig an den Wurzeln aller Nerven, und auch nicht an den beiden Wurzeln desselben Nerven (vgl. S. 48). Es würde ermüdend sein, wenn ich speciell alle die kleinen und doch störenden Schwierigkeiten aufzählen wollte, welche sich zeigten, und ich begnüge mich daher, die Resultate anzuführen, welche ich als constant gefunden habe:

1) Erweiterung der Pupille entsteht, wenn man die beiden Wurzeln des siebenten oder achten Hals- oder des ersten oder zweiten Brustnerven, nachdem sie vorher isolirt wurden, galvanisirt.

2) Derselbe Erfolg zeigt sich deutlich und bestimmt, wenn man die hinteren Wurzeln durchgeschnitten hat und bloss die vorderen Wurzeln der genannten Nerven reizt; — und auch dann noch, wenn diese Wurzeln vom Rückenmarke getrennt waren.

3) Auch von der hinteren Wurzel aus erzielt man diese Wirkung auf die Pupille, aber weder so stark, noch so andauernd, wie von der vorderen, und niemals sieht man den geringsten Einfluss, wenn man vorher die hintere Wurzel vom Rückenmarke getrennt hat und sie dann galvanisirt.

Man könnte sich vorstellen, dass aus den Spinalganglien die Fasern, deren Reizung Pupillendilatation bewirkt, entspringen, von da ins Rückenmark hinein- und durch die vorderen Wurzeln wieder herausgehen. Wäre dies der Fall, so müsste die Wirkung dieselbe sein, gleichviel ob man die hintere oder vordere Wurzel reizt, was jedoch nicht der Fall ist. — Im Gegentheile ist die Wirkung von der motorischen Wurzel aus unwidersprechlich stärker und andauernder. Daraus folgt also, dass wenigstens der grösste Theil der in dieser Wurzel enthaltenen Irisfasern aus dem Rückenmarke direct stammt.

Noch bestimmter geht aber dies Resultat aus den im folgenden Paragraphen angegebenen Versuchen über Durchschneidung der vorderen und hinteren Wurzeln hervor.

Der Faserntheil, welcher durch die hintere Wurzel auf die vordere übergeht, der also die excitirenden Nervenfasern ausmacht, kann freilich aus dem Spinalganglion, vielleicht aus den Ganglien des *sympathicus* hervorgehen, und es lässt sich nicht geradezu läugnen, dass es nicht so sein könne. Wahrscheinlicher jedoch ist es, dass diese Fasern nicht aus den Ganglien hervorgehen, sondern dass ihr Ende in der Peripherie, d. h. in dem Organe ist, für das sie bestimmt sind; mit anderen Worten, dass sich der *n. sympathicus iridis* verhält wie auch andere, vorzugsweise für Muskeln bestimmte Nerven, z. B. der *n. ischiadicus.* Sie enthalten excitirende und motorische Fasern, welche zwischen Rückenmark und Muskeln (resp. Haut) ausgespannt sind. Dasselbe möchte auch für den *n. sympathicus cervicalis*, insoweit er für die Iris bestimmt ist, gelten. Auch er möchte excitirende und motorische Fasern enthalten, ausgespannt zwischen der Iris und dem Rückenmarke. Wahrscheinlicher ist diese Annahme, weil man dann einen Zweck sieht, weshalb die Einrichtung so besteht, einen Zweck, der sich tausendmal im Körper wiederfindet, wahrscheinlich, weil keine objective Thatsache jenen gezwungenen Verlauf stützt, wahrscheinlich endlich, weil sich nicht einsehen lässt, weshalb vom Ganglion entstehende Nervenfasern Kunde geben sollen von einem Organ, in dem sie nicht wurzeln.

§. 2.

Bestimmung der Centralstelle des Irissympathicus durch künstliche Aufhebung von Kraft.

Noch genauer, als auf dem eben beschriebenen Wege, lassen sich die Gränzen des *centrum cilio-spinale inferius* dadurch bestimmen, dass man dasselbe exstirpirt. Nach dieser Operation verengt sich nämlich die Pupille. Es war mithin nur nothwendig, verschiedene Rückenmarksstellen hinwegzunehmen, um zu wissen, welche nicht mehr auf die Pupille wirken. Ich habe diese Versuche in der nöthigen Ausdehnung bei Kaninchen angestellt, immer in der Art, dass nur an einer Rückenmarkshälfte operirt wurde. So wurde denn in gleicher Weise, wie ich oben beschrieben habe, zuerst der Theil des Rückenmarks blossgelegt, welcher vom dritten Halswirbel bedeckt ist, dann an der vorderen Gränze des freiliegenden Stückes das eine Blatt einer kleinen, spitzen, sehr scharfen Scheere an die äussere Seite des Markes angesetzt, das andere genau in die Mittellinie eingesenkt und nun die Scheere geschlossen. Hierauf geschah dasselbe an der hinteren Gränze, und endlich wurde das Stück in der Mittellinie von dem der anderen Hälfte getrennt und herausgenommen. — Die Operation ist nicht selten tödtlich, indem an einer so weit nach vorn liegenden Rückenmarksstelle Verletzungen sehr gefährlich sind, auch abgesehen von der Blutung. — Ist sie aber vollständig gelungen und bleibt das Thier mehre Stunden am Leben, so bemerkt man nicht den geringsten Unterschied zwischen dem Pupillendurchmesser an der operirten und der anderen Körperseite.

Analoge Versuche wurden angestellt, indem ich die Strecke des Rückenmarks exstirpirte, welche vom vierten Halswirbel bedeckt wird, und dann wieder die Strecke, welche unter dem fünften Halswirbel liegt. Diese Eingriffe, welche schon viel leichter ertragen werden, haben jedoch niemals irgend eine Veränderung in der Apertur der Pupille zur Folge gehabt. Ganz anders indess war es, wenn ich das dem sechsten Halswirbel entsprechende Mark auf einer Seite exstirpirte. Hiernach begann alsbald, wenn die Wirkung des Aethers vorüber war, die Pupille enger zu werden, und der Unterschied zwischen beiden Seiten war sehr frappant. Als ich in einem Falle ganz nahe hinter dem vorderen Ende des freigelegten Rückenmarkstheiles ein kleines Stückchen von etwa 3 — 4mm weggenommen hatte, war noch keine Veränderung an der Pupille wahrzunehmen. Als ich hingegen noch ein weiteres Stückchen nach hinten zu bei demselben Thiere exstirpirt hatte, sah man die Wirkung ganz deutlich, so dass man wohl die Mitte zwischen dem sechsten und siebenten Halswirbel als die Stelle betrachten darf, welcher die vordere (bei Menschen obere) Gränze des Ciliarcentrums entspricht.

So bin ich nun weiter gegangen, immer neue Versuche anstellend, um auch die hintere (resp. untere) Gränze dieses Centrums zu finden. Diese zeigte sich zwischen dem dritten und vierten Brustwirbel. Als ich bei einem Kaninchen den dritten Brustwirbelbogen vollständig weggebrochen und das nun offen liegende Rückenmark zur Hälfte exstirpirt hatte, trat noch eine ganz deutliche Pupillenverengerung auf der entsprechenden Seite ein. Hingegen war auch nicht der geringste Unterschied mehr wahrzunehmen, nachdem ich bei einem anderen Thiere das unter dem vierten Brustwirbel liegende Mark in derselben Weise fortgenommen hatte. Hiernach kann man schliessen, dass dieses Nervencentrum, welches die Erweiterung der Pupille beherrscht (*centrum cilio-spirale inferius*) hinter (unter) dem Abgange des sechsten Halsnerven beginnt und vor (über) dem Abgange des dritten Brustnerven endigt. — An dieser Stelle also wird eine Kraft erzeugt, welche sich durch den *n. sympathicus cervicalis* bis zum *n. dilatator iridis* verbreitet und deren Aufhebung wir nach Zerstörung der angegebenen Stelle bemerken.

Wäre das Rückenmark ein ebenso gleichartiges Organ, wie es beim oberflächlichen Blicke erscheint, hätten alle Fasern (und Ganglienkugeln) im Rückenmarke dieselbe Natur, wäre es nur Träger einer einzigen Function, so könnte man sich mit dem gewonnenen Resultate begnügen. Aber nicht nur, dass die anatomische Untersuchung des Rückenmarks verschiedene Stränge und Schichten unterscheiden lässt, nicht nur dass unter dem Mikroskope die Nervenfasern nicht alle von gleichem Aussehen und gleichem Durchmesser sind, — sondern mehr noch lässt die Mannigfaltigkeit der Functionen auf einen viel zusammengesetzteren Bau schliessen, als bis jetzt der Zergliederung gelungen ist nachzuweisen. Die hinteren Stränge des Rückenmarks sind wesentlich mit Gefühl begabt, die vorderen wesentlich zur Anregung der Contractilität bestimmt. In den hinteren verbreiten sich wesentlich die hinteren (sensiblen, excitirenden) Nervenfasern, in den vorderen die motorischen. Welcher von beiden Strängen muss zerstört werden, wenn man die Wirkung des Irissympathicus zerstören will? und welche von beiden Wurzeln muss man zerschneiden, wenn man das Centrum von seiner Peripherie (in der Iris) trennen will? Die Beantwortung dieser Fragen konnte uns weiter auf die Bahn lenken, welche die Natur einschlägt, um das wundersame Bewegungsspiel in der Iris zu verfolgen.

Zu derlei Versuchen sind Frösche geeigneter als Säugethiere, da sie sich ohne Gefahr viel stärker ätherisiren lassen, die Exstirpation eines Rückenmarkstheils und starke Blutungen lange überleben, da die Nervenwurzeln leichter zu erreichen und relativ länger sind. Ebenso wie bei Säugethieren wurden auch hier die Gränzen unseres Centrum abgesteckt, welche gerade vor dem Abgange des zweiten und hinter dem Abgange des dritten Nerven liegen. Wurde von diesem Nervenstücke bloss die obere Hälfte (der hintere Strang) herausgeschnitten, so trat eine bald mehr, bald weniger rasch vorübergehende, mitunter gar nicht deutliche Pupillenverengerung ein. — Wurde hingegen die ganze Hälfte exstirpirt, so begann, sobald die Aetherisation vorüber war, die Verengerung. Der Unterschied zwischen beiden Pupillen fällt dann immer sehr deutlich in die Augen. Z. B. bei einem Frosche massen vor der Operation beide Pupillen

im horizontalen,	im verticalen Durchmesser
3mm	2mm

zwei Tage nach Exstirpation des Centrums rechter Seits

rechte Pupille: horizontal 2, vertical 1;
linke „ „ 3 „ 2.

Um ferner die Wirkungen des vorderen und hinteren Strangs deutlicher zu zeigen, exstirpirte ich bei einem Frosche die rechte Hälfte des Centrums vollständig, von der linken hingegen nur den hinteren Strang. Vor der Operation mass die

	rechte Pupille		linke Pupille	
	horizontal	vertical	horizontal	vertical
	3mm	2mm	3mm	2mm
Am anderen Tage	2	1.5	3	2

Ein entsprechendes Resultat erhält man, wenn man die vorderen oder hinteren Wurzeln allein durchschneidet[1]). Ich habe die auffallende Beobachtung gemacht, dass, sobald ich bloss die hintere Wurzel durchgeschnitten hatte, schon eine halbe Minute später, mitunter noch früher die Pupille sich zu verengen anfing; dass es hingegen viel längere Zeit dauerte, bis dieselbe Erscheinung eintrat, wenn ich bloss die vordere Wurzel durchschnitt; dass jedoch die Verengerung nach der ersten Operation nur eine vorübergehende, die nach der zweiten aber eine bleibende Erscheinung war. So z. B. waren bei einem Frosche am zweiten Nerven links die hintere, rechts die vordere Wurzel durchschnitten worden. —

[1]) Bei einem ätherisirten Frosche durchschneide ich in der Mittellinie die Rückenhaut vom Hinterhaupte an bis ungefähr gegen den fünften oder sechsten Wirbel, mache sodann den ersten und zweiten Wirbel ganz frei von aufliegenden Weichtheilen, wobei der knorpelige Innenrand des Schulterblatts entfernt wird. Wenn man nun die Wirbel leicht unterscheiden kann, so breche man mit einer schneidenden Zange oder einer gewöhnlichen kleinen Scheere den zweiten Wirbelbogen weg, entferne die Krystallmasse mit einer Pincette und stille mit einem Schwamme die Blutung. Der zweite Nerv liegt vor Augen, auch schon der dritte, zu dessen Durchschneidung es passend ist, auch den dritten Wirbelbogen wegzunehmen. Soll bloss die hintere Wurzel durchgeschnitten werden, so bringe man die Spitze eines Staarmessers so weit unter die Wurzel, bis sie sich trennt. Soll bloss die vordere Wurzel durchgeschnitten werden, so schiebe man die hintere Wurzel etwas nach dem Kopfe zu, ziehe die nun hervortretende vordere Wurzel mit einer Pincette heran und durchschneide sie.

	Horizontal.	Vertical.
Pupillenapertur vor der Operation . . .	3^{mm}	$2{,}5^{mm}$
3 Minuten nach der Durchschneidung der hinteren Wurzel des zweiten Nerven linker Seite mass die linke Pupille . . .	2,50	2,25
12 Minuten nach der Operation dieselbe Pupille	3	2,5
12 Minuten nach der Operation hatte sich noch keine messbare Veränderung an der rechten Pupille gezeigt	3	2,5

	Rechte Pupille.		Linke Pupille.	
	Horizontal.	Vertical.	Horizontal.	Vertical.
8 Stunden nach der Operation	2^{mm}	$1{,}5^{mm}$	3^{mm}	$2{,}5^{mm}$

Eine fortdauernde Erscheinung setzt auch eine fortdauernde Ursache voraus. Die Ursache, weshalb nach Durchschneidung der vorderen zweiten und dritten Wurzel bleibend die Pupille sich verengt, kann keine andere sein, als dass in den Fasern dieser Wurzeln eine Kraft nicht mehr wirken kann, welche bis dahin gewirkt hat. Diese Kraft kann nirgendswo anders sich erzeugen, als im Rückenmarke. Denn wenn sie z. B. im Spinalganglion entstände, und würde durch das Rückenmark hindurch fortgepflanzt bis zur vorderen Wurzel, so müsste nach Durchschneidung der hinteren Wurzeln die Verengerung der Pupille bleiben, und nicht wieder vergehen, da ja die supponirte Kraft nicht mehr zu den Fasern der vorderen Wurzeln geleitet werden könnte. Oder mit anderen Worten, die aus den vorderen Wurzeln dem Irissympathicus zuwachsenden Fasern entspringen aus dem Rückenmarke, und nicht aus dem Spinal- oder einem anderen Ganglion. Da diese Fasern die nachhaltigste Wirkung zeigen, so ist gegründet, anzunehmen, dass der vordere Strang des Rückenmarks an der bezeichneten Stelle als der wesentlichste Theil des unteren Ciliarcentrums zu betrachten ist.

In zweierlei Weise also bemerkt man die Wirkung auf die Iris, wenn man die (hinteren und vorderen) Wurzeln der erwähnten Nerven durchschneidet, eine vorübergehende und eine bleibende; zweierlei Fasern sieht man thätig, die der hinteren und die der vorderen Wurzel.

Die letzteren entspringen, wie erwiesen, aus dem Rückenmarke, die ersteren könnten möglicher Weise aus dem Spinalganglion des *n. sympathicus cervicalis* kommen. Möglich ist das — denn ich kann das Gegentheil nicht beweisen —, aber sehr unwahrscheinlich, aus denselben Gründen, die ich im vorigen Paragraphen erwähnt habe; — unwahrscheinlich vielleicht auch deshalb, weil die Analogie nicht zu Gunsten dieser Theorie zu sprechen scheint.

Die Durchschneidung der hinteren Wurzeln bringt, obwohl deren Fasern keinen directen Einfluss auf die Muskelcontractilität haben, dennoch eine nicht geringe Störung in der Bewegung hervor. Man sieht dies besonders deutlich an den Hinterextremitäten des Frosches. Sind mit aller Vorsicht die hinteren Wurzeln des siebenten, achten und neunten Nerven vom Rückenmarke getrennt worden, so schleppt der Frosch, dessen motorische Wurzeln unversehrt gelassen wurden, anfangs sein Bein nach. Erst allmählich gleicht sich diese Bewegungsabnahme aus, das Bein ist dann wie das gesunde an den Leib gezogen; aber niemals verschwindet die Bewegungsstörung ganz. Denn stets bleiben die Bewegungen höchst ungeschickt und passen nicht recht harmonisch zu den anderen. — Also auch in einem Falle, in dem man nicht gewohnt ist, den Einfluss von Ganglien mit in den Bereich der Rechnung zu ziehen, sehen wir nach Trennung der hinteren Wurzeln die Bewegung vorübergehend leiden. — Freilich ist das Beispiel nicht ganz schlagend; denn hier haben wir es mit einer willkürlichen Bewegung zu thun, und es ist einzusehen, wie in dem Gefühle ein Regulator für die Ausführung des Willens gegeben ist, damit derselbe die Bewegungen verstärken, abschwächen oder richtig lenken könne, wenn dem *sensorium commune* durch das Gefühl die Kunde von dem Zustande der Muskeln zu Theil wird. — Indess kommt es uns vorerst nicht auf die Erklärung an und die Analogie kann nicht ganz von der Hand gewiesen werden.

Alles spricht mithin für die Annahme, dass der Irissympathicus aus centripetalen und centrifugalen oder excitirenden und motorischen Fasern bestehe, dass jene in der Richtung von der Iris gegen das Rückenmark und diese in der Richtung von dem Rückenmarke gegen die Iris verlaufen, dass bis jetzt kein Verhältniss zwischen den Ganglien, durch welche der Irissympathicus geht, und den Nervenfasern, welche zur Erweiterung der

Pupille bestimmt sind, nachgewiesen sei. In mancher Beziehung war es endlich von Interesse, den Antheil der verschiedenen Rückenmarksstränge an dem Centrum kennen zu lernen. Zu dem Behufe habe ich an einem Frosche das vordere Rückenmark blossgelegt, und unmittelbar vor dem Eintritte des zweiten Nerven auf der linken Seite ein spitzes Messer genau in die Mittellinie eingestochen und dasselbe fortgezogen, immer auf dem Knochen bleibend, bis ich hinter dem dritten Nerven war. Sodann stach ich ungefähr in einer Entfernung von einem halben Millimeter von dem vordersten Einstichspunkte nach aussen eine Nadel ein und bildete durch wiederholtes Einstechen eine äussere Gränze eines Rückenmarkstückchens, das also etwa $^1/_2$ — $^3/_4{}^{mm}$ breit und ein wenig mehr als $2^1/_2{}^{mm}$ lang war. Dies Stückchen entfernte ich und vernähte die Wunde. Schon nach 15 Minuten war die Pupillle der operirten Seite in beiden Durchmessern $^3/_4{}^{mm}$ kleiner als auf der anderen Seite; am anderen Tage war der Unterschied nicht so gross, sondern betrug nur $^1/_2{}^{mm}$. — Das Gefühl an der vorderen Extremität der operirten Seite war vollständig gut, denn der Frosch reagirte, als ich das Gelenk drückte, auf einer Seite wie auf der anderen; besonders stark beim Betupfen mit Schwefelsäure. — Als ich dann bei einem anderen Frosche den rechten Seitenstrang hinwegnahm, beobachtete ich nur eine viel geringere Verengerung der entsprechenden Pupille als im ersten Versuche. Hieraus wird es wahrscheinlich, dass in den Mittelsträngen der grösste Theil der Fasern seinen Ursprung hat.

§. 3.

Beziehungen der unteren Centralstelle des Irissympathicus zu anderen Organen.

In einem so engen Raume, von Fasern dicht gedrängt, ist die erste und wichtigste Beziehung zwischen den einzelnen Fasermassen die Nachbarschaft, wenigstens die wichtigste in Rücksicht auf Pathologie. Denn der zufällige Reiz, der die Krankheit begründet, beschränkt sich natürlich nicht bloss auf zusammmengehörende Theile.

Ausser der Verengerung der Pupille entsteht nach Herrn Bernard's Entdeckung durch Durchschneidung des *n. sympathicus* am Halse die Zunahme der Wärme am Kopfe. Die sonst kalten Ohren der Kaninchen werden heiss an der Seite, an welcher der *n. sympathicus* durchschnitten worden ist, und der Temperaturunterschied beträgt oft 4° C. und mehr. Diese Erscheinung rührt davon her, dass die Contractilität der Kopfgefässe, welche von dem *n. sympathicus* ihre Nerven erhalten, aufgehoben ist, daher eine Blutstauung entsteht und mit der Vermehrung der Blutkörperchen auch mehr Wärme ausströmt. — Ich habe gefunden, dass genau derselbe Erfolg in den Gefässen dadurch erzielt wird, dass man das *centrum cilio-spinale inferius* auf einer Seite exstirpirt. Auch für diese Function ist das Centrum genau so begränzt, an dieselben Stränge, an dieselben Nervenwurzeln gelegt, wie für die Irisfunction. — Es entspringt mithin auch der Faserncomplex, welcher im *n. sympathicus cervicalis* auf die Gefässe wirkt, im Rückenmarke an der oben bezeichneten Stelle.

Eine zweite und dritte Erscheinung, welche, wie schon Petit gezeigt hat, der Durchschneidung des *n. sympathicus* folgt, sind das Vortreten des dritten Augenliedes und das Einsinken des *bulbus* durch die Abnahme der Augenflüssigkeiten. Auch diese Erscheinungen erzielt man durch Wegnahme der bezeichneten Rückenmarksstelle. Alle Belege, dass auch der für diese Functionen bestimmte *n. sympathicus* hier entspringe, lassen sich in gleicher Weise wie für die Irisfunction beibringen.

Mithin lässt sich sagen, dass der Halssympathicus, soweit er seinen Functionen nach bis jetzt erforscht ist, seinen Ursprung im Rückenmarke zwischen dem sechsten Hals- und vierten Brustwirbel habe. — Wie nun der für die Iris bestimmte Centraltheil eine gewisse Abhängigkeit von den vor ihm liegenden Centraltheilen (Gehirn oder verlängertes Mark) zeigt, gerade so verhalten sich auch die übrigen Sympathicusfasern an dieser Quelle gegen die anderen Nervencentraltheile. Wir müssen ebenso gut annehmen, dass auf diese Ursprungsstelle des ganzen Halssympathicus im Rückenmarke noch die weiter nach vorn gelegenen Nervenmassen wirken. Wenn man erwägt, wie sehr von dem Contractilitätszustande der kleinen Gefässe die Blutstockung und die Entzündung abhängen, wie gerade von dieser Rückenmarksstelle aus die Contractilität der so wichtigen Gehirngefässe (die Gefässnerven der *a. vertebralis* gehören dem Gebiete des *n. sympathicus* an, der zur Iris geht) beherrscht wird, wie endlich mit derselben Ganglienkette, in welche der Halssympathicus durchgeht, auch der grosse und kleine Herznerv in Verbindung stehen, so wird es nicht wundern können, dass die Fäden, welche zwischen dieser Stelle und den so einflussreichen Körperorganen liegen, bei sehr vielen Gelegenheiten, bei mannigfaltigen Krankheiten in vermehrte Thätigkeit oder störende Unthätigkeit versetzt werden, aber auch nicht wundern können, wenn von derselben Stelle aus Rückäusserungen nicht ausbleiben. In der That giebt es ausser dem Kopf- (d. h. *trigeminus*-) Schmerze keine häufigere Erscheinung, die andere Krankheiten begleitet, als der sogenannte Spinalschmerz, der sich an der Haut, den Knochen, Bändern etc. des Rückens zeigt, an welchem die unteren Hals- und oberen Brustnerven verbreitet sind.

Eine zweite Beziehung, den das in Rede stehende Centrum hat, scheint mit dem Centrum für den *n. oculomotorius* vorhanden zu sein. Denn die Verengerung der Pupille, welche nach Durchschneidung des *n. sympathicus* entsteht, ist ebenso wie das Vorziehen des dritten Augenliedes, das Zurückweichen des *bulbus*, ein Zeichen von Thätigkeit des *n. oculomotorius*, welche stärker erwacht, wenn die andere des *n. sympathicus* aufhört. Alle diese Erscheinungen erzeugt man künstlich, wenn man den *n. oculomotorius* reizt. — Eine solche Beziehung zwischen den beiden Centraltheilen ist zwar vorhanden, aber doch nicht in der Art, dass eine directe Verbindung zwischen den beiden Centraltheilen bestände, nicht in der Art, als ob der eine Centraltheil Kunde erhielte von der Wirkungsfähigkeit des anderen auf die Iris. Um dies zu beweisen, habe ich bei einem Kaninchen am vierten Halswirbel das Rückenmark quer durchgeschnitten und dann auch noch den *n. sympathicus* auf einer Seite. Nach einer Viertelstunde war auf derselben Seite die Pupille sichtlich enger als auf der anderen. Dieser Erfolg kann also verbindender Fasern zwischen beiden Centraltheilen nicht bedürfen, da wohl nicht anzunehmen ist, dass solche communicirende Fasern durch die Iris hindurch verlaufen, da die Verbindung der Centraltheile selbst aber in diesem Versuche aufgehoben war.

Wenn wir voraussetzen, dass während des ganzen Lebens im Centrum des Irissympathicus Kraft sich erzeugt und bis zum *m. dilatator iridis* durch die Nervenfasern sich verbreitet, so wird natürlich von dem Augenblicke an, in welchem man den *n. sympathicus* am Halse durchgeschnitten hat, diese Kraft keinen Werth für die Iris mehr haben, und nur der Krafttheil, welcher sich noch in dem mit der Iris in Verbindung stehenden Nervenstücke befindet, kann noch kurze Zeit wirken. Nur so lange die Centralkraft entwickelt wird, entsteht eine Verkürzung im *dilatator*. Ebenso wird es unter obiger Voraussetzung sich mit der Kraft im Centrum des *n. oculomotorius* verhalten, durch deren Thätigkeit eine beständige Verkürzung des *m. sphincter* entsteht. Beide Verkürzungen halten sich das Gleichgewicht, es entsteht scheinbare Ruhe. Wird hingegen der Widerstand aufgehoben, den der *n. oculomotorius* im normalen Zustande zu überwinden hat, so muss seine Wirkung vermehrt erscheinen. Das ist eben der Erfolg beim Petit'schen Versuche. Schon im Schatten ist die Pupille des Auges, auf dessen Seite der *n. sympathicus* am Halse durchschnitten worden ist, kleiner als die des anderen Auges. In der Sonne wird aber dieses Phänomen noch viel frappanter, weil noch ein neuer Reiz dazu kommt, und ganz mit Unrecht wurde mitunter der Einfluss des Lichtes auf die Pupille bei Thieren in Abrede gestellt, wenn der *n. sympathicus* vorher durchgeschnitten war. Er fehlt weder, noch ist er verändert. Ganz besonders deutlich sah ich dies bei jungen Ziegen, wenn ich auf einer Seite den *n. sympathicus* (nebst *n. vagus*) durchgeschnitten hatte. Im Schatten fand ich den Unterschied der Pupillenapertur an beiden Seiten sehr gering, bei einem Thiere konnte man sich, ohne zu messen, durch den blossen Augenschein gar nicht davon überzeugen. Fiel aber das Sonnenbildchen in die Pupille hinein, so war die Verschiedenheit sogleich sehr deutlich. Der verticale Durchmesser der Pupille an der operirten Seite war mehr als $^1/_2{}^{mm}$ kleiner, als unter denselben Bedingungen der an der anderen Seite. Am allerauffallendsten jedoch tritt diese Erscheinung bei Fröschen hervor. Bei diesen Thieren entsteht die Verkürzung in den Irismuskeln sehr langsam, und man muss daher eine ganze Weile warten, bis der Einfluss des Lichtes seine gewöhnliche Wirkung, die Verengerung der Pupille, veranlasst hat, und unter normalen Verhältnissen ist diese Einwirkung sogar gewöhnlich auffallend schwach. Wenn man hingegen (nach der Methode, welche ich im folgenden Paragraphen S. 125 angeben werde) bei einem Frosche den *n. sympathicus* an einer Seite durchgeschnitten hat, so nimmt alsbald der Pupillendurchmesser ab. Setzt man nun einen Frosch nach dieser Operation ins Dunkle, so wird seine Pupille beinahe ganz wieder so weit, als sie vorher war, und verengt sich wieder erst durch die Einwirkung des Lichts.

Nach Durchschneidung des *n. sympathicus* am Halse verengt sich also deshalb hauptsächlich die Pupille, weil die Verkürzung des *m. sphincter* in Folge der Einwirkung des Lichts sich stärker zeigt, indem der durch den *m. dilatator* erzeugte Widerstand nach Durchschneidung seines Nerven, des *n. sympathicus*, geringer geworden ist.

Bis dahin schienen die angestellten Versuche mit der Theorie in vollem Einklange. Mehr Schwierigkeit zeigt sich, wenn man den Versuch dadurch complicirt, dass nicht nur der *n. sympathicus*, sondern auch der *n. oculomotorius* durchschnitten wird. Ich hatte vermuthet, dass der Durchmesser der Pupille dem der anderen Seite, in der gar nichts operirt war, gleich sein müsste. Als ich zuerst bei Fröschen auf einer Seite den *n. oculomotorius* und *sympathicus*, auf der anderen bloss den letzteren durchgeschnitten hatte, beobachtete ich in einer Anzahl von Versuchen, dass im Hellen die Pupillen beider Seiten gleich eng waren, so z. B. bei einem Frosche vor der Operation horizontal = $3^1/_2{}^{mm}$, vertical $2^1/_2{}^{mm}$, nach der Operation auf beiden Seiten horizontal = $2^1/_2{}^{mm}$, vertical $1^1/_2{}^{mm}$. Im Schatten hingegen fand sich ein kleiner Unterschied, indem nämlich der verticale Durchmesser auf der Seite, auf welcher beide Nerven durchschnitten waren, um $^1/_4{}^{mm}$ grösser als auf der anderen Seite war, auf welcher nur der *n. sympathicus* durchgeschnitten war. —

Die Ursache dieser sonderbaren Erscheinung beruht, wie ich glaube, darauf, dass bei Fröschen die Pupille durch das Licht noch verengt wird, wenn alle Augennerven durchgeschnitten sind. Diese Eigenschaft, von der im zweiten Buche gehandelt wird, ist stärker nach Durchschneidung des *n. sympathicus*, als bei unversehrten Fröschen, wie ich oft gesehen habe. Daraus ist zu vermuthen, dass die Kraft, welche durch den *n. sympathicus* auf den *dilatator pupillae* ausgeübt wird, während des normalen Zustandes sehr bedeutend ist und die Einwirkung des Lichtreizes sehr vermindert. Nach Durchschneidung dieses Nerven wirkt daher das Licht stärker und im Dunkeln wird die Pupille wieder weiter. Vergl. Buch II.

Bei einem Kaninchen fand sich der Pupillendurchmesser nach dem Tode auf beiden Augen an der ausgeschnittenen Iris vertical 5^{mm}, horizontal 4.75^{mm}. Bei diesem Kaninchen waren während des Lebens bei dunklem Himmel, möglichst beschattet, die Pupillen vertical 6,75mm, horizontal 6mm. Somit war der *n. sympathicus* activ thätig. Nach Durchschneidung des *n. opticus* war jedes Gefühl und jede Empfindung vom Licht völlig erloschen, aber der Pupillendurchmesser hatte sich nicht geändert. Nun wurde bei diesem Thiere auch an derselben Seite der *n. sympathicus* nebst *ganglion supremum* durchgeschnitten, wodurch sich allmählich der Pupillendurchmesser bis auf den passiven Zustand, wie nach dem Tode, verengte. Die Pupille der anderen Seite blieb dagegen weiter.

Bei einem anderen Kaninchen war der passive Zustand, der unter Wasser nach dem Tode gemessen wurde:

	Horizontal.	Vertical.	
	= 6mm	7mm	
Im Leben vor der Operation	= 6,12	7	
Nach Durchschneidung des rechten *n. opticus*	= 6,12	7	auf beiden Seiten
Nach Durchschneidung beider *n. sympathici* unterhalb des *gangl. supr.* am Halse	= 6,12	7	eine halbe Stunde nach der Operation auf beiden Augen
2, 3 und 4½ Stunde nach der Operation (bei Lampenlichte) gemessen rechts	= 5,5	7	
links	= 5,5	6	
13 Stunden nach Durchschneidung der *n. sympathici* rechts	= 5,5	7	
links	= 5,25	6	

Die geringe Pupillen-Verengerung an der Seite, an welcher der *n. opticus* und der *n. sympathicus* durchschnitten waren, muss auf Rechnung der Thätigkeit des *n. oculomotorius* gesetzt werden; — dessen Antagonist wirkungslos geworden ist.

§. 4.

Durchschneidung des *n. sympathicus* an verschiedenen Stellen des Halses.

Durchgehends verliert ein durchschnittener Nerv seine Reizbarkeit. Mit diesem Verluste verändert sich auch der Nerveninhalt und verwandelt sich in Fettkügelchen. Aber es ist nur das eine, der Peripherie zugewandte Ende, welches die Degeneration erleidet, nicht aber das mit dem Centrum zusammenhängende. Die Trennung von dem Centrum veranlasst also die Reizlosigkeit und die Veränderung des Nerveninhalts; vom Centrum muss mithin wesentlich die Reizbarkeit des Nerven ausgehen.

Wenn man neben der Luftröhre den Stamm des *n. sympathicus* durchschneidet, so bewirkt schon nach 5 oder 6 Tagen (bei jüngeren Thieren noch früher, bei älteren zuweilen später) eine galvanische Reizung des abgeschnittenen Nerven keine Pupillenerweiterung mehr. Aber merkwürdiger Weise geht, wie ich und Herr Waller gemeinschaftlich beobachtet haben, die Reizlosigkeit nicht weiter als bis zum oberen Halsganglion. Setzt man die Dräthe auf dieses, oder schliessen die *nervi carotici* die Kette, oder tödtet man das Thier und galvanisirt das *ganglion Gasseri*, oder wird endlich der *bulbus* selbst gereizt, so erweitert sich die Pupille sehr stark. Ganz anders ist es, wenn bei einem Thiere das obere Halsganglion exstirpirt worden ist. Tödtet man eine Woche nach dieser Operation das Thier, so wird auf der operirten Seite der Pupillendurchmesser nach jeglicher Reizung nicht im Geringsten erweitert, sei es, dass man den *n. sympathicus* am *ganglion Gasseri* oder den *bulbus* selbst reizt. Man kann die Bedeutung dieses Phänomens nicht verkennen. Es kann nichts Anderes sagen, als dass eine Quelle des Irissympathicus unter dem *ganglion cervicale supremum* ist, dass es aber noch eine zweite Quelle geben muss, welche in diesem *ganglion* dem Nerven zufliesst. Denn so lange das *ganglion* noch besteht, wird noch Kraft in dem davorliegenden *n. sympathicus* entwickelt; diese Kraft muss irgendwo entstehen.

Um zu sehen, ob die Wirkung keine vorübergehende sei, habe ich Thiere, denen der *n. sympathicus* unter dem *ganglion supremum* durchgeschnitten war, nach acht Tagen, andere nach zwei, drei, vier Wochen, andere nach drei, sechs, neun, selbst zwölf Monaten getödtet, — aber niemals fehlte die Pupillendilatation, wenn ich vom *ganglion* aus und weiter reizte. — In keinem Falle war eine Verwachsung der durchschnittenen Nervenenden eingetreten, aber in allen war selbst noch nach einem vollen Jahre die Pupille enger als die der anderen Seite geblieben.

Wenn also vom oberen Halsganglion aus die schon vorhandene Kraft verstärkt wird, so lässt sich voraussetzen, dass der Widerstand, welcher der Zusammenziehung des *sphincter iridis* durch den *n. sympathicus* geboten wird, geringer ist, wenn alle Kraft, als wenn nur ein Theil derselben aufgehört hat, zu wirken, d. h. geringer, wenn das obere Halsganglion weggenommen ist, als wenn es noch besteht.

Bei Versuchen an Kaninchen und Fröschen ergab sich ein unerwartetes Resultat. Bei einem jungen Kaninchen war im Schatten die Pupillenapertur horizontal 5mm. Auf der rechten Seite ward der *n. sympathicus cervicalis* oberhalb (vor), auf der linken unterhalb (hinter) des *ganglion cervicale supremum* durchschnitten.

	Durchmesser der rechten Pupille.	Durchmesser der linken Pupille.
Nach 30 Minuten	3,5mm	4mm
„ 24 Stunden	4	4
„ 48 „	4	3,5.

Bei alten Kaninchen sieht man constant schon einen Tag nach der Operation die Pupille der Seite, an welcher das *ganglion* nicht mehr mit der Iris communicirte, sichtlich weiter, als auf der anderen Seite. — Obwohl also auf jener Seite dem Irissympathicus alle Quellen abgeschnitten waren, der natürliche Widerstand, welchen der *sphincter iridis* erfährt, sich mehr verringert hatte, als wo noch e i n e Quelle übrig geblieben war, so zeigte sich dennoch das Uebergewicht nur vorübergehend, nicht bleibend. — Wenn man annimmt, dass, wie manche Beobachtungen andeuten, im lebenden Körper die Erzeugung von Kraft sich bis zu einer gewissen Gränze nach dem Verbrauch richtet, so liess sich das Phänomen hiermit in Uebereinstimmung bringen. Man könnte sagen, wenn der *n. oculomotorius* zu seinen gewöhnlichen Wirkungen nicht mehr so viel Kraft nöthig hat, wie gewöhnlich, weil Widerstände nicht mehr existiren, welche früher vorhanden waren, so würde auch dadurch ein Rückschlag an dem Herde sich äussern, an dem sich die Nervenkraft des *n. oculomotorius* entwickelt. Es wäre also hier ein Beispiel mehr zu der Erfahrung, dass durch Uebung die Kraft sich mehrt und ohne Widerstand erlahmt. Eine genauere Erklärung ist aber bis jetzt nicht zu geben.

Bei Fröschen wird derselbe Versuch am besten in folgender Weise angestellt. Man mache einen Längenschnitt in der Mittellinie der Rückenhaut und jederseits einen Querschnitt unmittelbar hinter dem Trommelfelle, lege die vier Lappen zurück, trenne das

Schulterblatt an seinem inneren und vorderen (oberen) Rande vollkommen von den Muskeln (*digastricus*, *sternocleidomastoideus*, *levator anguli scapulae*) los und schneide den knorpeligen inneren Rand des Schulterblatts ab. Man sieht nun den *n. vagus* vor sich, den man ganz frei legt, wenn man einen Schnitt durch den *m. longissimus dorsi* führt. Dieser Schnitt beginnt am vorderen inneren Rande des Schulterblatts und nimmt eine Richtung gegen den hinteren inneren Winkel desselben Knochens der anderen Seite. Ist dieser Schnitt ausgeführt, so liegt das ziemlich dicke, gelbe *ganglion vagi* frei und zugleich der von hinten nach vorn verlaufende, gewöhnlich dunkler gefärbte *n. sympathicus*, nebst seinem *ganglion*. Man bringe die Nadel eines Nadelhalters unter diesen Nerven, so spannt sich derselbe und ist leicht hinter und vor dem *ganglion* durchzuschneiden.

Wenn das Thier nicht ätherisirt war, so sieht man oft schon nach wenigen Minuten die Verengerung der Pupille an der operirten Seite. Gewöhnlich dauert es etwas länger. Hat man nun auf einer Seite den *n. sympathicus* vor dem *ganglion* durchgeschnitten, auf der anderen aber gerade dahinter, so dass dasselbe noch mit der Iris in Verbindung ist, so wird man nach einer halben Stunde bemerken, dass auf jener Seite, wo alle Quellen des Irissympathicus abgeschnitten sind, die Pupille sichtlich enger ist, als auf der anderen, wo die eine Quelle noch besteht. — Dieses Verhältniss bleibt oft mehrere Tage, selbst eine ganze Woche; dann kehrt es sich um, und dauernd findet sich die Pupille auf der Seite enger, auf welcher der *m. sphincter iridis* mehr Widerstand zu überwinden hat, als auf der anderen, auf welcher der antagonistische Nerv wirkungslos ist. Schon Petit führt an, dass bei Thieren, denen er lange Zeit vorher den *n. sympathicus* durchschnitten, die Pupille allmählich wieder etwas weiter wurde, — was auf derselben Ursache zu beruhen scheint.

Ausser dieser Consequenz, welche man aus den angegebenen Versuchen an Kaninchen und Fröschen ziehen kann, ergiebt sich auch die andere, welche schon erwähnt wurde, dass der Irissympathicus noch ein zweites oberes (vorderes) Centrum haben müsse.

§. 5.

Die obere Centralstelle des Irissympathicus.

Vielfache Versuche haben mich gelehrt, dass es nicht den geringsten Einfluss auf die Reizbarkeit der Iris oder die Apertur der Pupille hat, wenn man die Verbindungsäste durchschneidet oder reizt, welche zwischen dem *n. sympathicus* und den oberen Halsnerven liegen. Hingegen habe ich gefunden, dass die Wirkung sehr frappant ist, wenn man den Verbindungszweig zwischen *n. hypoglossus* und *sympathicus* trennt; vergl. Fig. XVII, *d.*

In folgender Weise wird die Operation ausgeführt: Bei einem ätherisirten Kaninchen lege man die *carotis communis* am Halse bloss, schneide die Ansatzpunkte der *m. stylohyoideus* und *digastricus* vom Zungenbein ab, isolire die *carotis* und lasse dieselbe mit einem stumpfen Haken nach innen halten, während derselbe Gehülfe einen Finger seiner anderen Hand auf den *m. rectus capitis anticus major* aufsetzt, ohne den *n. sympathicus* selbst zu berühren, und den Muskel nach hinten (gegen die Brust) zurückzieht. Hierdurch erscheint das dem Zuge folgende *ganglion* deutlicher. Der aus ihm hervorgehende Stamm besteht (s. Fig. XVII, *e. f*) aus zwei nahe neben einander liegenden Aesten, *nervus caroticus internus et externus*, welche dicht neben der *a. carotis* in den *canalis caroticus* des Felsenbeins eingehen. An der Stelle jedoch, an welcher diese beiden Aeste in der angegebenen Richtung vorgehen, wendet sich ein sehr dünner Faden (Fig. XVII, *d*) nach aussen, und dieser ist es, welcher sich mit dem *n. hypoglossus* verbindet. Man schiebe nun ein spitzes dünnes Glasstückchen unter diesen Faden und durchschneide ihn; trenne endlich den Stamm des *n. sympathicus* unterhalb des oberen Halsganglion.

Von den neun Kaninchen, welche ich in dieser Weise an einer Seite operirt habe, blieben fünf hinlänglich lange am Leben, die übrigen vier starben früh. Jene waren schwarze, junge Kaninchen, die ich überhaupt zu Versuchen sehr geeignet finde, diese waren ausgewachsen. Von den fünf jungen tödtete ich eins schon am dritten, eins am vierten, zwei am fünften, eins am neunten Tage, durch Abschneiden des Kopfes; öffnete sodann den Schädel, nahm das Gehirn heraus, setzte die Drähte des Inductionsapparates zuerst in das *ganglion Gasseri*, dann an die Stelle, wo die Augennerven in die *fissura orbitalis* treten, dann auf den *bulbus* selbst;

und zwar zum Vergleiche an der operirten und nicht operirten Seite. Bei vieren der Kaninchen brachte die Reizung der Nerven an der Seite, an welcher die Durchschneidung gemacht war, nicht eine Spur von Erweiterung der Pupille hervor, während auf der anderen Seite der Durchmesser sich wie gewöhnlich beträchtlich vergrösserte. Ja als ich bei einem Kaninchen die Drähte auf den (nicht isolirten) *n. oculomotorius* aufsetzte, verengte sich die Pupille auf der operirten Seite, während sie auf der anderen Seite um mehr als einen ganzen Millimeter sich erweiterte. Noch auffallender war dies, als der *bulbus* selbst galvanisirt wurde; auf der einen Seite eröffnete sich sogleich die Pupille weit, auf der anderen Seite wurde sie ungemein enge, gerade als wenn man den *n. trigeminus* durchgeschnitten hätte. — Nachdem der Versuch beendigt war, überzeugte ich mich durch genaue Präparation, dass wirklich der Verbindungszweig mit dem *n. hypoglossus* getrennt, die *n. carotici* vollkommen unversehrt geblieben waren.

Bei dem fünften Kaninchen aber war kein Unterschied zwischen der einen und anderen Seite zu finden, der Reizung des *ganglion Gasseri* und des *bulbus* folgte hier wie dort Erweiterung der Pupille, was mir nicht wenig auffiel. Die Section wies jedoch nach, dass der Versuch nicht gut gemacht und der Faden nicht durchgeschnitten war. Dieser misslungene Versuch war deshalb jedoch von Nutzen, weil er lehrte, dass nicht etwa das Blosslegen, das unvermeidliche Zerren der Zweige oberhalb des *ganglion* von Einfluss sind, sondern nur von diesem Faden die Wirkung abhängt.

Einmal ist es mir auch gelungen, diesen Faden rasch genug nach dem Tode zu isoliren, so dass die Reizbarkeit noch nicht erloschen war, und ich sah hiernach entschiedene Pupillendilatation entstehen, so dass ich es für ausgemacht ansehe, dass der Verbindungszweig zwischen *n. hypoglossus* und *ganglion supremum* dem Irissympathicus eine zweite Reihe von motorischen Fasern zuführt.

Nach diesem Resultate suchte ich dieselbe Wirkung vom Ursprunge des *n. hypoglossus* selbst. Unmittelbar nach der Tödtung legte ich bei Kaninchen diesen Nerven bloss und reizte ihn. Aber niemals habe ich eine Veränderung des Pupillendurchmessers beobachten können. Ich vermuthe, dass, bevor man die Vorbereitungen vollendet hat, die Reizbarkeit schon erloschen ist. Nutzlos ist es, noch während des Lebens das verlängerte Mark zu reizen, weil dadurch zugleich die Wurzeln des *n. trigeminus* afficirt werden, wonach eine anhaltende Pupillenenge folgt.

Diese Hindernisse veranlassten mich, Frösche zu wählen. Nachdem das verlängerte und der vordere Theil des Rückenmarks blossgelegt sind (s. S. 115), wird das verlängerte Mark sanft zur Seite geschoben und der *n. hypoglossus*, welcher ungefähr 3mm vor dem Brachialnerven hervortritt, mit der Spitze eines Staarmessers aufgehoben und durchschnitten. In Folge dieser Operation entsteht zuerst eine vorübergehende Erweiterung, wie auch, wenn man den *n. sympathicus* durchschneidet, was als Folge der Nervenreizung zu betrachten ist.

Versuch		Vor der Durchschneidung	Nach der Durchschneidung
		war die Pupillenapertur.	
1.	horizontal	3,5mm	3,75mm
	vertical	2,75	3
2.	horizontal	3,25	3,875
	vertical	2,5	3
3.	horizontal	3,5	4,125
	vertical	3	3,250

Bald früher, bald später folgt dieser Erweiterung eine Verengerung, welche aber gleichfalls vorübergehend ist.

Hiernach möchte nicht zu bezweifeln sein, dass in der Nähe des *n. hypoglossus* ein zweites oberes (vorderes) Centrum für den Irissympathicus vorhanden sei.

§. 6.

Antheil des *n. vagus* an der Irisbewegung.

Wie schon oben S. 106 erwähnt, entsteht niemals eine Veränderung der Pupille, wenn man den *n. vagus* reizt oder durchschneidet, und es wäre unnütz, hierüber zu reden, wenn nicht bis in die neuesten Zeiten in ärztlichen Schriften immer und immer wieder von einem solchen Einflusse als einer ausgemachten Sache gesprochen würde. Man mag den *n. vagus* reizen, wo und wie man will, oder ihn einfach durchschneiden, oder sein Ganglion am Halse exstirpiren, so wird man niemals die geringste Veränderung an der Pupille finden, so lange der naheliegende oder gar in derselben Scheide befindliche, eng verbundene *n. sympathicus* unberührt bleibt. Werden beide *n. vagi* durchschnitten, so können allerdings in Folge der bedeutenden Athemstörung Veränderungen im Durchmesser der Pupille — nämlich Erweiterung — zuweilen erfolgen, aber dies beweist natürlich nichts für einen directen Einfluss der *n. vagi* auf die Iris. Vielmehr kann man den bisher gemachten Untersuchungen zufolge mit Bestimmtheit sagen, dass der *n. vagus* keinen Antheil an der Bewegung der Iris habe.

§. 7.

Centralstelle für den *n. opticus* und *oculomotorius*.

Es ist bekannt, dass durch Herrn Flourens[1]) dargethan worden ist, wie durch Wegnahme der Vierhügel die Thiere erblinden. Zerstörung der Vierhügel einer Seite brachte Blindheit auf der anderen hervor. — Derselbe Forscher beobachtete Contraction des *sphincter* der einen, und selbst beider Seiten, wenn die *corpora quadrigemina* gereizt wurden. — Diese Beobachtungen wurden von den Herren Hertwig[2]), Longet[3]) u. A. beschäftigt.

Ich habe in verschiedener Weise die Versuche angestellt; theils wie die genannten Männer, indem ich die Theile blosslegte, theils durch Einstich. Die letztere Methode hat den Vortheil einer geringeren Verletzung und Blutung, aber den Nachtheil, dass man nicht bestimmt sieht, was man thut. Dieser Nachtheil wird aber dadurch vollkommen ausgeglichen, dass man eine genaue Untersuchung nach dem Tode vornimmt. Ich verfahre wie folgt. Nachdem durch einige Schnitte das Hinterhauptsbein blossgelegt worden ist, suche ich die bei Kaninchen so stark hervorstehende *protuberantia occipitalis externa* und gehe von derselben mit dem Finger nach vorn, wo man bald an eine andere viel geringere aber doch deutliche zweite, und noch ein wenig weiter nach vorn eine dritte Hervorragung auf dem Schädel entdeckt. Die beiden letzten Hervorragungen sind die Gränzen des grossen *os wormianum*, welches in der Lambdanaht sitzt. Unmittelbar vor der dritten Hervorragung steche ich ein troicartartiges Werkzeug, das meistens nur 11^{mm} lang und mit einem hölzernen Handgriff versehen ist, bis zu

---

[1]) *P. Flourens, Rech. expérimentales sur les propriétés et les fonctions du syst. nerv.* 2. *Ed. Par.* 1842, *p.* 142.

[2]) Hertwig in Hecker's liter. Ann. der Heilk. 1826, V, S. 137.

[3]) Longet, Anat. u. Phys. des Nervensyst., übers. von Hein. I. S. 384.

diesem Handgriff ein. Für kleine Kaninchen darf die Länge des eindringenden Theils nur 10^{mm}, für grosse muss sie 12^{mm} betragen. Wenn der Knochen durchbohrt ist, so zeigt sich das Thier vollkommen ruhig, bis man an den Boden der Vierhügel kommt, dann springt das Thier schreiend plötzlich auf und macht seine bekannten Drehbewegungen. In Bezug auf die Iris und das Sehvermögen habe ich folgende Resultate erhalten: Denkt man sich jeden Vierhügel von rechts nach links in eine äussere und innere Hälfte abgetheilt, so kann man die ganze äussere Hälfte eines vorderen Vierhügels hinwegnehmen, ohne dass dadurch nothwendig die Bewegung in der Iris der gegenüberstehenden oder entsprechenden Seite aufgehoben ist. Ich habe vielmehr mit grösster Bestimmtheit bei weissen Kaninchen, die besonders wegen ihrer reizbaren Augen dazu geeignet sind, gesehen, dass durch das Licht beide Pupillen enger werden, obwohl an einer Seite die ganze äussere Hälfte des vorderen Vierhügels bis auf den Boden weggenommen war. Die innere Seite hingegen steht in enger Beziehung zur Iris. So habe ich z. B. bei einem Kaninchen, dem durch den Stich ganz nach innen eine etwa 4^{mm} lange Stelle des vorderen Vierhügels zerstört war, eine vollkommene Unempfindlichkeit gegen Licht von Seiten des *sphincter iridis* an der entgegengesetzten Seite bemerkt; an der Seite der Verletzung reagirte die Iris wie gewöhnlich. Das Sehvermögen war hingegen nicht aufgehoben, was ich dadurch erkannte, dass ich das andere Auge vollständig verschloss. Das Thier vermied sichtlich mit dem Auge, das nicht mehr gegen Licht reagirte, die Gegenstände, an welche es sich stossen konnte, und lief ganz geschickt. — Ob nach völliger Exstirpation der Vierhügel beider Seiten völlige Blindheit entsteht, kann ich aus eigener Erfahrung nicht sagen; denn nach dieser Operation waren die Thiere niemals in einem Zustande, der mir unverfängliche Resultate hätte geben können. —

Ob nun der *n. opticus* oder der *n. oculomotorius* oder ob beide ihre Fasern aus den Vierhügeln beziehen, lässt sich aus den vorliegenden Beobachtungen nicht mit Sicherheit entnehmen. So viel man nach dem Faserverlauf an weichen und erhärteten Gehirnen (von Kaninchen) zu sehen glaubt, lässt sich eine Portion des *n. opticus* bis an die innere Wand der Vierhügel verfolgen, wo sie von einer Lage weisser und grauer Substanz bedeckt ist; ebenso auch ein Bündel von Fasern des *n. oculomotorius*.

§. 8.

Centralstelle für die Irisfasern des *nervus trigeminus.*

Ueber den Ursprung des *n. trigeminus* sind mehrfache Untersuchungen auf anatomischem Wege gemacht worden, so von den Herren Valentin, Longet, Foville, Vergez, Stilling. Nach den Untersuchungen des Letzteren geht die *portio major* in der Gegend des *locus coeruleus* (in der Rautengrube) in sechs Bündel auseinander, von denen drei in die vierte Hirnhöhle, zwei in den *locus coeruleus* und dessen Gegend, eins bis in die weissen Hinterstränge des Rückenmarks zu verfolgen seien. Meine experimentellen Untersuchungen haben mich gelehrt, dass bei einem Durchschnitt des halben Rückenmarks, den ich zwischen dem zweiten und dritten Halswirbel machte, keine Veränderung an der Pupille wahrzunehmen war. Hingegen war das unzweifelhaft der Fall bei Durchschneidung zwischen dem ersten und zweiten Halswirbel. Ich habe nämlich bei einem ätherisirten Kaninchen den Atlas blossgelegt, bin dann zwischen diesem Wirbel und dem Epistropheus eingegangen, habe noch ein kleines Stück des zweiten Wirbels weggenommen, und nach gestillter Blutung die rechte Hälfte des Rückenmarks genau unter dem Abgange des zweiten Halsnerven durchgeschnitten. Wirkungen, welche sich nach dieser Operation an den Extremitäten und den Bewegungen des Kopfes zeigen, will ich hier nicht weiter berühren, sondern nur hervorheben, dass die Pupille sich beträchtlich verengte. Sie war vor der Operation

vertical 7^{mm}, horizontal 6^{mm};
nach derselben „ 5^{mm}, „ 4^{mm}.

Nach ungefähr 10 Minuten war die Pupille wieder weiter geworden, dasselbe Phänomen zeigte sich an der anderen Seite, nachdem auch diese Hälfte durchschnitten war. Auch hier trat die Erweiterung nach einiger Zeit wieder ein. Jedoch starb das Thier bald.

Hingegen war das Gefühl am Auge nicht verloren gegangen, wenn man die Wimpern der Augenlieder an der operirten Seite berührte, so nickte dasselbe. — Es ist also ganz offenbar, dass die ganze Fasermasse der *portio major trigemini* auf keinen Fall soweit in das Rückenmark heruntergeht, und es bedarf wohl noch weiterer Untersuchung, ob die Verengerung der Pupille in unserem Fall durch den *n. trigeminus* vermittelt wird. Es hat allerdings viel Wahrscheinlichkeit, indem einmal weder vom ersten noch zweiten Halsnerven irgend ein Einfluss auf die Iris zu erzielen war, worüber ich wiederholt Versuche gemacht habe, zweitens der *n. hypoglossus*, wie ich oben nachgewiesen habe, an seiner Wurzel Fasern hat, welche den *dilatator pupillae* erregen, also erweitern; drittens aber die Verengerung als eine Reizungserscheinung betrachtet werden muss, da sie nicht bleibend war, also eine sich im *sphincter* äussernde Erscheinung ist, wie sie auch bei der Durchschneidung des *n. trigeminus* selbst vorkommt.

Wird bei Kaninchen das Rückenmark dicht oberhalb des ersten Halswirbels, gerade an der Spitze des *calamus scriptorius* halbseitig durchschnitten, so tritt sogleich Gefühlslähmung in dem Gebiet des *n. trigeminus* derselben Seite, neben der Verengerung der Pupille ein. Ich habe bemerkt, dass wenn das verlängerte Mark nur an der Innenseite durchschnitten wird, dagegen das *corpus restiforme* unversehrt bleibt, weder das Gefühl im Gesicht und Auge aufgehoben ist, noch auch starke Pupillenverengerung sich zeigt.

Obwohl nun noch weitere Untersuchungen nothwendig sind, um den Ursprung der *portio major* und absonderlich des *r. ophthalmicus* accurat zu bezeichnen, so ist doch wohl die Vermuthung gerechtfertigt, dass die auf die Pupille sich beziehenden (motorischen) Fasern in dem Rückenmark oberhalb (vor) des zweiten Cervicalnervens entspringen, dass dann in den *corp. restiformia* und dem *locus coeruleus* die übrigen noch hinzutreten.

Zweites Buch.

Von den Ursachen der Irisbewegung.

Eine vollkommene Ruhe der Iris, in welcher ihre Muskeln in einer Ausdehnung wie nach dem Tode sind und bleiben, kommt im normalen Leben ebenso wenig und noch viel weniger als bei den meisten anderen Muskeln auch nur kurze Zeit vor. Vielmehr wird die Passivität auf dreierlei Weise gestört, d. h. die Bewegung der Iris, sowohl die zum normalen Leben gehörende, als die krankhafte, hat drei Ausgangspunkte. Entweder 1) nämlich werden die motorischen oder die zu ihnen gehörenden excitirenden (sensuellen — sensiblen) Nerven der Iris direct angeregt (directe Erregung), oder 2) dieselben nehmen Theil an Erregungen der gleichnamigen Nerven der anderen Seite oder der benachbarten derselben Seite (Consensus), oder 3) von den zwei Irismuskeln gewinnt der eine das Uebergewicht dadurch, dass der andere unthätiger oder gelähmt ist (Antagonismus).

Bei der krankhaften Irisbewegung (sei sie vermehrt oder vermindert) hat man zwei Gesichtspunkte ins Auge zu fassen, nämlich 1) einen krankhaften Reiz, welcher nach den eben erwähnten drei Richtungen hin dreierlei Arten krankhafter Bewegungen veranlassen kann; 2) die krankhafte Receptivität, indem nämlich:

a) dieselbe in den Irisnerven grösser sein kann, als in dem Normalzustande der Fall zu sein pflegt;
b) dieselbe in den Irisnerven abgenommen hat oder selbst geschwunden ist.

Zu den directen Erregungen gehören:

1) das Licht, welches auf den *m. sphincter iridis*,
2) der Wille, welcher auf beide Muskeln seinen Einfluss äussert;
3) pathologische Zustände.

Nachdem diese abgehandelt sind, wird vom Consensus, und endlich von der Unthätigkeit der einzelnen Apparate gesprochen, in deren Folge die antagonistischen Bewegungen entstehen.

Einen Anhang zu diesem letzteren Abschnitt bildet die Untersuchung über die Wirkung der *belladonna* auf die Iris.

Erster Abschnitt.

Einfluss des Lichtes auf die Pupille.

Durch das in die Pupille eintretende Licht entstehen drei Wirkungen, nämlich Empfindung, Gefühl und Bewegung. Man empfindet den Grad der Helligkeit, man fühlt Schmerz und Wohlbehagen, und der Pupillendurchmesser ändert sich durch das Licht. Durch die Empfindung und das Gefühl werden häufig Vorstellungen und Triebe geweckt. Die Irisbewegung kann daher entweder eine directe, durch den Lichteinfluss nothwendig gebotene oder eine indirecte, erst in Folge der entstandenen Vorstellungen und Triebe angeregte sein.

Es kann vorkommen, dass das Gefühl von Schmerz bei intensivem Licht verloren geht, ohne dass auch die Empfindung vernichtet wäre [1]), jedoch ist der Erfahrung gemäss dies seltener als das Umgekehrte. Beim grauen Staar wird das Auge zuweilen vom Licht noch schmerzhaft afficirt, obgleich es hell und dunkel nicht unterscheidet [2]). Ebenso kann die Iris noch beweglich sein.

---

[1]) Vergl. Himly's ophthalm. Beob. Brem. 1801. S. 103.

[2]) Es sind Fälle mitgetheilt, in denen Kranke noch mässig gut sahen, obwohl die Pupille weit und unbeweglich war, so z. B. von Eschenbach, Muzell etc. (*Cf. Travers de Krzowitz hist. amaur. p.* 55. 96. 616.) Für die Möglichkeit dieser Erscheinung sprechen auch meine physiologischen Versuche. Bei Verletzungen des inneren Theils eines Vierhügels habe ich vollkommene Unbeweglichkeit der Pupille beobachtet ohne dass das Gesicht aufgehoben war.

Obwohl daher in den meisten Fällen von Amaurose die Pupille weit ist, so hat es doch seine unbestrittene Richtigkeit, was bereits Rob. Whytt, Porterfield, Petit u. A. beobachtet haben, dass Amaurosen nicht immer mit Mydriasis verbunden sind, und dass die Pupille oft sehr stark und lebhaft sich zusammenzieht, wenn Licht aufs Auge fällt [1]).

Dennoch stehen diese drei Erscheinungen in einer nahen Verbindung. In dem Folgenden sollen

1) die Erscheinung an sich, dann
2) die Bedingungen, unter denen sie eintreten kann, und
3) die Modificationen der Bewegung (die sich quantitativ verschieden zeigt) betrachtet werden.

§. 1.

Pupillenveränderung durch das Licht erzeugt.

Der arabische Arzt Rhazes [2]) (Muhamed Arrasi † 923) scheint zuerst die Beobachtung von der Einwirkung des Lichts auf die Pupille mitgetheilt zu haben. Er sagt: *In uveae medio, in loco scilicet, ubi grandineo* [3]) *opponitur humori, est foramen quod quandoque dilatatur quandoque constringitur prout grandineo humori causa luminis necessarium fuerit. Constringitur enim cum lumen est multum et dilatatur cum est in obscuro. Hoc autem foramen est pupilla.*

In dieser Beobachtung von Rhazes ist also die Thatsache [4]) im Allgemeinen schon ausgesprochen, dass der Durchmesser der Pupille kleiner wird, wie die Lichtmenge zunimmt und umgekehrt.

---

[1]) *Cf. Richter, Obs. chir. fasc. I, p.* 63. Andere Fälle von De Haen, Schmucker, Janin, St. Yves etc. s. bei *Trnka l. c. p.* 57; und in vielen neueren ophthalmologischen Schriften.

[2]) Morgagni in seinem früheren Werk: *Advers. anat. I, p.* 34 nennt den Achillinus (vergl. dessen *Adnotation. in Mundini anat.* 1522) als den ersten, der den Lichteinfluss auf die Pupille beobachtet hätte. *Fabricius ab Aquapendente* (*Tract. an. de oculo, aure et larynge* 1613. *fol. p.* 57) und nach ihm Plempius (*Ophthalmogr. I, c.* 11, *p.* 16) nennen den Pater Paulus Venetus, dem die Priorität zukomme. In einer späteren Schrift: *Ep. anat.* verbessert hingegen Morgagni seine frühere Angabe und schreibt mit Recht Rhazes (*ad Almansor tr. I, c.* 8, *fol.* 13. *Ed. Lugd.* 1511) die Beobachtung zu.

[3]) *I. e. crystallino, cf. Morgagni ep. an.* 18. *Pat.* 1764. *fol. p.* 336.

[4]) Montanus († 1551), Consult. Nr. 91 u. 92 hält die Verengerung der Pupille im Hellen und deren Erweiterung im Dunkeln für eine krankhafte Erscheinung.

§. 2.

Bedingungen, unter welchen das Licht die Pupillenapertur verändert.

Bei warmblütigen und kaltblütigen Thieren ist das Verhalten der Iris gegen Licht nicht ganz gleich. Ich will daher jene und diese gesondert behandeln.

A. Bei Säugethieren und Vögeln wird die Pupille unmittelbar nach Durchschneidung des *n. opticus* nicht mehr vom Liehte afficirt. Bei Kaninchen und Vögeln habe ich hierüber Versuche angestellt. Bei ersteren habe ich von der Augenhöhle aus, nach der oben angegebenen Weise, den *n. opticus* und damit auch die Ciliarnerven durchgeschnitten. Sogleich nach geschehener Operation war die Pupille der betreffenden Seite unveränderlich bei dem intensivsten Lichte, während die der anderen Seite natürlich wie gewöhnlich reagirte. Reiner ist jedoch der Versuch, wenn man den *n. opticus* durchschneidet. Obwohl es für denjenigen, welcher hierin keine eigene Erfahrung hat, ein sehr eingreifendes Verfahren scheint, den Schädel aufzubrechen und das Gehirn aufzuheben, so ist dies doch wirklich keineswegs der Fall. Schmerzhaft ist die Operation sehr wenig und durch den Gebrauch des Aethers gar nicht. Wenn einmal das Gehirn blossliegt und die Wirkung des Aethers vollständig vorüber ist, so bleibt wegen der Gefühllosigkeit des Gehirns das Thier vollständig ruhig und die einzige Unannehmlichkeit bei dem Versuch macht das Blut, welches den *n. opticus* immer verdeckt. Bei gut genährten Thieren steht die Blutung in der Regel viel leichter, als bei denen, die bloss grünes Futter erhalten haben. — Ich verfahre wie folgt:

Bei einem ätherisirten Thier[1]) wird nach einem grossen Hautschnitt die Schädeldecke bis an das hintere Ende der Hemisphäre weggebrochen, dann die *dura mater* durchschnitten, an dem *bulbus olfactorius* ein Querschnitt durch das Gehirn gemacht, vorsichtig das Gehirn aufgehoben und nach Stillung der Blutung der *n. opticus* einer Seite, ohne dass der andere gezerrt wird, ge-

[1]) Bei Kaninchen ist es nicht gut, Chloroform allein anzuwenden, weil sie sehr leicht sterben. Hingegen finde ich bei grossen Thieren sehr zweckmässig, mit 2 — 3 Theilen Aether 1 Theil Chloroform zu vermischen.

trennt. Unmittelbar vor der Durchschneidung werden zur Prüfung beide Augen hellem Sonnenlicht exponirt, um zu sehen, dass die Pupillen wie gewöhnlich reagiren. Augenblicklich nach der Durchschneidung ist das hellste Sonnenlicht ohne allen Einfluss auf die Pupille der operirten Seite, während die Wirkung an der anderen Seite dieselbe bleibt wie sie vorher war. Wird bei dieser Operation der andere *n. opticus* gezerrt, so verliert er sehr leicht seine Wirkungsfähigkeit. Die Durchschneidung geschicht am besten mit einem schmalen spitzen Messer, das man unter den *n. opticus* herführt. Geht man von innen nach aussen und bringt also das Messer zwischen beide *n. optici*, so offenbart das Thier bisweilen deutliche Zeichen von Schmerz. Dies rührt jedoch nicht davon her, dass der *n. opticus* Schmerz fühlt, sondern die Spitze des Messers dringt in das weite *foramen opticum* und berührt den hart an dem optischen Nerven liegenden sehr empfindlichen *frontalis*.

Bei Tauben verändert die Wegnahme der Hemisphären des grossen Gehirns mit den Sehhügeln den Lichteinfluss auf die Pupille nicht. Nach Trennung der *n. optici* von den Zweihügeln jedoch bleibt die Iris augenblicklich unbeweglich, wenn das grellste Licht auffällt. Die Iris der anderen Seite reagirt wie gewöhnlich.

In der Amaurose, wenn sie vollständig ausgebildet ist, wirkt das Licht in der Regel nicht auf die Pupille und daher ist dieselbe weiter als die andere des gesunden Auges. Diese Erweiterung kann entweder eine bloss passive sein, d. h. wie nach dem Tode, oder der *n. sympathicus* kann ausserdem noch das Uebergewicht erhalten, und dadurch die Pupille einen sehr grossen Umfang bekommen, so dass, wie z. B. in dem Fall von Floyer, „die Iris gar nicht mehr zu sehen ist und die ganze *cornea* wie ein schwarzer Fleck erscheint [1])“. Ausnahmsweise jedoch bleibt die Iris noch beweglich, wenn das Einfallen von Licht noch Schmerz macht (siehe oben S. 135).

Eine zweite Bedingung zur Receptivität der Iris für Licht macht der gute Zustand der Vierhügel aus. Aus den von den Herren Flourens, Hertwig, Longet, Magendie u. A. angestellten Versuchen geht hervor, dass wenn man einem Säugethier den vorderen Vierhügel oder bei Vögeln den Zweihügel einer Seite hinwegnimmt, so reagirt die Iris der anderen Seite nicht mehr

[1]) *Cf. Trnka de Krzowitz hist. amaur. Vindob.* 1781. *p.* 49. 296. 398. 591.

gegen Licht, auch selbst die der operirten weniger, und wenn beide vorderen Vierhügel oder die Zweihügel exstirpirt sind, so bleibt die Pupille vollkommen unbeweglich nach jeder Lichteinwirkung; vergl. oben S. 130.

Endlich haben die zuverlässigsten pathologischen und physiologischen Erfahrungen gelehrt, dass bei vollständiger Lähmung des *n. oculomotorius* das Licht auch ohne allen Einfluss auf die Pupille ist — Bei einem Versuch, den *n. trigeminus* in der Schädelhöhle zu durchschneiden, ist es mir einmal begegnet, den *n. oculomotorius* gleichzeitig zu verletzen, ohne dass das Thier in Folge von Blutung starb. Ich konnte vielmehr die Pupille bis zur Trübung der Hornhaut beobachten. Als diese eingetreten war, tödtete ich das Thier. Während des Lebens wirkte das hellste Sonnenlicht nicht im Allergeringsten. — Wenn hingegen der *n. trigeminus* allein durchschnitten ist, so ist zwar häufig im Anfang die Iris bewegungslos, später aber reagirt sie deutlich gegen Licht. — Auch frühere Beobachter, wie die Herren Mago, Longet, Valentin u. A. sind ganz übereinstimmend der Ansicht," dass nach Durchschneidung des *n. oculomotorius* das Licht keinen Einfluss mehr auf die Pupille zeigt.

Lähmungen des dritten Gehirnnerven wurden nicht ganz selten bei Menschen beobachtet. Besonders interessant ist der von Herrn Stumpf [1]) erzählte Fall, in welchem sich der *n. oculomotorius* bei der Section von einem aneurysmatischen Sacke der *a. carotis* zusammengedrückt fand. Die Pupille war erweitert und unbeweglich. Aehnliche Fälle wurden von den Herren Petrequin, Ruete, Donders [2]) u. A. beobachtet.

Aus allen bisher angeführten Erfahrungen kann man indirect den Schluss ziehen, dass das Licht nicht unmittelbar auf die Iris wirkt, eine Thatsache, welche auch durch directe Versuche erwiesen worden ist. Schon Scheiner [3]) hat darauf aufmerksam ge-

---

[1]) Stumpf s. Romberg, Nervenkrankh. I, S. 680.

[2]) *Donders Onderzoekingen gedaan in het physiol. Laborat.* 1850—1852. *p.* 31.

[3]) Scheiner, *oculus p.* 30, sagt, dass das Licht in einem ausgeschnittenen noch warmen Auge nicht auf die Pupille wirke. *licet paulo ante habuerit in vivo, quod si refractio hanc rem efficeret, etiam in oculo examinato et adhuc humoribus vegetis praedito locum haberet, quod tamen haudquaquam accidit ut saepius expertus sum.* Dasselbe negative Resultat nahm auch Herr Ruete an einem Enthaupteten wahr, vergl. Ophthalmologie I, S. 99. Ich habe mehre Kaninchen bloss zu diesem Zweck getödtet, und sogleich nachher den Kopf in zwei Hälften getheilt, die eine ins Helle, die an-

macht, dass das ausgeschnittene Auge unmittelbar nach dem Tode nicht mehr gegen Licht reagirt, und de la Hire[1]) sprach es aus, dass das Licht nicht direct auf die Iris, sondern auf die tieferen Theile des Auges wirke, — aber erst Lambert[2]) machte zuerst einen bestimmten Versuch. Er stellte eine Linse *AB* zwischen eine

Fig. 6.

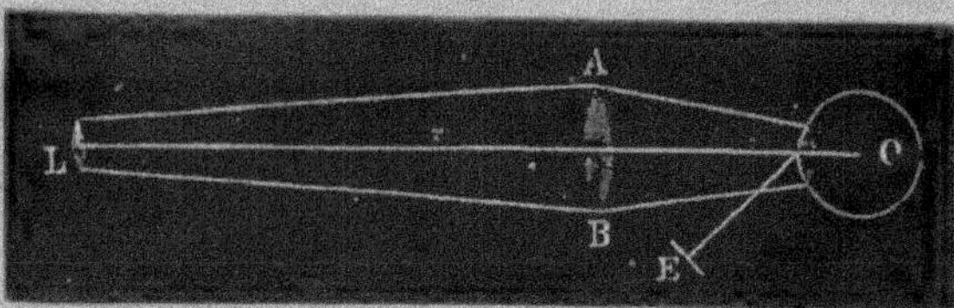

Flamme *L* und sein Auge *O* so, dass die Entfernung der Flamme von der Linse dreimal grösser als der Focalabstand war. In einem seitlich gehaltenen Spiegel *E* beobachtete er das Bild der Flamme und den Durchmesser seiner Pupille. Liess er das Lichtbild bloss auf die Iris fallen, so dass kein Licht in die Pupille gelangte, so blieb diese ebenso weit, als die am anderen unbeleuchteten Auge. Sobald aber der kleinste Theil des Flammenbildes in die Pupille fiel, so verengte sich dieselbe augenblicklich und sie wurde um das Dreifache kleiner, wenn das ganze Licht einfiel.

Auch Porterfield (l. c. p. 131) führt mit Recht an, dass schon deshalb das Licht nicht direct die Iris afficiren könne, weil im grauen Staar die Verengerung der Pupille am cataracterösen Auge geringer sei als am gesunden, wenn in beide dasselbe Licht einfalle, und im schwarzen Staar gar nicht stattfinde.

Ganz ähnliche Versuche wie von Lambert wurden an Menschen und Thieren von Müller[3]), Fontana[4]), Hal-

---

dere ins Dunkle gebracht; ich bin aber nicht im Stande gewesen, einen constanten Unterschied wahrzunehmen. — Ueber die Versuche von Herrn Harless vergl. S. 70. — Neuerlich giebt hingegen Herr Ruiter (*Onderzoekingen over de werking van atropa belladonna op de iris. Nederl. Lanc.* 1853) an, dass er bei einem Hunde auch nach dem Tode durch das Licht Pupillenveränderung beobachtet habe.

[1]) *De la Hire* in *Mémoir. de l'acad.* 1709. *Ed.* 4; *p.* 97: *Il paroit assez vraisamblable qu'une très grande lumière faisant une trop forte impression sur le fond de l'oeil, dont il est blessé et en quelque façon brûlé, comme quand on regarde le feu ou un corps blanc exposé au soleil, nous oblige aussi-tôt à fermer la prunelle autant qu'il est possible pour recevoir moins de ces raions trop lumineux et pour remedier au danger qui menace l'oeil.*

[2]) *Lambert, Photometria. Aug. Vind.* 1760. 8. *p.* 371. *P. IV. C. II*, §. 829 *etc.*

[3]) *Müller, De irrit. iridis hincque pend. motu pup. Bas.* 1760, *p.* 9.

[4]) *Fontana, Dei moti dell' iride. Lucca* 1760, *p.* 7.

ler[1]), Herrn E. H. Weber[2]) u. A. mit dem gleichen Resultate angestellt. Ich habe mich gleichfalls sowohl bei Menschen, als auch bei Kaninchen und Vögeln von der Richtigkeit dieser Thatsache überzeugt. Schon wenn man in einem übrigens dunkeln Zimmer mit einer hellen Kerze vor dem Auge vorübergeht, so verengt sich die Pupille noch nicht, so lange nur die Iris beleuchtet wird, sobald die Flamme aber in die Pupille gelangt, erfolgt augenblicklich die Contraction und ein Schmerzgefühl. Man kann den Versuch auch so anstellen, dass man das Licht durch eine Glaslinse concentrirt, oder dass man durch ein vielfach zusammengelegtes Papier, welches der Grösse der Pupille entspricht, diese verdeckt und intensives Licht vor das Auge stellt, so dass die ganze Iris beleuchtet wird. Die Pupille verengt sich erst im Augenblick, wenn man den kleinen Schirm entfernt. — Man könnte freilich vermuthen, dass vielleicht nur der *sphincter iridis* für Licht empfindlich sei, aber nicht die ganze Iris; und dass deshalb nur eine Pupillenverengerung eintrete, wenn Licht den sehr schmalen *sphincter* berühre, d. h. bis zum Pupillenrande gelange. Diese Annahme wird aber durch Versuche an Vögeln vollkommen widerlegt, bei welchen die Iris nichts weiter als ein *sphincter*, ist und bei denen das Phänomen genau ebenso wie bei Säugethieren ist. Ich habe an Tauben, einem Puter und mehren Käuzchen solche Versuche angestellt.

Bei Säugethieren und Vögeln besteht mithin eine wesentliche Bedingung für die Einwirkung des Lichts auf die Pupille darin, dass der Weg von der *retina* zur Iris, der durch den *n. opticus*, die vorderen Vierhügel und den *n. oculomotorius* geht, nicht durch irgend eine krankhafte Störung unterbrochen ist. Es versteht sich dabei von selbst, dass kein Hinderniss obwaltet, durch welches das Licht abgehalten wird, zur Retina zu gelangen, oder eine Degeneration in der Muskelsubstanz der Iris.

B. Ganz anders ist das Verhalten bei Amphibien und Fischen. Unter Amphibien habe ich jedoch nur den Frosch, ferner *Pelobates fuscus*, *Alytes obstetricans*, *Triton palustris*, *Salamandra terrestris*, *Hyla arborea*, und unter Fischen den Barben und den Aal

---

[1]) *Halleri, Elem. phys. V, p.* 427.

[2]) *E. H. Weber, De motu irid. Lips.* 1821, *p.* 17.

untersucht. Ich werde zuerst von den an Fröschen gemachten, sehr zahlreichen Beobachtungen sprechen. Schon 1847 hat Hr. Brown-Sequard [1]) die Beobachtung bekannt gemacht, dass wenn man einem Frosch den Kopf abschneide und die Augen exstirpire, durch Licht, welches in die Pupille einfalle, dieselbe sich verengere und im Schatten sich wieder erweitere, und dass man in einer Stunde 50, selbst 100 Mal Verengerung und Erweiterung der Pupille an demselben Auge hervorbringen könne.

Diese Mittheilung war mir nicht gegenwärtig, als ich vor zwei Jahren durch eine mir auffallende Beobachtung zu denselben Versuchen veranlasst wurde. Ich hatte nämlich öfters bei Fröschen den *n. sympathicus cervicalis* auf einer Seite durchgeschnitten und gesehen, dass sich hiernach ganz wie bei Säugethieren die Pupille verengt. Ich hatte nur, wie die gangbare Annahme ist, mir vorgestellt, die Verengerung rühre davon her, dass von zwei Kräften, von denen die eine durch den *n. oculomotorius*, die andere durch den *n. sympathicus* repräsentirt sei, die eine aufgehoben worden, daher das Uebergewicht in der anderen zu finden sei. Deshalb hatte ich geglaubt, im Dunkeln, wie im Hellen müsse nach Durchschneidung des *n. sympathicus* die Pupille verengt sein. Es frappirte mich daher nicht wenig, als ich bei Fröschen, denen der *n. sympathicus cervicalis* durchgeschnitten war, und die eine Zeit lang im Dunkeln gestanden hatten, die Pupille an der operirten Seite beinahe ganz so weit als an der anderen Seite fand, wie ich mit dem Lichte herbeikam; dass aber, je länger ich das Licht vorhielt, die Pupille sich mehr wieder verengerte. Dies führte mich dazu, das Verhalten der Pupille zu beobachten, wenn der *n. opticus* durchgeschnitten war. Ich war erstaunt, zu finden, dass auch nach dieser Operation das Licht noch sehr stark wirkte. Es mag auffallend und unwahrscheinlich klingen, aber dennoch ist es wahr, dass sehr häufig an demselben Frosch, an welchem auf der einen Seite der *n. sympathicus* und *n. opticus* durchgeschnitten, auf der anderen hingegen Alles unversehrt geblieben war, das Licht stärker, ja viel stärker auf die Iris jenes, als dieses Auges einwirkte.

Hiernach schnitt ich nun bei vielen Fröschen den Kopf ab, exstirpirte die Augen, legte das eine in's Dunkle, setzte das andere dem Lichte aus und fand in der That, was schon Hr. Brown-

[1]) *Brown-Sequard, Compt. rend.* 1847. *T.* 25. *p.* 482. 508.

Sequard beobachtet hatte, vollkommen bestätigt. Auch das ist vollkommen richtig, was dieser Forscher und neuerdings Herr Ruiter (in einer unter Herrn Donders verfassten Dissertation) gesehen haben, dass die Pupillenverengerung nur eintritt, wenn das Licht in die Pupille fällt, nicht aber, wenn es bloss die Iris beleuchtet. — Um möglichst die Stelle zu finden, welche vom Lichte afficirt werden muss, wenn jene Wirkung entstehen soll, habe ich an ausgeschnittenen Froschaugen einen glühenden Draht neben den Eintritt des *n. opticus*, der Augenaxe entsprechend, in den *bulbus* eingesenkt und so oft das Brennen wiederholt, bis eine Lichtflamme, hinter das Auge gestellt, deutlich von vorn gesehen werden konnte. So konnte also die Netzhaut von hinten beleuchtet werden, aber die Pupillenapertur ward dadurch nicht im Geringsten geändert. Liess ich hingegen bei demselben Auge das Licht vorn in die Pupille hineinfallen, so verengte sie sich sogleich. Ich habe vier und fünf Mal hinter einander mit der Beleuchtung desselben Auges gewechselt, bald sie von hinten, bald von vorn sie anwendend; so paradox die Angabe auch erscheinen mag, sie bestätigte sich stets. Meistens konnte ich mit dem glühenden Draht immer weiter vordringen, bis ich die Linse erreichte; sobald die Linse erreicht war, was sich durch einen weissen Fleck zu erkennen gab, so blieb die Wirkung aus. Niemals sah ich einen Erfolg, wenn die wässerige Flüssigkeit entleert war.

Mit diesen Beobachtungen muss ich den Gegenstand verlassen, so wenig aufgeklärt er auch noch ist. Meiner Ansicht nach kann nur an zwei Stellen der Sitz der Erscheinung gesucht werden, nämlich entweder in der *retina* oder in der Linse. Ohne irgend wie etwas Bestimmtes behaupten zu können oder zu wollen, gestehe ich, dass mir es bedenklich erscheint, die Netzhaut als das afficirte Organ zu betrachten, von welchem durch Nervenverbindung auf die Iris gewirkt würde. Denn es besteht in der That einmal gar keine Verbindung und die von der Pupille aus beschienene Stelle der Retina kann ja weggebrannt werden, ohne dass die Wirkung schwindet. — Aber noch gewagter scheint die zweite Vermuthung, dass Licht die Linse afficirt, dass dadurch diese ihre Lage und mit derselben die Pupillenapertur sich ändere. — Wir wissen durch die Untersuchungen von den Herren Cramer[1]) und

[1]) *Cramer, Accomodatie-vermogen. Haarl.* 1853.

Helmholz[1]), dass bei der Accommodation des Auges die Vorderfläche der Linse sich nach vorn wölbt, wir wissen, dass zugleich sich die Pupille verengt, — aber wir sind weit entfernt, daraus folgern zu dürfen, dass die Lageveränderung der Linse von Bewegung der Linse selbst ausgehe und in einem Zusammenhange mit der Lichteinwirkung stehe, und noch mehr, dass die Verengerung der Pupille eine Folge jener Dislocation sei. — Dass die Iris selbst oder der *m. cramptonianus* direct vom Lichte afficirt werden, dafür konnte ich ebenso wenig einen Beweis auffinden.

Bei einem *Pelobates fuscus* reagirte die Iris des exstirpirten Auges gleichfalls gegen das Licht, jedoch nur wenige Minuten.

Unter den Fischen hat zuerst Herr Reinhardt[2]) in Kopenhagen beim Aale (*anguilla acutirostris*) dasselbe Phänomen beobachtet, dann Hr. Brown-Sequard[3]) und neuerdings Hr. Mayer[4]) bestätigt. Dieser letztere Forscher giebt an, dass beim Aal noch 10 bis 12 Tage nach dem Tode die Verengerung der Pupille im Sonnenlicht fortdauere und will es sogar an dem vorderen Segment des Augapfels gesehen haben, wo bloss *cornea* und Iris noch vorhanden waren; er schliesst daraus, dass die Iris selbst gegen Licht afficirbar sei. — Mir wollte der Versuch in dieser Weise nicht gelingen. Ich habe zwar an einem abgeschnittenen Aalkopf nach Entfernung des Gehirns dieselben Erscheinungen wie beim Frosch gesehen, war aber nicht im Stande, irgend eine Contraction an der Iris mehr wahrzunehmen, als diese und die *cornea* allein abgeschnitten waren. Diese Membranen bleiben in diesem Zustande so wenig glatt auf einander liegen, und die Pupille wird so ungleich, dass es schwierig wird, eine so langsam eintretende Bewegung überhaupt wahrzunehmen; von der ich übrigens weder eine Spur zu bemerken vermochte, als ich die beiden Häute über ein anderes Auge spannte, noch als ich sie in Wasser legte, — ich mochte das hellste Sonnenlicht darauf scheinen lassen oder sie ganz in den Schatten stellen.

Von anderen Fischen habe ich das Auge des Barben, Karpfen und Hechtes untersucht; ich konnte aber weder während des Lebens, ausserhalb des Wassers oder in demselben, noch an den ex-

---

[1]) Helmholz in den Monatsber. der Berl. Ak. 1853.

[2]) Reinhardt in Oken's Isis, 1843, S. 733.

[3]) *Brown-Sequard, Compt. rend.* 1847. *T.* 25.

[4]) *Mayer* in *Bonplandia I, Nro.* 22, *p.* 229.

stirpirten Augen durch Lichteinwirkung irgend eine Pupillenveränderung wahrnehmen. Bei Haller [1]) findet sich eine gleiche Angabe. Redi [2]) erwähnt, dass die Pupille von *Torpedo* gegen Licht reagire.

§. 3.

Modificationen in der durch Lichteinwirkung veränderten Irisbewegung.

Wenn die Empfänglichkeit der lichtempfindenden Fläche (der Retina) und die Leistungsfähigkeit der motorischen Nervenfasern sowie der Muskelfibrillen in der Iris constant bleiben, so verändert sich dennoch die Bewegungsgrösse im Verhältniss zur Grösse des Lichtreizes; d. h. die Pupillenapertur hängt unter übrigens gleichen Verhältnissen von der Stärke der Reizung ab, welche die Retina durch das Licht erfährt. Wie aber jeder reizende Körper theils durch die Menge von Elementen, die ihn zusammensetzen, theils durch die Ausdehnung, welche er an einer reizempfänglichen Fläche einnimmt, also durch seine Intensität und Extensität, wirkt, so auch das Licht. Von der Lichtmenge L einestheils, welche von einem leuchtenden oder beleuchteten Körper ausgeht, und von der Grösse der beleuchteten Netzhautstelle A anderentheils, ist die Pupillenapertur p abhängig.

$p = f\,(LA)$, d. h. p ist eine Function f von L und A.

Die Grösse des Netzhautbildes hängt von der Grösse des Gesichtswinkels ab. Dieser aber nimmt ab mit der Entfernung des Objectes, und damit also auch die Grösse des Netzhautbildes, mithin die Grösse der vom Licht gereizten Fläche. Ist aber die Reizung auf der Retina ausgedehnter, so wächst auch die Wirkung, welche dieselbe auf andere Nerventheile haben kann. Diese Nerventheile sind Vierhügel und von da aus die vom *n. oculomotorius* herkommenden Irisfasern. Mit der Entfernung von einem beleuchteten Object wird sich also die Wirkung auf den *m. sphincter iridis* abschwächen, d. h. die Verengerung der Pupille abnehmen.

Es ist eine schon längst bekannte [3]) Erfahrung, dass wenn

[1]) *Haller, El. phys. XVI*, 2, §. 12, *p.* 374.

[2]) *Redi ibid.*

[3]) *Scheiner, Ocul. p.* 31. *Plempii, Ophthalmogr. p.* 17. *Heister, Anat. Ed.* 2, 703. *Fontana l. c. Jurins, Essay on distinct. and ind. vision. R. Whytt, Essays* 129. *Porterfield, On the eye. II, p.* 97.

man einen nahen Gegenstand betrachtet, die Pupille enger und während des Betrachtens ferner Gegenstände weiter wird, wie schon Scheiner, Plempius, Heister, Fontana, Jurins, Whytt, Porterfield etc. bemerken. Nur Maitre-Jean[1]) giebt gerade das Gegentheil an, indem er sagt, dass bei demselben Licht die Pupille enger werde, wenn man einen fernen Gegenstand betrachte, und sie sich beim Nahesehen erweitere. Dieser Widerspruch rührt aber wahrscheinlich daher, dass die Beobachtungen Maitre-Jean's an Kurzsichtigen gemacht wurden. Bei diesen ist zwar die Erscheinung genau dieselbe, jedoch ist eine Täuschung leicht möglich. Denn bei sehr Kurzsichtigen ist die Ferngränze des deutlichen Sehens schon da, wo bei Menschen mit guten Augen das deutliche Sehen erst beginnt, der Raum zwischen Gränz- und Fernpunkt ist ausserordentlich klein. Wenn also gute Augen in einer Entfernung von 7″ einen Gegenstand fixiren, so ist die Pupille eng, bei einem Kurzsichtigen hingegen kann sie schon sehr weit sein, weil für seine Augen diese Entfernung schon so gross ist, wie für gute Augen eine Entfernung von mehren Fussen.

Streng wissenschaftliche Beobachtungen über das Verhalten der Pupillenapertur beim Betrachten naher und ferner Gegenstände d. h. über das Verhältniss zwischen der Pupillenapertur und Grösse des beleuchteten Netzhautbildes hat zuerst Lambert[2]) angestellt. In einer übrigens dunklen Kammer liess er im Fensterladen eine runde Oeffnung von 0′,302 Durchmesser, durch welche der heitere Himmel an einer Stelle, an welcher die Sonne nicht stand, betrachtet werden konnte. Er mass dann in verschiedenen Entfernungen von dieser Oeffnung (1 — 10′) den Durchmesser der Pupille in einem vorgehaltenen Spiegel, an den er die Zirkelspitzen ansetzte. Er wiederholte sehr oft in derselben Entfernung die Messung und nahm das Mittel aus allen seinen Beobachtungen. Diejenigen, bei welchen sich die Pupillenapertur sehr abweichend gross ergeben hatte, liess er ganz hinweg, weil das Bild des Auges im Spiegel dunkler war, daher die Pupille sich erweiterte, und weil das Auge durch das Messen angestrengt wurde und auch dies auf die Pupillenapertur von Einfluss sein konnte. Aus der Grösse des Halbmessers der Oeffnung im Laden (= 0′,151) und der Entfernung des

[1]) *Maitre-Jean, Malad. de l'oeil, p.* 91.

[2]) *Lambert, Photometria, p.* 379. *P. IV. C. II. Exp.* 33.

Auges A von demselben $= AC$ berechnete er die Grösse des Winkels DAC. [A Auge, BD Oeffnung im Fensterladen, C Mittelpunkt derselben, pq Spiegel.]

Fig. 7.

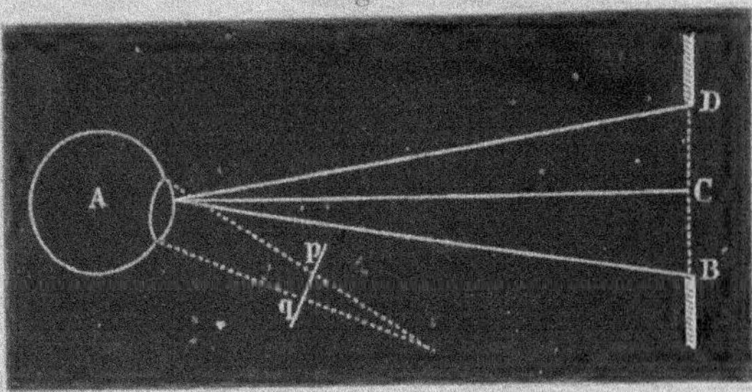

Nach den gemachten Beobachtungen entwarf er eine Curve, in welcher er die am wenigsten passenden Punkte durch andere ersetzte und so eine sich den Versuchen am meisten anschliessende Curve erhielt. Hierdurch entstanden die in der letzten Columne befindlichen Werthe. — Den Durchmesser der ganzen Iris giebt Lambert zu 4''',7 an.

Entfernung AC in Fuss.	Winkel DAC.	Beobachteter Pupillendurchmesser.	Corrigirter Pupillendurchmesser.
1	8° 36′	1''',14	1''',13
2	4 20	1, 50	1, 44
3	2 53	1, 70	1, 70
4	2 10	1, 89	1, 93
5	1 44	2, 08	2, 15
6	1 26,5	2, 31	2, 36
7	1 14	2, 53	2, 56
8	1 5	2, 78	2, 75
9	0 58	2, 89	2, 93
10	0 52	3, 15	3, 10

Bei den Lambert'schen Versuchen sind besonders zwei Umstände der Genauigkeit des Resultats hinderlich, nämlich einmal, was er schon selbst angiebt, dass er in den wenig beleuchteten Spiegel sehen musste, um die Pupille zu messen, also nicht bei demselben Lichte mass, bei welchem er beobachtete. Die Pupille erweiterte sich vielmehr in dem Augenblick der Messung. — Zweitens aber mass er die Pupille auf dem Spiegel. Das Spiegelbild liegt aber hinter dem Spiegel, er mass daher nur den hellen Pupillendurchmesser. Olbers, der die Versuche von Lambert wiederholte, modificirte sie dahin, dass er die Zirkelspitzen anstatt auf den Spiegel ganz nahe vor die *cornea* setzte. Seine Beobachtungen führten daher zu grösseren Zahlen, welche ich nach Treviranus [1]) angebe.

Entfernung in Pariser Zollen.	Durchmesser der Pupille in Pariser Linien.	Durchmesser der Pupille in Zehntheilen des Irisdurchmessers.
4″	2‴,01	0,410
8	2, 19	0,448
12	2, 36	0,482
16	2, 50	0,512
20	2, 62	0,535
24	2, 70	0,551
28	2, 74	0,559

Der Durchmesser der Pupille war = 4‴,9. Diese Beobachtungen von Olbers hat Treviranus unter eine mathematische Formel gebracht.

Entfernungen.	Entsprechende Pupillendurchmesser.	Exponenten der Verhältnisse.
4	201	
		1,089
8	219	
		1,077
12	236	
		1,055
16	250	
		1,048
20	262	
		1,030
24	270	
		1,014
28	274	

Die drei letzten Glieder der Reihe bilden eine arithmetische Progression, die beinahe 16 zur Differenz hat. Auf die vier ersten Glieder passt dieser Unterschied nicht. Treviranus glaubt, dass dies von Beobachtungsfehlern herrühre. Wenn sich dies so verhalte, und man annehme, dass die Pupille bei einem gewissen Grade des Lichts und einer Entfernung $= a$ des Objects den grössten Durchmesser $= A$ habe, den sie erreichen könne, dass bei demselben Licht zu den Entfernungen $a - 1, a - 2, a - 3 \ldots$ $a - n, a - (n + 1)$, die Durchmesser $B, C, D \ldots P, Q$ der Pupille gehören, dass $\frac{A}{B} = E$ und $P = \frac{A}{rE^{a-n}}$ sei, so würde das Gesetz für die Zusammenziehung der Pupille nach dem Abstande

[1]) Treviranus, Beiträge zur Anat. u. Phys. der Sinneswerkz. Bremen 1828.

des Objects sich durch folgende Formeln ausdrücken lassen, in welchen A und E von dem Grade des Lichts, dem das Auge ausgesetzt ist, abhängen.

Entfernungen des Objects.	Zu diesen Entfernungen gehörige Durchmesser der Pupille.
a	A
$a-1$	$B=\frac{A}{E}$
$a-2$	$C=\frac{A}{2E^2}$
$a-3$	$D=\frac{A}{6E^3}$
$a-4$	$E=\frac{A}{24E^4}$
$a-n$	$P=\frac{A}{rE^{a-n}}$
$a-(n+1)$	$Q=\frac{A}{r[a-(n+1)]E^{a-(n+1)}}$.

Weder die Versuche von Lambert, noch von Olbers können jedoch die wünschenswerthe Genauigkeit darbieten, weil das Messen der Pupille durch den Spiegel niemals mit Schärfe möglich ist. Neuerlich hat hingegen Herr Stampfer [1]) eine Methode zur Messung der Pupille angegeben, welche in der That eine grössere Exactheit zulässt. Sie beruht auf folgender Demonstration, welche ich mit des Erfinders eigenen Worten wiedergebe:

Fig. 8.

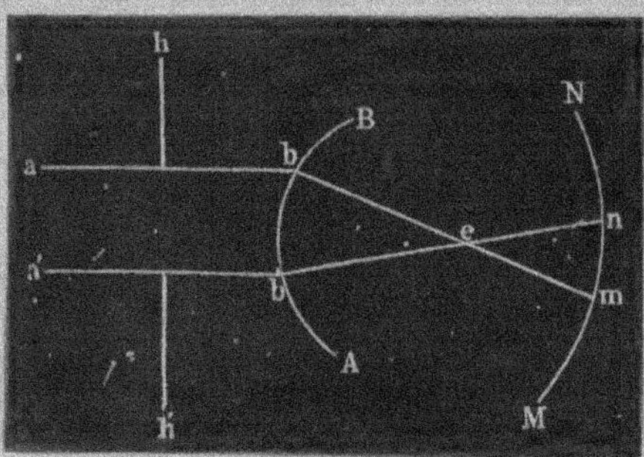

„AB sei die Vorderfläche der *cornea*, MN die *retina*, $a\,b\,a'\,b'$ der vom leuchtenden Punkt kommende und in das Auge eindringende Lichtbüschel. Dieser kann als ein Cylinder angesehen werden, welcher mit der Pupille gleichen Durchmesser hat. Wird bei bb' eine

[1]) Stampfer im Sitzungsber. der Wiener Akademie der Wiss. Bd. VIII, S. 511

Convexlinse vorgehalten oder ist das Auge kurzsichtig, so fällt die Spitze *e* des Kegels (das Bild) nicht auf die Netzhaut, sondern vor dieselbe, und es entsteht auf der Netzhaut ein Lichtkreis, dessen Durchmesser *mn* vom Durchmesser *bb'* abhängt. In Folge dessen sieht das Auge in der Ferne einen lichten Kreis, dessen scheinbarer Durchmesser durch den Durchmesser *mn* bestimmt wird. Wird nun eine Blendung *hh'*, z. B. eine Spalte aus Kartenpapier, deren Oeffnung sich vergrössern und verkleinern lässt, vor das Auge gehalten und so regulirt, dass der entfernte Lichtkreis, mithin auch der Kreis *mn* zu beiden Seiten berührt wird, so ist die Oeffnung der Spalte zugleich die Oeffnung der Pupille. Nach diesem Verfahren wird eigentlich der Durchmesser des Lichtbündels bei seinem Eintritte in die Hornhaut erhalten, da aber die Pupille etwa 1''',6 rückwärts liegt, so ist ihr wahrer Durchmesser etwas kleiner. Nach den mittleren Dimensionen des menschlichen Auges folgt, dass der nach dieser Methode gefundene Durchmesser mit 0,90 zu multipliciren ist, um den wahren Durchmesser der Pupille zu erhalten."

Nach dieser Stampfer'schen Angabe habe ich eine Reihe von Versuchen angestellt, um das Verhältniss zwischen Entfernung vom leuchtenden Körper und der Pupillenapertur zu ermitteln. Der kleine dazu nöthige Apparat besteht aus einer kleinen Messingplatte mit einem horizontalen Spalt, der durch zwei Schrauben verengt werden kann; durch eine Theilung in halbe Millimeter kann man die Enge der Spaltöffnung ablesen. Bei dem Versuche stelle ich den Messer auf ein feststehendes Stativ, an das ein kleiner Querstab zum Anlegen des Kopfes angebracht ist, um stets eine gleiche Entfernung des Auges von der Oeffnung zu erhalten. Ein kleines Wachskerzchen, wie solche gewöhnlich zu Nachtlichtern gebraucht werden, wurde jedesmal genau ebenso lang über das Kärtchen, in dem es steckt, herausgezogen, sowie zu allen Versuchen gleich dicke Kerzchen gewählt. Das Oel und Wasser wurden bei jedem Versuche erneuet und während aller Versuche dieselbe Oelsorte gebraucht. Das Licht stand in gleicher Höhe mit dem Spalt. Auf dem Fussboden waren durch weisse Linien Fusse (von 1 bis 14) bemerkt. Niemals wurde eine Versuchsreihe länger als eine Stunde ausgedehnt, gewöhnlich nur eine halbe. Weil der Pupillendurchmesser sich während der Beobachtung ändert, und z. B. in den ersten drei Secunden bei demselben Lichte und gleicher Entfernung nicht eben so gross ist, als nach zehn Secunden, so wurde jedesmal beim Beginne und Ende jedes einzelnen Versuchs die Zeit in Secunden bemerkt und aus möglichst gleichen Beobachtungszeiten die Resultate gezogen. Die Entfernungen wurden 4, 6, 8, 10, 12, 14 Fuss vom Licht gewählt. Nachdem die Beobachtung gemacht war, wurde die Grösse des Lichtes ohne Zerstreuungskreise gemessen (da ich Myops bin, durch Vorhalten der Brille) und diese Grösse von dem erhaltenen Werthe abgezogen. Aus den verschiedenen durch 26 Versuchsreihen gewonnenen Resultaten wurde dann das Mittel gezogen und endlich aus dem oben angegebenen Grunde mit 0,9 multiplicirt. Hieraus ergab sich bei einer

Entfernung von	Pupillenapertur.
4′	3,654
6′	3,843
8′	4,005
10′	4,104
12′	4,257
14′	4,500

Während sich die Entfernungen verhalten = 4′ : 8′ : 12′ = 1 : 2 : 3, sind die Pupillendurchmesser = 3,654 : 4,005 : 4,257 = 1 : 1,096 : 1,165.

Bei Lambert verhalten sich die Entfernungen = 2′ : 4′ : 6′ = 1 : 2 : 3 zu den Pupillendurchmessern = 1,44 : 1,93 : 2,36 = 1 : 1,34 : 1,62.

Bei Olbers bei den Entfernungen von 4″ : 8″ : 12″ = 1 : 2 : 3; die Pupillendurchmesser = 2‴,01 : 2,19 : 2,36 = 1 : 0,98 : 1,174.

Man darf indess allen diesen Messungen keinen absoluten, sondern nur einen relativen Werth beilegen, weil ein Factor mit in Rechnung kommt, der sehr variabel ist, nämlich die individuelle Empfänglichkeit der Nerven und Muskeln für den angewandten Lichtreiz, die von sehr vielen Verhältnissen abhängt. — Einige interessante Resultate ergeben sich jedoch als ganz constant. Dazu gehört erstens, dass der Grad der Contraction des *m. sphincter* nicht in geradem Verhältnisse zur Entfernung von der beleuchteten Fläche steht. Vielmehr ist z. B. bei einer zweimal grösseren Entfernung vom Lichte die Pupillenapertur um $0{,}351^{mm}$, bei einer dreimal grösseren nur um $0{,}603^{mm}$ weiter. Zweitens findet man, dass die Erweiterung der Pupille nicht in gleichem Maasse zunimmt. Denn

von 4′ zu 6′	beträgt sie:	0,189
„ 6 „ 8	„ „	0,162
„ 8 „ 10	„ „	0,099
„ 10 „ 12	„ „	0,153
„ 12 „ 14	„ „	0,243

Bis zu 10′ wird also die relative Erweiterung immer geringer; von da an hingegen nimmt die Erweiterung zu. Es ist daher zu vermuthen, dass zwei verschiedene Processe sich hinter einander folgen, nämlich erst wird die Pupille immer mehr der Ruhelage zugeführt; ist sie zu derselben gelangt, so wirkt eine neue Kraft, durch welche sie activ erweitert wird. — Diese beiden Kräfte kann man sich durch den *n. oculomotorius* resp. *m. sphincter* und im *n. sympathicus* resp. *m. dilatator* repräsentirt denken. Bis zu einer gewissen Gränze geht die Herrschaft des ersten, aber immer abnehmend; hat sie geendet, so beginnt die Herrschaft des zweiten, immer stärker werdend. Wenn der Lichtreiz endlich allmählich ausser Stande kommt, sichtliche Wirkung in dem *n. oculomotorius* zu veranlassen, so steigert sich der Trieb nach Licht, wodurch die Thätigkeit im *n. sympathicus* geweckt wird.

Beim Beobachten der Venus um 6 Uhr am Abend des 22. Januars dieses Jahres hatte meine Pupille, in derselben Weise gemessen, einen Durchmesser von 5,4^{mm}. Beim Beschauen einer Laterne, welche in einer Entfernung von 300′ betrachtet wurde, konnte ich keinen merklichen Unterschied von dem eben erwähnten Durchmesser finden.

Wenn die Pupille beim Betrachten ferner Gegenstände sich erweitert, und umgekehrt, so kommt noch eine andere mitwirkende Ursache, als die Grösse des Netzhautbildes in Betracht. Da wir bekanntlich nur mit dem Centrum der Netzhaut scharf sehen, so suchen wir immer das Auge so zu drehen, dass der aufzufassende Punkt in den Mittelpunkt beider Netzhäute fällt. Um dies bei nahen Gegenständen möglich zu machen, müssen beide Augen nach innen gewendet werden, und umgekehrt ist es der Fall bei fernen Gegenständen.

Wenn die *retina* dem nahen Punkte *a*, Fig. 9, gerade gegenüber liegen soll, so muss sie aus ihrer Ruhelage *rsr′s′* in die Stellung *bcb′c′* rücken; soll sie dem ferneren Punkte *a′* gegenüber stehen, so muss sie weiter nach aussen in die Richtung *ded' e'* kommen. Wenn das Auge nach innen rückt, so werden die nöthigen Bewegungen durch den *n. oculomotorius* beherrscht. Die willkürliche Erregung des *n. oculomotorius*, welche diese Bewegungen veranlasst, zieht aber jedesmal auch eine Erregung des aus demselben Nerven kommenden Irisnerven nach sich, der *m. sphincter* wird contrahirt (s. u.).

Fig. 9.

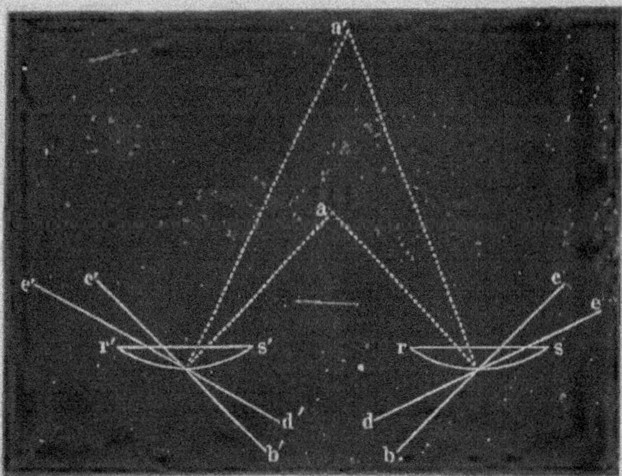

Jedenfalls rührt also die Verengerung der Pupille beim Nahesehen zum Theile von der Richtung der Augen nach innen her, und es kann daher wohl die Frage sein, ob darin nicht schon allein die Ursache zu suchen sei.

Dass dies wirklich nicht der Fall sei, sondern, dass die Grösse des Netzhautbildes einen wichtigen Einfluss habe, geht aus verschiedenen Beobachtungen hervor. Herr Plateau[1]) hat es durch Uebung in seiner Gewalt, die Augen für das Nahesehen zu accommodiren, ohne die Augenaxen nach innen zu wenden. Demnach wird bei diesem Versuche die Pupille enger, woraus hervorgeht, dass an der Verengerung beim Nahesehen nicht allein die Bewegung der Augenmuskeln ihren veranlassenden Theil hat. Freilich kann man dabei immer noch denken, dass die Pupillenverengerung nicht die nothwendige Folge der grösseren Netzhautreizung sei, sondern die willkürliche, ihrem Wesen nach noch nicht vollständig erhellte Bewegung begleite, welche im Innern des Auges während der Accommodation für nahe Gegenstände vor sich geht.

Herr E. H. Weber[2]) giebt einen schönen, hierhin gehörenden Versuch an: Wenn man einen schwarzen Körper den Augen sehr nahe hält, so verengt sich die Pupille doch beträchtlich; blickt

---

[1]) *Plateau* in *Institut.* 1835, *p.* 103.

[2]) *E. H.* , *Weber De motu iridis, p.* 94 *ff.*

man dann nach einem fernen, hellen Fenster, so erweitert sie sich trotz der grösseren Helle. — Auch dies Phänomen lässt eine Erklärung, wie das vorige, noch zu.

Das oben, S. 152, angeführte Verhältniss der Erweiterung, aus dem hervorgeht, dass im hellen und mässig hellen Lichte an der Pupille nur eine abnehmende Verengerung, bei sehr wenig hellem Lichte aber zugleich eine activ zunehmende Erweiterung sich zu erkennen giebt, lässt hingegen darauf schliessen, dass die Pupillenveränderung auch von der Grösse des Netzhautbildes abhängt. Denn die willkürlichen Bewegungen des Auges nach innen und die beim Accommodiren hervorgebrachten Bewegungen beziehen sich bloss auf das Nahesehen. Beruhten nun die Veränderungen der Pupille beim Fernsehen in nichts Anderem, als in einem Nachlasse derjenigen Irisbewegungen, welche das Nahesehen begleiteten, so könnten sie allerdings als Mitbewegungen betrachtet werden. Da sie aber activ sind, so müssen noch andere Ursachen vorhanden sein. Aus Analogie mit anderen Erscheinungen muss aber angenommen werden, dass ein Verhältniss zwischen Grösse des Netzhautbildes und der Pupillenapertur bestehe, und dass, wenn eine grosse Retinastelle getroffen wird, wie dies beim Nahesehen wirklich der Fall ist, auch viele Opticusfasern und in Folge davon auch mehr Fasern des *n. oculomotorius* gereizt werden, als im umgekehrten Falle.

Hiernach verengt sich die Pupille beim Sehen naher Objecte und erweitert sich beim Sehen ferner Objecte aus drei Ursachen: 1) wegen der gleichzeitigen Bewegung des Auges nach innen beim Nahesehen; 2) wegen der die Accommodation begleitenden Verkürzung des *m. sphincter*; 3) wegen des Verhältnisses zwischen der Grösse der gereizten Netzhautfläche und der Stärke der Reizung des *n. oculomotorius.*

Durch die Grösse der beleuchteten Area der *retina* wird das Quantitative des Lichtreizes ausgedrückt; derselbe Reiz kann auch qualitativ verschieden sein, indem die Schwingungen, welche durch das Licht entstehen, mit einer grösseren Geschwindigkeit sich wiederholen und das Auge treffen. Auch die verschiedene Intensität des Lichtes verändert die Bewegungen des *sphincter iridis.* Ganz oberflächlich kann man sich hiervon die Ueberzeugung schon verschaffen, wenn man das empfindliche Auge eines weissen

Kaninchens der Flamme einer Argand'schen Lampe gerade entgegen hält, und diese Flamme durch das Aufschrauben des Dochtes vergrössert und nun sieht, wie die Pupille immer kleiner wird. Es kam jedoch darauf an, durch genauere Versuche das Verhältniss zwischen Lichtintensität und Pupillenapertur zu bestimmen.

Zu diesem Zwecke machte ich Untersuchungen an der Iris eines weissen Kaninchens. So überaus empfindlich das Auge dieser Thiere gegen Licht auch ist, so rasch die Pupillenapertur sich bei Modificationen der Helligkeit verändert, so constant ist aber der bei derselben Beleuchtung gewonnene Zusammenziehungsgrad der Irismuskeln. Obwohl auch bei weissen Kaninchen im ersten Momente, in welchem sie dem hellen Lichte exponirt werden, beträchtlich stärkere Pupillenenge als später erscheint, so ist doch nach dem ersten Momente die Veränderung ungemein gering und kommt kaum in Betracht, was für die Beobachtung von grosser Wichtigkeit ist. — Zur Beleuchtung diente eine messingene Argand'sche Lampe, deren Glocke anstatt von Glas von geschwärztem Bleche war und einen viereckigen Kasten darstellte. Eine Wand dieses Kastens ging in eine 3^{cm} lange Röhre aus, deren vordere Oeffnung durch eine Glaslinse von 25^{mm} Oeffnung verschlossen war. Der Docht wurde täglich gerade abgeschnitten und stand in gleicher Höhe über dem Rande. Das Oel ward täglich erneuert. Ein geübter Assistent musste den Kopf des Kaninchens, ohne die geringste Bewegung zu machen[1]), so halten, dass die Flamme in die Mitte der *cornea* fiel; durch ein Abzeichen war die Entfernung des Kopfes von der Linse bemerkt und blieb bei jedem Versuche gleich. Das Zimmer war übrigens verdunkelt. Vor die Lampe war ein geschwärzter Schirm von Blech gestellt, der die Lampe ganz umfasste und nur eine Oeffnung hatte, durch welche die Röhre hindurchging. In einer Entfernung von ungefähr 20′ war ein Fernrohr aufgestellt, das ein Mikrometer enthielt. Der Raum zwischen den groben Theilstrichen des Mikrometers wurde zuvor genau gemessen, indem man damit einen Millimetermaassstab beobachtete. 10 Millimeter des Maassstabs waren genau gleich 3,25 Mikrometerräumen, mithin war 1 Mikrometerraum $= \frac{10}{3,25} = 3^{mm},076$. Man konnte noch $^1/_8$ eines solchen Raums bestimmen. —

[1]) Durch einen besonderen Apparat den Kopf des Kaninchens festzustellen, ergab sich als unzweckmässig.

Auf die hervorstehende Röhre des Mikroskops wurde ein blecherner geschwärzter Ring (3^{cm} breit), der am einen Rande etwas umgebogen war, gehangen. Der Ring war jedoch nicht zusammengelöthet. — Von vier mattgeschliffenen Gläsern von gleicher Dicke, die in den Ring mit Leichtigkeit eingeklemmt werden konnten, wurden ein oder zwei oder drei oder alle in den Ring gelegt, um für die Lichtintensität verschiedene Grade zu haben. Der Beobachter sah durch das Fernrohr das beleuchtete Kaninchenauge und stellte das Fernrohr so, dass der horizontale Durchmesser des Mikrometers genau in die Mitte des horizontalen Durchmessers der *cornea* kam. So wurde nun zuerst die Pupille gemessen bei dem unverdeckten Lichte, dann mit einem vorgelegten mattgeschliffenen Glase 1^c, dann mit zweien 2^c u. s. w.

Bei diesen Versuchen haben die Studiosi Deiters, Gruithuysen und Vogel mich unterstützt, was ich dankbar erwähne. Von einer grossen Anzahl von Versuchen, welche an demselben Thiere gemacht worden sind, wurden die sehr abweichenden gänzlich ausgeschieden. Das Mittel aus den übereinstimmendsten Beobachtungen ergab:

für $1^c = 3{,}888^{mm}$;	mittlere	Beobachtungszeit	15 Sec.
„ $2^c = 4{,}527^{mm}$;	„	„	15 „
„ $3^c = 5{,}169^{mm}$;	„	„	18 „
„ $4^c = 6{,}023^{mm}$;	„	„	18 „

In ganzen Zahlen ausgedrückt, verhält sich die Pupillenapertur zu den verschiedenen vier Lichtstärken nahezu =

$$19 : 22 : 25 : 30.$$

Es war nun nothwendig, die vier Lichtstärken mit einander vergleichen zu können, was durch ein Photometer geschah. — Zu dem Behufe habe ich mich an den in diesem Gebiete so wohl erfahrenen Herrn Beer gewandt, der die anzuführenden Beobachtungen mit mir anzustellen die Güte hatte, sowie die Berechnungen selbst machte. Die folgende Mittheilung ist von ihm verfasst:

„Bei der Art der Lichtschwächung, wodurch wir uns die erwähnten Lichtstufen verschafften, finden, wie man bald einsicht, ziemlich verwickelte Verhältnisse Statt. Wir haben es dabei nicht mit einem Bündel paralleler Lichtstrahlen zu thun, welche durch Vorschieben einer absorbirenden, aber durchsichtigen Substanz, oder durch Einschieben von Polarisator und Analysator geschwächt werden — Mittel, deren Anwendung aus leicht begreiflichen Gründen unstatthaft war. Bei unserer Methode wurden vielmehr auf den Weg der ursprünglich ungefähr parallelen Strahlen eine und mehre Platten gebracht, die jene verminderten, dabei aber selbst Licht aussandten. Als wesentliches Moment tritt also hier die Entfernung der Linse mit den dicht vorgesetzten Gläsern von dem erleuchteten Objecte ein, so zwar, dass die den verschiedenen Stufen entsprechende Helligkeit nicht unabhängig von der Entfernung Proportionalität bewahrt. Hierdurch bedingte sich die jetzt mitzutheilende photometrische Bestimmungsmethode unserer Lichtstufen.“

„Als Photometer diente uns der von Beer, Pogg. Ann. 86, beschriebene Apparat. Die wesentliche Einrichtung desselben ist folgende. Die zu vergleichenden Lichter fallen horizontal, das eine von rechts, das andere von links auf einen Doppelspiegel, dessen Flanken unter 45° gegen den Horizont geneigt sind, und werden von demselben senkrecht nach oben reflectirt, so dass sie die beiden Hälften einer horizontalen Diaphragmaöffnung getrennt erleuchten. Ehe aber die Lichtbündel auf den Spiegel treffen, werden sie durch zwei horizontale Nicol'sche Prismen bezüglich parallel der Einfallsebene und senkrecht dazu polarisirt, wodurch bewirkt wird, dass die Lichter der Diaphragmahälften senkrecht zu einander polarisirt sind. Diese Lichter werden durch ein senkrechtes Nicol analysirt, welches um seine verticale Axe gedreht werden kann. Bei unseren Beobachtungen wurden nun zunächst vor die beiden horizontalen Prismen zwei mattgeschliffene Gläser befestigt, von denen das eine gewissermaassen die Netzhaut repräsentirte. Dann wurden diese Gläser durch zwei Lampen erleuchtet, die der weiter oben erwähnten gleich waren und von jenen Gläsern um ebensoviel mit ihren Linsen abstanden, wie die bei den physiologischen Versuchen angewandte Lampe von dem geprüften Auge; es betrug diese Entfernung 33mm. Die Lampen wurden so regulirt, dass die eine ihre Diaphragmahälfte merklich stärker erhellte als die andere, und der Winkel zwischen der Oscillationsebene des Analysators und der Spiegelkante bestimmt, bei welchem die beiden Diaphragmahälften merklich gleich hell erschienen; wir wollen diesen Winkel φ nennen. Nachdem nun eins oder mehre der Schwächungsgläser in gleicher Weise wie bei den physiologischen Versuchen vor die Linse der helleren Lampe vorgesetzt worden, suchte man wiederum den Winkel auf, den die Oscillationsebene des

Analysators mit der Spiegelkante bilden musste, damit die Diaphragmaöffnung gleichmässig erhellt schien; dieser Winkel heisse φ'. Alsdann ist *tang* φ das Verhältniss der Amplituden des Lichtes, mit welchem die mattgeschliffenen Gläser der Polarisatoren scheinen, wenn sie von dem vollen Lichte der Lampen getroffen werden, und der Werth von *tang* φ' drückt dasselbe Verhältniss für den Fall aus, wo das Licht der helleren Lampe durch die Schwächungsgläser vermindert wird. Der Quotient $\frac{tang\ \varphi}{tang\ \varphi'}$, wenn $\varphi < \varphi'$, oder $\frac{tang\ \varphi'}{tang\ \varphi}$, wenn $\varphi' < \varphi$, ist somit der Schwächungscoëfficient der Amplitude, wie er der angewandten Stufe entspricht."

„Nachfolgend theilen wir die Werthe von φ und φ' für zwei Beobachtungsreihen mit, bei welchen zuerst das Licht der rechts stehenden, dann das der links stehenden Lampe die Schwächungen erlitt. Es sind die aufgeführten Werthe die Mittel aus je vier bald rechts, bald links von dem der Spiegelkante entsprechenden Nullpunkte angestellten Beobachtungen.

Schwächung durch

	1 Glas.	2 Gläser.	3 Gläser.	4 Gläser.
φ	38°	21°,9	15°,3	9°,6
φ'	54°	52°,1	54°,4	54°,1
φ	38°,3	40°	33°,4	34°,1
φ'	57°,25	71°,2	73°,1	77°,7

„Hieraus ergeben sich für die Schwächungscoëfficienten der Amplituden die folgenden Werthe

Schwächung durch

	1 Glas.	2 Gläser.	3 Gläser	4 Gläser.
1. Versuch	0,568	0,313	0,196	0,122
2. Versuch	0,508	0,286	0,200	0,148

„Da uns die der ersten Stufe entsprechende Differenz zu bedeutend erschien, so wurde die Bestimmung für dieselbe wiederholt; in Uebereinstimmung mit dem Früheren ergab sich aber beim ersten und zweiten Versuche für den Schwächungscoëfficienten der Werth 0,573 und 0,524. Hiernach ist die Existenz eines constanten, besonders bei starker Beleuchtung hervortretenden Fehlers anzunehmen, dessen überwiegender Theil ohne Zweifel der ungleichen Vertheilung des den Lampen entströmenden Lichtes zugeschrieben werden muss, ein Umstand, der gerade bei gegenwärtiger Beobachtungsweise sich besonders geltend machen muss, weil durch jenes Licht erst die Fläche erleuchtet wird, deren mittlere Helligkeit bestimmt werden soll. Unserem Zwecke genügt jedoch der gewonnene Grad der Annäherung.

„Wir finden nun als Mittel aus den beiden aufgeführten Beobachtungsreihen für den Schwächungscoëfficienten der Amplitude.

1 Glas.	2 Gläser.	3 Gläser.	4 Gläser.
0,543	0,299	0,198	0,135

„Und hieraus berechnen sich die Schwächungscoëfficienten der Intensitäten, welche die Quadrate derer für die Amplituden sind, wie folgt:

1 Glas.	2 Gläser.	3 Gläser.	4 Gläser.
0,295	0,090	0,039	0,018

Setzen wir die Erleuchtung durch das volle Licht der Lampe 100, so drückt sich die Erleuchtung, wie sie der Schwächung durch 1, 2, 3 und 4 Gläser unter den oben angegebenen Verhältnissen entspricht, nahezu aus durch die ganzen Zahlen:

30, 9, 4, 2.“

Mithin entsprechen Lichtstärken

im Verhältnisse von	30 .	9 .	4 .	2
Pupillendurchmesser von	19 .	22 .	25 .	30
	= 3	3,47	3,94	4,73

Zweiter Abschnitt.

Einfluss des Willens auf die Thätigkeit der Iris.

§. 1.

Erweiterung der Pupille.

Beim Eintritt in ein gänzlich verdunkeltes Zimmer ist eine vollständige Nacht vor unseren Augen, allmählich wird es heller und heller. So erzählt z. B. Boyle in seiner Abhandlung: *On vitiated sight*, dass ein Mann, der unter König Karl I. in eine finstere Höhle in einer Mauer ohne Fenster eingesperrt war, nach einigen Wochen anfing etwas Lichtschimmer zu bemerken, dann die Theile seines Bettes unterschied und endlich sogar die Mäuse, die in seinem Loche die Brotkrumen sich suchten[1]).

Im Dunkeln tritt eine Erweiterung der Pupille ein, und durch diese vermehrt sich die Anzahl der eintretenden Lichtstrahlen sehr bedeutend. Wäre aber direct und allein die Erweiterung der Pupille von der Dunkelheit abhängig, so würde es nicht so lange dauern, wie es gewöhnlich geschieht, bis wir etwas zu sehen anfangen. Wir müssten im Gegentheil im Anfange mehr sehen, als später, denn Schmerz macht uns die Dunkelheit nicht; wenn sie aber ein Reiz wäre, durch welchen der *n. sympathicus* angeregt wird, so müsste man erwarten, dass im ersten Augenblicke die Stärke des Reizes am grössten sei, und allmählich sich vermindere. Wer aber auf sich selbst in einem solchen Zustande achtet, der wird sich überzeugen, dass im Dunkeln der Trieb, etwas zu sehen, erwacht und grösser und grösser wird, und mit demselben steigert sich das Sehvermögen. Er wird daher auch als die Erregung zu betrachten sein, durch welche die Centraltheile des *n. sympathicus* in Thätigkeit versetzt werden.

Aus meinen Versuchen, um die Centralstelle des *n. sympathicus* zu entdecken, ging die Folgerung hervor, dass diese Centralstelle durch die motorischen Fasern im *n. sympathicus* ihre Kraft übertrage, dass in ihr zwar diese Kraft erzeugt würde, dass aber auf diese Stelle selbst durch excitirende Fasern eingewirkt werden könne, welche mit den Wurzeln des achten und siebenten

---

[1]) *Porterfield*, *On the eye. II*, p. 183.

Hals- und des ersten und zweiten Brustnerven zu ihr hinliefen. Möglich, dass diese excitirenden Fasern, obwohl nicht mit Gefühl für Schmerz begabt, doch vom Dunkeln afficirt werden und bei der Thätigkeit, welche durch die motorischen Fasern im Centrum veranlasst wird, wie Regulatoren wirken; d. h. von ihrer grösseren oder geringeren Erregung auch dieser Trieb, zu sehen, mehr oder weniger geweckt wird! So ist ja auch die krankhafte Bewegúng, welche vom Rückenmarke aus nach Strychninvergiftung entsteht, nicht ganz unabhängig von den hinteren Wurzeln (den excitirenden Nerven). Denn wenn man einen Frosch, dem die hinteren Wurzeln durchschnitten worden sind, mit Strychnin vergiftet, so bleiben zwar die tetanischen Krämpfe an dem Gliede nicht aus, dessen sensible Nerven keinen Zusammenhang mit dem Rückenmarke mehr haben; aber sie sind doch offenbar geringer.

Doch einerlei, ob der Trieb, im Dunkeln mehr zu sehen, durch die sympathischen excitirenden Fasern geweckt wird, oder ob er durch den passiven, im optischen Nerven vorhandenen Zustand entsteht: er ist vorhanden und ihm folgt die Wirkung.

Man sollte indess denken, dass wenn durch den Willen eine Bewegung erfolgt, diese auch den Namen einer willkürlichen verdient und demnach auch die Bewegung des *dilatator pupillae* im Dunkeln eine solche sei. Dennoch kann Niemand auf Geheiss die Pupille weit machen, wie er seine Extremitäten nach seinem Willen bewegen kann. Es muss also ein Unterschied noch vorliegen.

Mehre Beobachter behaupten in der That, die Bewegung der Iris sei dem Willen unterthan. Dahin gehören Zinn[1]), Fontana[2]), Porterfield[3]), Toracca[4]), Adams[5]), Dömling[6]), Roose[7]), zum Theil Grapengiesser[8]), Palmedo[9]). — Diese Meinung beruht theils auf gemachten Erfahrungen, theils auf theoretischen Betrachtungen. —

[1]) *Zinn* in *Comm. Gotting.* 1757.
[2]) *Fontana*, *Dei moti dell iride. Lucca* 1765.
[3]) *Porterfield*, *On the eye. II*, *p.* 131 (s. u. Anmerk. 2).
[4]) *Toracca*, *Giornale di medic.*
[5]) *Adams*, *On vision. Lond.* 1789, *p.* 22.
[6]) Dömling, Reil's Arch. V.
[7]) Roose, Grundz. der Lehre von der Lebenskr. Braunschw. 1797. S. 71.
[8]) Grapengiesser in Asklepicion, Allg. med.-chir. Wochenbl. 1811, S. 1330.
[9]) *Palmedo*, *De iride. Berol.* 1837, *p.* 67.

Fontana[1]) erzählt, dass er ganz nach Willen die Pupille erweitern und verengern könne; Roose[2]) giebt an, dass er an seinem Freunde Kühne beobachtet habe, wie er ohne Einfluss von Licht willkürlich die Iris hätte bewegen können; Dr. Roget[3]) spricht in ähnlicher Weise von sich.

Die theoretischen Betrachtungen, welche darauf hinleiteten, die Irisbewegung für eine willkürliche anzusehen, haben deshalb keinen grossen Werth, weil man unter Willen etwas Verschiedenes versteht und verstand. Man muss nämlich wohl beachten, dass der Wille sich nicht nur direct auf die motorischen Apparate, sondern auch auf die Sinneswahrnehmungen und auf die Vorstellungen beziehen kann. Wenn man irgend eine Muskelpartie in Bewegung setzen und andererseits etwas sehen oder hören will, so sind beides Beispiele von Aeusserungen des Begehrungsvermögens. Aber das Resultat, was in dem einen Falle erzielt wird, ist eine Reihe von Muskelcontractionen, während das Resultat, was im anderen Falle erzielt wird, eine Sinnesempfindung oder Vorstellung ist. Der Körper wird dazu benutzt, um dies Ziel zu erreichen. Aber eigentlich gehören weder die Arbeit, welche der Körper dabei hat, noch die Leichtigkeit oder Schwierigkeit, mit der er sie zu thun im Stande ist, noch endlich auch die Folgen, welche dadurch entstehen, dass der Zielpunkt erreicht ist, zu dem Begehrungsvermögen selbst, sondern nur zu den Consequenzen. Hingegen ist dies Seelenvermögen an ein Gefühl oder eine Empfindung gebunden, durch welches die Möglichkeit erkannt wird, dass die Mittel zur Erreichung des Resultats vorhanden sind. Wir wollen niemals den Darm mehr oder weniger in Bewegung setzen, wie wir das Bein bewegen wollen; und zwar deshalb, weil wir es nicht wollen können. Denn wir haben kein Gefühl von dem Zustande des Darms, und ohne dies Gefühl lässt sich ein solcher Weg nicht beschreiben, wie er zum Wollen nöthig ist.

Da aber das Gefühl vom Körper ausgeht, so sieht man ein, dass die Arbeit, welche der Körper hat, wenn das Vermögen in die Erscheinung treten soll, von grossem Einfluss auf das Gefühl sein muss. Es kann verschwindend klein und wieder von der eindringlichsten Deutlichkeit sein. In jenem Falle wird die Arbeit

---

[1]) Cf. Harless und Ritter, Journ. d. ausl. med. Liter. Erl. 1836, 5. Bd. II. S. 41.

[2]) Roose, Grundz. der Lehre von der Lebenskr. Braunschw. 1797, S. 71.

[3]) *Cf. Hunter's works. Palmer's Ed. III. p.* 148. *Lond.* 1837.

fast bewusstlos, maschinenmässig betrieben, wovon man Beispiele genug im Wachen und Schlafwandeln kennt; in diesem wird viel Aufmerksamkeit darauf verwendet. Wenn aber auch durch Uebung eine Bewegung leicht wird, so folgt nicht, dass wir von derselben gar kein Gefühl haben, dass wir gar keine Aufmerksamkeit auf sie zu verwenden brauchen oder können. Dadurch unterscheiden sich die sogenannten unwillkürlichen von den willkürlichen Bewegungen, dass wir durch Empfindung oder Gefühl nichts davon wissen, dass wir sie anwenden können, und deshalb entbehrt auch der Wille einer seiner wesentlichen Bedingungen. Wir sind also nicht, wie Stahl und seine Schule glauben, deshalb ausser Stande, das Herz zum Stillstehen zu bringen, wenn es uns beliebt, weil die Seele von dem ersten Lebensanfange an, die Nothwendigkeit seiner Bewegung erkannt hat und daher aus Uebung und Gewohnheit die anfänglich dagewesene Willkür eingebüsst worden ist[1]), — sondern weil der gesunde Mensch gar keine Erfahrung davon hat, dass er von seiner Herzbewegung eine Anwendung machen kann.

Wie mit den Bewegungen, so verhält es sich auch mit den Empfindungen. Auch hier müssen wir erst die Erfahrung gemacht haben, dass wir empfinden, ehe die Seele im Stande ist, empfinden zu wollen. Wohl aber können wir das Bestreben haben, etwas sehen zu wollen, weil wir wissen, dass wir sehen können. Einem Blindgebornen ist dies unmöglich.

Ob und inwiefern die Irisbewegung eine willkürliche ist, wird sich aus einer Beobachtung ergeben, welche ich selbst gemacht habe. Unser hiesiger Physiker und Lehrer an der Universität, Herr Beer, hat an sich die Beobachtung gemacht, dass er die Pupille willkürlich eng oder weit machen kann; wovon ich mich in der That überzeugte. Bei demselben Lichte vermag er die Pupille nach Geheiss, wie gesagt, zu verändern. Diese Veränderung veranlasst er jedoch nur durch gewisse Vorstellungen; wenn er nämlich sich einen sehr dunkeln Raum vorstellt, so erweitert sich die Pupille um so mehr, je schärfer diese Vorstellung hervortritt; wenn er sich umgekehrt einen sehr erleuchteten Ort vorstellt, so verengt sich die Pupille. Das Letztere ist schwerer, als das Erstere. Ich habe bei weiteren Untersuchungen noch mehre Personen gefunden, welche das Vermögen besassen, die Pupille in

---

1) *Cf. Porterfield, l. c. II, p.* 152.

Folge solcher Vorstellungen zu erweitern, jedoch keine einzige, die auch die Verengerung zu Stande gebracht hätte.

Man wird aus derlei Beobachtungen also nicht schliessen, dass die Irisbewegung willkürlich sei, sondern dass die Vorstellung einer Empfindung Bewegungen hervorbringen kann, wie die Empfindung selbst, — und wir werden dieselben auf eine gleiche Stufe stellen müssen, wie das Ausfliessen von Speichel durch die Vorstellung von Speisen; Herzklopfen durch die Vorstellung von Athemnoth, wie es im Traume mitunter vorkommt; Samenentleerung durch obscöne Gedanken; Schauder durch Vorstellung von Objecten, die dem Gesichtssinne sehr zuwider sind, u. s. w. u. s. w.

Willkürlich sind in allen diesen Fällen die Vorstellungen, nicht die Bewegungen, sie sind nothwendige Folge der Vorstellungen. Ich vermuthe, dass in allen den oben citirten Beobachtungen von willkürlicher Bewegung der Iris nichts Anderes als willkürlich hervorgerufene Empfindungen und Vorstellungen waren.

Wenn der Empfindung des Dunkeln oder der Vorstellung dieser Empfindung Erweiterung der Pupille folgt, so ist dies Phänomen theils als ein passives, theils als ein actives zu betrachten. Zuerst nämlich wird die durch das Licht entstandene Verengerung aufgehoben, die Pupille erhält eine Weite, wie nach dem Tode und vielleicht durch Antagonismus noch etwas mehr; dann aber folgt eine active Contraction des *dilatator;* und diese entsteht durch das Begehren, mehr zu sehen.

Dieses aus der Seele hervorgehende Streben wirkt auf die Centraltheile, von welchen der zur Irisbewegung bestimmte *n. sympathicus* ausgeht. Welche körperliche Zwischenglieder in diesem Falle zwischen dem psychischen Begehren und der Erregung des Nerven selbst liegen, ist bis jetzt der Forschung nicht zugänglich geworden. Vgl. Anmerk. 2.

Anmerkung 1. Die Physiologen, welche die Irisbewegung für eine willkürliche hielten, bezogen sich auch auf das Vermögen vieler Thiere, trotz des gleichbleibenden Lichtes doch die Pupillenapertur zu verändern. Aus dem Grunde schrieb man namentlich den Vögeln und unter den Säugethieren der Katze eine willkürliche Bewegung der Iris zu. Zuerst theilte Porterfield (l. c. II, S. 151) die Beobachtung Monro's mit, dass der Papagei nach

Belieben (*at pleasure*) die Pupille contrahire und dilatire, obwohl er in demselben Licht bleibe. Fontana giebt an, dass, wenn man einer Katze das stärkste Licht ins Auge fallen lasse und sie erschrecke im nämlichen Moment, sich die Pupille des Thieres nicht verengere, sondern weiter werde, ebenso wenn sie überhaupt eine Zeit lang im hellen Licht sich befinde.

Aus diesen Beobachtungen geht jedoch nichts weiter hervor, als dass es auch ausser dem Licht noch andere Einwirkungen giebt, welche die Muskeln der Iris afficiren und selbst den Lichteinfluss überwinden können, — aber gar nicht kann man daraus schliessen, dass der Wille der Antrieb zu dieser Bewegung sei.

Anmerkung 2. Es ist von Interesse, die Auffassung kennen zu lernen, welche Porterfield über die Bewegung der Iris hat: „Um das unangenehme Gefühl, welches starkes Licht hervorbringt, abzuhalten, und dazu noch die Retinabilder deutlicher zu machen, verengt der Wille (*mind*) die Pupille, und wenn die Retina weniger empfindlich ist, erweitert sich die Pupille. Bei Cataracta ist sie noch beweglich, weil noch Lichtstrahlen zur Retina kommen können und Empfindung noch vorhanden ist. Die Iris ist nicht in der Art willkürlich, als ob wir von der Bewegung der Iris selbst etwas wüssten, sondern wir wollen nur ein unangenehmes Gefühl entfernen. So giebt es noch viele Bewegungen, bei welchen kein Bewusstwerden der Bewegungen stattfindet. So sucht man durch die Herzbewegung die Unannehmlichkeit und den Druck zu entfernen, den die gestörte Bewegung macht. Wenn man in tiefem Nachdenken sitzt, so weiss man nicht, dass man den Körper in gerader Richtung halten will, und doch geschieht es. Wenn man aber dabei einschläft, so fällt man zur Erde. Der Wille ist niemals die *causa efficiens* der Bewegungen, sondern die *causa occasionalis*. Er wirkt nur durch das *sensorium*. Bei einer willkürlichen Action will die Seele nur die Bewegung oder eine Unannehmlichkeit entfernen. Dass der Mensch nicht wie die Katze nach Lust die Pupille eng machen kann, rührt nur von der Gewohnheit her. So müssen wir auch durch Gewohnheit mit beiden Augen harmonische Bewegungen machen, während das Chamäleon, der Hase und andere Thiere diese angeborne Freiheit noch behalten haben. So ist auch die angeborne Herrschaft des Willens über die Irisbewegungen bei Katzen und Vögeln geblieben. Im Anfange des Lebens sind alle Lebensbewegungen, so auch die des Herzens willkürlich, durch Gewohnheit werden sie endlich so nothwendig, dass es unmöglich ist, sie zum Stillstehen zu bringen. *Lister, De cochl. et limac. p.* 38 sagt, dass die Schnecken Viertelstunden lang ihr Herz ohne Bewegung halten könnten, und *Cheyne, On the English Malady p.* 37 erzählt, dass der Oberst Townshend willkürlich alle Lebensactionen einstellen konnte und so völlig todt erschien, und dann wieder sich in den früheren Zustand zurückbrachte. (Das Aufhören des Herzschlags kann aber durch Enthalten des Athems bewirkt werden.)

§. 2.

Verengerung der Pupille.

In ähnlicher Weise wirkt der Wille bei der Accommodation des Auges. Das Bestreben, nahe Gegenstände deutlich zu sehen, ist ein willkürliches; durch dasselbe erfolgen unwillkürliche Bewegungen in der Iris selbst und höchst wahrscheinlich in dem von Herren Brücke und Bowman entdeckten *m. tensor chorioideae.* Herr Cramer hat die Ansicht, dass die Wölbung der Linse nach vorn, wie sie bei dem Nahesehen eintritt, durch einen Druck auf die Linse hervorgebracht werde. Diesen Druck übe der *m. dilatator iridis* aus, welcher sowohl an seinem unteren als oberen Rande angespannt würde. Dort bilde der *m. sphincter* den festen Punkt, hier die Ursprungsstelle des *m. dilatator* (s. S. 20). Herr Donders hat nach vielen Untersuchungen die sehr ansprechende Meinung aufgestellt, dass der andere fixe Punkt für den *m. dilatator* der *tensor chorioideae* sei, so dass also der *m. dilatator*, durch die Verkürzung von zwei Muskeln, die ihn begränzen — *sphincter pupillae* und *tensor chorioideae* — ausgespannt, die Vorderfläche der Linse drücke[1]).

---

[1]) *Donders* in *Nederl. Lancet.* 1853, und Schauenburg, das Accommodationsvermögen der Augen. Lahr. 1854.

Dritter Abschnitt.

Pathologische Zustände.

Wenn die Capillargefässe und die kleinen Venen sowohl der Retina, als der Iris durch Blutkörperchen, deren Bewegung gehemmt oder aufgehoben ist, erweitert sind, oder wenn Blutflüssigkeit durch die Gefässwandungen dieser Theile dringt, und aus dem Exsudate neue organische Bildungen hervorgehen, oder wenn Verwundungen, Parasiten etc. vorkommen, so wird übereinstimmend mit den Beobachtungen, welche oben S. 92 und S. 88 angeführt sind, die Pupille sich verengern. Aber natürlich wird sich die Reaction nur so lange zeigen, als die Nerven noch nicht den Grad von Entartung haben, der sie reizlos macht. So gehört z. B. bei Entzündungen der Retina und der Iris Pupillenenge zu den gewöhnlichen Symptomen.

Vierter Abschnitt.

Consensuelle Bewegung des *m. sphincter.*

Dadurch, dass man bei willkürlichen Bewegungen im Stande ist, seine Aufmerksamkeit auf die Bewegung einzelner Muskelgruppen zu richten, vermag man auch diese ganz allein zur Contraction zu bringen, wie man in den gymnastischen Anstalten sieht. Der Wille lernt nach und nach durch Uebung die Bewegungen, welche den zu Grunde liegenden Vorstellungen entsprechen, von den anderen scheiden, welche in benachbarten oder verwandten Nervengebieten ihren Ursprung haben. Der Wille lernt unterscheiden. Er unterscheidet in dem motorischen Gebiete, wie die Empfindungen im sensuellen und die Vernunft im geistigen Gebiete. Durch Uebung und Aufmerksamkeit werden die nicht gewollten Bewegungen auch nicht ausgeführt und zurückgehalten und nur die gewünschten kommen zur Erscheinung. Aber nicht alle motorischen Nerven sind einer Willenserregung fähig, wie es auch Stoffe genug giebt, die von den Sinnesempfindungen nicht wahrgenommen werden können. Bewegungen, welche vom Willen nicht beherrscht, also auch nicht durch Aufmerksamkeit getrennt und unterschieden werden können, kommen jedoch leicht zum Vorschein, wenn benachbarte oder irgendwie verwandte Nervenbezirke angesprochen werden, weil keine Kraft vorhanden ist, sie zu unterdrücken.

So auch mit der Irisbewegung. Wenn im Gebiete des *n. oculomotorius* der Wille wirkt, so kann man wohl das Auge nach innen wenden, ohne nach oben oder nach unten es zu richten, obgleich von demselben Nerven die *m. rectus internus*, *inferior* und *superior* versorgt werden; aber für die Nervenfasern des *m. sphincter iridis* hat das Willensorgan keinen Sinn, es ist für sie wie ein mechanischer Reiz, der in seiner ganzen Ausdehnung die Nervenfläche berührt. Die Iris verengt sich daher bei Bewegungen des Auges, welche vom *n. oculomotorius* herkommen. Herr J. Müller [1]) hat zuerst die merkwürdige Beobachtung gemacht, dass bei Drehungen des Auges nach innen oder nach oben und innen die Pupille sich verengt. Damit hat der Lichteinfluss nichts zu thun. Herr Scuhr [2]) hat einen sehr interessanten pathologischen Fall mitgetheilt, der hierher gehört. Bei völliger Erblindung beider Augen seines Patienten brachte das Licht nicht die geringste Veränderung in dem Pupillendurchmesser hervor; sobald aber der Blinde die vom *n. oculomotorius* beherrschten Augenmuskeln bewegte, verkürzten sich die Fasern des *sphincter*. In diesem Fall war die Pupillenverengerung am deutlichsten bei starkem Oeffnen des Auges, wobei der *m. levator palpebrae superioris* angesprochen wird. Gewöhnlicher entsteht die Mitbewegung, wenn der *ramus inferior n. oculomotorii*, besonders die zum *m. obliquus inferior* und *rectus internus* gehenden Aeste in Thätigkeit versetzt werden, weil die kurze Wurzel der Ciliarnerven diesen Nerven am nächsten anliegt (s. S. 25).

So wie der *m. sphincter iridis* sich leicht mitbewegt, wenn der Willensreiz andere vom *n. oculomotorius* versorgte Muskeln anregt, so kann ein anderer Reiz dieselbe Folge haben. Daher können

[1]) J. Müller, Phys. 4. Ausg. I, S. 641.

[2]) Scuhr im Arch. für phys. Heilk. VI, S. 37.

Krankheitsursachen, welche den *bulbus* nach innen, nach oben, nach unten und nach innen und unten bewegen, auch die Pupille verengern. Deshalb wird auch, wie Kieser[1]) zuerst bei Vögeln beobachtete, die Pupille beim Vorschieben des dritten Augenliedes, der sogenannten Nickhaut, enger. Zu den Muskeln, welche diese Haut bewegen, gehen Zweige vom *n. oculomotorius*[2]). Da nun diese Nickhaut bei Vögeln sich sehr häufig zusammenzieht, so wird es nicht auffallen können, dass in dem Vogelaüge ein unaufhörliches Spiel von Pupillenenge und Pupillenweite bemerkt wird. Kieser schnitt bei einer Taube die Lieder hinweg und beobachtete an den zurückgebliebenen Resten Contraction bei gleichzeitiger Verkürzung des *sphincter*. Auch Herr E. H. Weber[3]) hat Versuche ähnlicher Art an Käuzchen mit gleichem Resultat gemacht.

Diese beständige Veränderung im Pupillendurchmesser ist aber nicht allein auf Vögel beschränkt, sie findet sich auch bei Säugethieren und dem Menschen. So habe ich sie oft sehr deutlich bei Kaninchen beobachtet, obwohl der Unterschied in anderen Fällen schwer zu erkennen war.

Auch bei Menschen ist diese perpetuirliche Bewegung der Iris vorhanden, unabhängig vom Lichtreiz. Auf diese steten, wenn auch geringen Bewegungen der Iris hat schon zum Theil Himly[4]), neuerdings wieder Herr Ruete[5]) hingewiesen. Jener bemerkt, dass die Iris „durch das plötzliche Eindringen neuen Lichts in eine wahre oscillatorische Bewegung, in einen öfteren Wechsel von Systole und Diastole gerathe, die, gleich den Schwingungen des Pendels, nach und nach immer schwächer werden. In geringerem Grade verhalte sich die Regenbogenhaut hier ebenso wie das Herz. Die Verengerung der Pupille bewirke immer eine kleine Beschattung der Netzhaut, wodurch Erweiterung entstehe und so wie hierdurch wieder mehr Lichtstrahlen freien Eingang ins Auge bekämen, sei auch die Reizung wieder verstärkt.“ Herr Ruete bemerkt mit Recht, dass auch bei einem und demselben Lichtgrade die Iris sich in einem stetigen Wechsel zwischen einer geringen

---

[1]) Kieser in Himly u. Schmidt's Ophth. Bibl. II, 3, S. 95.
[2]) Vergl. Tiedemann, Anat. u. Naturgesch. der Vögel. I, S. 27.
[3]) *E. H. Weber, De motu irid. p.* 65.
[4]) Himly, Ophth. Beob. S. 47.
[5]) Ruete, Ophthalmologie, S. 94 (2. Aufl.).

Contraction und Expansion befinde, was man bei cataractösen Linsen sehen könne. Ob diese Irisbewegungen mit denen des Herzens zu vergleichen sind, ob sie, was wahrscheinlicher ist, vielleicht nur eine Mitbewegung mit dem Vorschieben der *membrana nictitans* auch beim Menschen ausdrücken, darüber will ich mich nicht aussprechen.

Zu den Veranlassungen, welche den *n. oculomotorius* in Thätigkeit versetzen, scheint auch der Schlaf zu gehören. Während des Schlafes sind die Sehaxen in der Regel nach innen gerichtet, und zugleich ist, was zuerst Fontana [1]) beobachtete, die Pupille verengt. Dieses letztere Phänomen wurde von vielen Beobachtern bestätigt, wie von Zinn [2]), Toracca [3]), Dömling [4]), Blumenbach [5]), Grapengiesser [6]), Herrn E. H. Weber [7]) und Anderen, und ist in der That, zumal bei schlafenden Kindern, leicht zu sehen, wovon ich mich durch eigene Beobachtungen überzeugt habe. Sogar bei Amaurotischen kann sich während des Schlafes die im Tage erweiterte Pupille verengern [8]).

Es lässt sich schwer entscheiden, ob die Verengerung der Pupille während des Schlafes auf einer Mitbewegung des *sphincter* mit den Muskeln des *bulbus* beruhe, oder ob beide Erscheinungen aus gleicher Ursache herkommen. Herr Ruete [9]) bemerkt, dass der Augapfel nicht immer während des Schlafes nach innen gerichtet sei. Wenn sich dies bestätigt und in solchen Fällen dennoch die Pupille verengt ist, so könnte man allerdings der letzteren Annahme geneigter sein. Herr Ruete glaubt, dass die Pupillenenge im Schlaf von einer Unthätigkeit des *n. trigeminus* ausgehe, und fügt hinzu, dass auch in der Agonie und im höchsten Grade der Chloroformberauschung dieselbe Erscheinung vorhanden sei. Diese

---

[1]) *Fontana l. c. p.* 27.

[2]) *Zinn, Comm. Gotting.* 1757, *Vol. I.*

[3]) *Toracca, Giornale di medic. IV, p.* 321.

[4]) Dömling in Reil's Arch. V, S. 338.

[5]) *Blumenbach, Comm. Gott.* 1785, *Vol. V, p.* 47. Er erklärt die Erscheinung aus Gewohnheit, weil im Embryonalzustande schon die Pupille durch die Pupillarmembran verschlossen sei.

[6]) Grapengiesser, Asclepicion 1811, S. 1333.

[7]) *E. H. Weber, De motu irid. p.* 49.

[8]) Vergl. Bouchut, Todeszeichen, übers. v. Dornblüth. Erl. 1850, S. 106 (citirt nach Ruete Ophthalmol. S. 98).

[9]) Ruete, Ophthalmol. S. 97.

Ansicht würde sich einigermaassen einer älteren schon oben S. 6 erwähnten anschliessen, welche zuerst von Fontana aufgestellt, dann von Zinn, Toracca, Dömling und Palmedo adoptirt wurde, dass nämlich im Zustand der Ruhe und der vollen Passivität die Pupille verengt sei. Man muss jedoch, worauf schon Porterfield (l. c. II, 158) aufmerksam machte, beachten, dass im Schlaf nicht bloss passive Bewegungen vorkommen, da z. B. schlafende Säugethiere und Vögel stehen und letztere oft ihren Kopf nach hinten drehen, da ferner die Contraction des *m. orbicularis* bekanntlich eine vollständig active ist u. a. m. [1]). Im Winterschlaf scheinen die Pupillen dilatirt zu sein; so bemerkte Herr Tiedemann [2]), als er die Augen eines winterschlafenden Murmelthiers öffnete, dass seine Pupillen erweitert waren. Im vorigen Winter hatte das Wasser des Gefässes, in dem ich meine Frösche verwahrte, eine Eisdecke, die nur an einer Stelle unterbrochen war. Die darin fortlebenden Thiere zeigten sehr grosse Unthätigkeit in allen Lebensverrichtungen. Die Pupille war dabei sehr erweitert, so z. B. bei einem Frosch in diesem Winterschlaf 3^{mm}, vertical 3,75^{mm}. Temper. — 14^{0} R.;
nach demselben 2^{mm} „ 2,75^{mm}. „ — 7^{0} R.

Alle diese Beobachtungen machen es unwahrscheinlich, die Pupillenenge im Schlaf als eine passive Erscheinung zu erachten. Hingegen weiss ich die physiologische Bedeutung derselben nicht zu erkennen. Man [3]) hat dieselbe wohl in eine Reihe mit anderen Contractionen der Sphincteren gebracht, namentlich mit der Verschliessung des *sphincter* des Mastdarms und der Blase (so bemerkt z. B. Herr E. H. Weber, dass die Blase in der Nacht oft so viel mit Urin gefüllt wäre, wie sie bei Tage nicht halten könne). Immerhin ist hierbei noch der Unterschied, dass eine veranlassende Ursache zur Bewegung nachweisbar ist, die bei der Contraction des *sphincter iridis* so wenig als bei derjenigen des *orbicularis palpebrarum* aufgefunden werden kann.

---

[1]) Vergl. Budge im encyklop. Wörterb. Art. Schlaf, S. 397.

[2]) Tiedemann in Meckel's Arch. 1, S. 483.

[3]). *Cf. Palmedo, De iride. Berol.* 1837, *p.* 59. — *E. H. Weber, De motu irid. Lips.* 1852, *p.* 96.

Die Pupille des einen Auges verengt sich, wenn das andere Auge vom Licht getroffen wird; eine Erfahrung, welche schon Galen kannte. Jedoch erhält niemals das nicht beleuchtete Auge eine gleiche Ausdehnung [1]). Es beruht dies darauf, dass die Fasern des *n. opticus* und *oculomotorius* der einen Seite mit denen der anderen sich theilweise kreuzen, was anatomisch nachweisbar ist. Ein Reiz, der sich über den rechten Vierhügel erstreckt, bringt, nach der Beobachtung des Herrn Flourens [2]), daher eine Verengerung der rechten und linken Pupille hervor; auf der letzteren Seite jedoch weniger.

Man wird daher begreifen können, dass bei pathologischen Irritationen eines Vierhügels auf beiden Seiten Pupillenenge stattfinden kann. Bei Amaurotischen bleibt daher die Pupille am blinden Auge weiter, wenn das gesunde Auge geschlossen wird, und wird enger, wenn dieses vom Licht getroffen wird [3]).

Ob auch ein Consensus zwischen den beiden *n. sympathici* stattfindet, ist unbekannt. Durch Reizungen dieses Nerven an einer Seite wird die Iris des anderen Auges nicht verändert; und es ist sehr fraglich, ob die Erweiterung der Pupille, welche an einem Auge auch entsteht, wenn in das andere Belladonna gebracht wird, auf einem solchen Consensus durch die *n. sympathici* beruht (vergl. den Anhang zum folgenden Abschnitt).

---

[1]) *Cf. Plempii Ophthalmogr. I, c. 2.* — *Porterfield, On the eye. I, p.* 112. Bei Eulen soll, nach Petit, das nicht beleuchtete Auge sich nicht verengern, wenn Licht auf das andere fällt, — was auch Blumenbach bestätigt, s. *Comm. Gott. VII, p.* 53.

[2]) *Flourens, Rech. exp. sur le syst. nerv. Par.* 1842, *p.* 144.

[3]) *Porterfield, On the eye. I, p.* 105. — Himly, Ophth. Beob. S. 104. — *Maitre Jean, Mal. de l'oeil. II, c.* 4. — *E. H. Weber, De motu irid. p.* 18.

Fünfter Abschnitt.

Lähmende Einwirkungen auf die Bewegungen der beiden Irismuskeln.

§. 1.

Zu praktischen Zwecken muss man drei wesentliche Verschiedenheiten der Pupillenapertur bemerken, nämlich:

1) Den Zustand der vollkommensten Ruhe, wie nach dem Tode, wo sowohl der Lichtreiz als der Trieb, mehr zu sehen, auf ein Minimum gesunken sind.
2) Vermehrte Contraction.
3) Vermehrte Expansion.

Den mittleren Durchmesser kann man bei Erwachsenen setzen
nach dem Tode . . . . = 6,2^{mm};
bei grösster Verkürzung des *dilatator* ungefähr . . = 7 bis 8^{mm};
bei grösster Verkürzung des *sphincter* . . . . . . = 2^{mm}.

Wenn in Krankheiten eine Pupille enger als die andere ist, so wird zu einer annähernden Beurtheilung eine Messung beider Pupillen allein führen können. Denn die enge Pupille kann abnorm verengt oder normal sein, und die weite im Zustande der Ruhe oder abnorm dilatirt. Zur Messung erscheint es nicht unpassend, da häufig die Anwendung eines Zirkels nicht zulässig ist, Abbildungen von menschlichen Irides zu machen, deren Pupillen je um $^1/_4$^{mm} von einander im Durchmesser abweichen; von $1^1/_2$^{mm} bis 9^{mm}. Durch Uebung kann man sich eine oft grosse Fertigkeit in der Schätzung der Grösse erwerben, wenn man gleichzeitig mit dem zu beobachtenden Auge die Zeichnungen betrachtet. Jedenfalls aber muss man bei möglichster Beschattung den Pupillendurchmesser beobachten.

Von den Lähmungen, welche die Irismuskeln treffen, ist die des *m. sphincter* häufiger beobachtet worden als die des *m. dilatator.*

§. 2.

Unthätigkeit des *n. opticus.*

Wäre das Verhältniss zwischen der Reizung des *n. opticus* und der dadurch veranlassten Erregung des *n. oculomotorius* resp. der Verkürzung des *sphincter iridis* ein einfaches, so dass keine andere Nervenmassen intercurrirten, und keine andere Kräfte auf dieselben Nerven mitwirkten, so würden nach Lähmung des *n. opticus* das Licht oder andere Ursachen, welche auf den Sehnerven Einfluss hätten, erregungslos an dem Auge vorübergehen; die Pupille würde so weit sein, wie nach dem Tode. So ist es aber nicht. Der Reiz, welcher den *n. opticus* trifft, schlägt nicht allein auf den *n. oculomotorius* um, sondern von dem erregten *n. opticus* aus wird einerseits Gefühl, andererseits Empfindung vermittelt und bedingt. Denn indem das Licht auf das Auge fällt, entsteht je nach dem Grade und je nach der Receptivität Schmerz, oder Indifferenz, oder ein Gefühl von Wohlbehagen. Aber auch zweitens werden die beleuchtete Retina und die durch das Bildchen entstandenen Eindrücke derselben empfunden, und es knüpfen sich an diese Empfindung Vorstellungen über das Bild, und der Trieb, genauer und mehr zu sehen, oder das Begehren von Ruhe. So gehen also vom *n. opticus* drei Bahnstrecken aus, von denen die eine diesen Nerven mit dem *n. oculomotorius* ohne Dazwischentritt des Willens oder des Bewusstseins verbindet, eine zweite von dem *n. opticus* zum Gefühl, wahrscheinlich durch den *n. trigeminus*, und eine dritte direct zum Centraltheil der Empfindungen. — Durch das Gefühl, welches der *n. opticus* vermittelt, wird auch (wie überall, wo Gefühl ist) der Grad von Thätigkeit erkannt, in welchem sich die Netzhaut, d. h. das Organ befindet, das den Nerven beherbergt. Fühlt man das Organ in zu grosser oder zu geringer Thätigkeit, so entsteht instinctartig die passende Bewegung, die seine Thätigkeit beschränkt oder vermehrt, indem sich die Pupille verengt oder erweitert. Nach dem Zustande des *n. opticus* richtet sich dies wesentlich. Angenommen, der *n. opticus* könnte so reizlos werden, dass ein starkes Licht ein Gefühl erweckte, wie es sonst in der Dämmerung nur entsteht, wenn ein Minimum von Licht vorhanden ist, so würde dieselbe organische Bewegung die Folge sein können, d. h. Erweiterung der Pupille. So erkläre ich mir die Beobachtungen, welche von Fowler [1]), Grapengiesser [2]), Himly [3]) und neuerdings von Herrn Ruete [4]) angegeben worden sind, dass bei manchen Gehirnleiden die Pupille durch Licht

[1]) *Fowler, Experim. and observ. Edinb.* 1793, *p.* 88.
[2]) Grapengiesser in Asclepicion 1811, S. 1334.
[3]) *Himly ibid.*
[4]) Ruete in Ophthalmol. 2. Ausg. S. 93.

anstatt enger zu werden noch weiter wird. Herr E. H. Weber[1]) führt folgenden ähnlichen, hierher gehörenden, interessanten Fall an: „Als ich in die amaurotischen Augen eines Menschen, welcher helles Licht schlecht vertrug, und dessen Pupillen eng und unbeweglich waren, Belladonnaextract einträpfelte, wunderte ich mich, dass die Pupillen nicht nur erweitert wurden, sondern auch eine der normalen entgegengesetzte Bewegung zeigten. Wurden nämlich die geschlossenen Augenlieder plötzlich geöffnet, so fingen die bereits erweiterten Pupillen an, sich noch ein wenig mehr zu erweitern, sobald Licht in die Augen drang."

In einer zweiten Art von Inactivität des *n. opticus* fehlt bloss die Lichtempfindung, aber nicht das Gefühl, und die Reaction auf die Irisbewegung ist die gewöhnliche. Augenärzte wissen, dass Menschen mit schwarzem Staar keinen Lichtschein mehr haben und doch noch Schmerz fühlen können, wenn Licht ins Auge fällt. Bei solchen kann die Pupille trotz der Blindheit wie gewöhnlich reagiren. In einer dritten Form endlich ist die Pupille unbeweglich, das Licht ist wirkungslos. Die Amaurose kann also von *Mydriasis* (= Pupillenerweiterung), sowie von *Myosis* (= Pupillenverengerung) begleitet sein.

Alle Ursachen also, welche die Thätigkeitsäusserung des *n. opticus* vermindern, können beide eben genannte Erscheinungen veranlassen, und zwar je nachdem das Gefühl dabei betheiligt ist. Wenn die dabei in Betracht kommenden Gefühlsfasern (des *n. trigeminus*?) sehr erregbar sind, so wird die Verengerung, sonst die Erweiterung der Pupille die regelrechte Folge sein. Man wird daher darauf gefasst sein können, bei grossem Torpor im Gefühlsvermögen besonders des *n. trigeminus* auch eine durch das Licht nicht sehr afficirbare, daher gemeinhin weite Pupille, und umgekehrt bei sogenannter vermehrter Reizbarkeit den entgegengesetzten Zustand zu finden.

Ohne auf die Bedingungen der verschiedenen Receptivität der Gefühlsfasern und der excitirenden Fasern (vergl. S. 80) überhaupt einzugehen, ist hier nur soviel zu erwähnen, dass Krankheiten, welche diese Seite des Nervensystems (und insbesondere die Sphäre des *n. trigeminus*) mitafficiren, in ihrer sogenannten torpi-

---

[1]) *E. H. Weber, De motu irid.* p. 53.

den Form mit Mydriasis, in ihrer sogenannten erethischen mit Myosis complicirt sein können.

Ernährungsstörungen gehören dahin; an ihnen betheiligt sich, aus leicht einzusehenden Gründen, das Nervensystem sehr. Sie können auf die Pupille dadurch einwirken, dass das Licht einen stärkeren oder geringeren Einfluss macht. Man hat bei Würmern im Darmcanal nicht selten eine Erweiterung der Pupille beobachtet, und fast ohne Ausnahme geglaubt, dass der Zusammenhang zwischen Darm und Iris durch den *n. sympathicus*, mit dem man ja in der Beziehung machen kann was man will, erklärt werden müsse. Bei meinen Untersuchungen über die Ausbreitung des auf die Iris sich beziehenden *n. sympathicus* habe ich Gelegenheit gehabt, diese Frage auf dem Gebiete objectiver Forschung zu behandeln. Namentlich konnte man an den *n. splanchnicus major* denken, welcher nicht gar fern von dem unteren Centrum des Irissympathicus, an dem sechsten bis neunten Brustganglion, hervorkommt. Ich habe jedoch niemals den geringsten Einfluss dieses Nerven oder des unterhalb des zweiten Brustganglion liegenden Stammes vom *n. sympathicus* auf die Bewegung der Iris bemerken können, obwohl ich sehr häufige Versuche angestellt habe. In einer Notiz, welche Herr R. Wagner gegeben hat, glaubt derselbe zwar eine Einwirkung auf die Pupille durch die Reizung des *n. splanchnicus* gesehen zu haben, ich halte dies hingegen nur für eine zufällige Erscheinung.

Keine physiologische Thatsache weist also eine Verbindung des Unterleibssympathicus und seiner Verzweigungen mit dem Irissympathicus nach. Es giebt pathologische Zustände, bei welchen man der Analogie nach die Möglichkeit einer Reizung der sympathischen Fasern im Unterleibe anzunehmen berechtigt wäre, z. B. Entzündungen der Schleimhaut des Unterleibes; aber mit diesen Zuständen ist keine Veränderung der Pupille verbunden. Auf der anderen Seite lässt es sich theoretisch mit den übrigen Beobachtungen sehr wohl in Einklang bringen, dass bei Torpor in dem Bereiche der Ernährung die Pupille sich erweitert oder vielmehr gegen das Licht weniger reagirt.

Diese Gründe bestimmen mich zu der Vermuthung, dass die bei Würmern, bei gastrischen Unreinigkeiten, bei Stockungen in den Baucheingeweiden, Skrophelanlage, beobachtete (vergl. Küttner's Phänomenologie, Leipzig 1847, S. 49) Mydriasis auf nichts

Anderem als auf einem Torpor in der Gefühlssphäre beruht, welcher so häufig diese Zustände begleitet, ohne gerade wesentlich zu sein. Hierhin möchte ich auch den Versuch von Mery (vergl. oben Seite 16) beziehen, nach welchem durch Athembeschwerden [1]) die Pupillen sich erweitern können. Manchmal (keineswegs immer) sieht man auch bei Thieren Pupillendilatation nach Durchschneidung der *n. vagi*. — Ebenso wurden bei anhaltenden Fiebern zuweilen weite Pupillen beobachtet [2]).

Auch reiht sich die Lichtscheu sowohl bei Ernährungsstörungen und nach grossem Kräfteverbrauch, als bei starken Anstrengungen des Sehorgans hieran. Die organische Thätigkeit hat immer Abbruch erlitten, sobald die Zweckmässigkeit, welche der Einrichtung zu Grunde liegt, leidet. Es besteht kein Gegensatz zwischen Schmerz und Gefühllosigkeit, zwischen zweckloser Bewegung und Lähmung, es sind nur Unterschiede dem Grade nach, beiderlei Zustände folgen auch oft nach einander. In dem einen Fall ist die Maschine nur mehr zerstört, als in dem anderen, in beiden Fällen ist sie aber aus dem Geleise. Diese Anschauung hat ebenso viel theoretischen als praktischen Werth. Man wird, um nur Eins hervorzuheben, begreifen, wie z. B. die Lichtscheu in hundert Fällen eher durch eine kräftige Diät, längeren Schlaf, gute Luft und Ruhe u. s. w. besiegt werden kann, als wenn man dem Körper noch Säfte und besonders Blut entzieht.

Eine dritte Quelle von Unthätigkeit und Lähmung im Gebiet des *n. opticus* entsteht durch das Aufhören von Empfindung in diesem Nerven bei Gehirnleiden. Hierhin gehört die Apoplexie, die Gehirnwassersucht, die Ohnmacht; und mit einem Worte, wenn das Gehirn weder von Empfindungseindrücken noch von Vorstellungen afficirt wird, nimmt auch der Lichteinfluss und damit die Beweglichkeit der Iris ab [3]).

Alle die Zeichen, welche man in allgemeinen Krankheiten von

---

[1]) *Mery* in *Histoir. de l'acad.* 1704. *p.* 14. und 261. Nach van Trigt's Beobachtung: *Diss. de speculo oculi. Traj. ad Rh.* 1853. *p.* 7 entsteht keine Pupillenerweiterung, wenn man einen Hund oder ein Kaninchen so unter Wasser hält, dass die Nase nicht mit eingetaucht wird.

[2]) Vergl. z. B. Schubart in *Misc. n. cur. dec. I. ann.* 2. *obs.* 260.

[3]) Nicht nur bei Krankheiten des grossen Gehirns, sondern auch bei solchen des kleinen Gehirns kommen vollständige Amaurosen vor. *Cf. Andral, Clin. méd.* I' *p.* 675. 682. 708. 732.

dem Durchmesser der Pupille hernahm, vergl. Küttner a. a. O., Alber's Semiotik S. 278, lassen sich leicht auf diese Gesichtspunkte zurückführen.

Lähmungen des *n. oculomotorius* sind wiederholt beobachtet worden, so von den Herren Petrequin[1]), Ruete[2]), Donders[3]); in allen war die Pupille unbeweglich und weiter als die der anderen Seite. Bei den Beobachtungen, welche ich an Kaninchen angestellt habe, fand ich im Dunkeln einen sehr geringen Unterschied, oft gar keinen, zwischen der Pupille der gesunden und kranken Seite.

Im Gebiete des *n. sympathicus iridis* und seinem Centraltheile sind vielleicht deshalb weniger Krankheiten beobachtet worden, weil bis jetzt sein Verlauf noch so unvollkommen bekannt war, als weil sie so selten sind. Man wird besonders bei der Spinalirritation, welche meistens ihren Sitz in dem unteren Centrum des Halssympathicus hat, auf den Pupillendurchmesser achten müssen.

Bei der Rückendarre hat man zwar auch Veränderung der Pupille beobachtet; inwiefern diese aber hierher gehört, lässt sich um so weniger festsetzen, als man den anatomischen Befund bei dieser Krankheit noch so wenig kennt, und als häufig noch Amblyopie[4]) zugleich vorhanden ist.

§. 3.

Unthätigkeit des *n. trigeminus*.

Es ist eine Reihe von Beobachtungen bekannt gemacht worden, in welchen der *n. trigeminus* mehr oder weniger gelähmt war. In den meisten fanden sich ausser der Anästhesie im Gebiet dieses Nerven Trübungen der *cornea* und geringere oder grössere Zer-

---

[1]) *Petrequin* in *Ann. d'oculistique I, p.* 4. 25.

[2]) Ruete in: Klinische Beitr. S. 239.

[3]) *Donders* in *Onderzoekingen gedaan in het physiol. Labor.* 1850—52, *p.* 36.

[4]) Vergl. Romberg, Nervenkrankh. I, S. 797: „Um so trauriger wird das Schicksal dieser Unglücklichen dadurch, dass sich sehr oft Amblyopie hinzugesellt, die in seltenen Fällen schon den Anfang der Krankheit begleitet. Auch wo der *opticus* nicht Theil nimmt, hatte ich Gelegenheit, bei mehreren Kranken eine Veränderung der Pupille wahrzunehmen, in beiden Augen oder nur in einem, und zwar eine Verengerung mit Unbeweglichkeit, welche bei einem 45jährigen Mann so zunahm, dass die Pupillen auf die Grösse eines Stecknadelkopfs reducirt wurden."

störung des *bulbus*, nur selten ist einer Veränderung der Pupillenapertur Erwähnung gethan.

Beobachter.	Veränderungen in der Ernährung.	Veränderungen im Pupillendurchmesser und in der Irisbewegung.	Anatomische Erscheinungen.
H. Mayo [1]).	Entzündung des Auges und Exulceration der Hornhaut.	Unbeweglichkeit beim Einfallen von Licht.	Leichenöffnung fehlt.
Serres [2]).	Entzündung des Auges. Verdunkelung der Hornhaut.	Verengerung der Pupille.	Erweichung des *n. trigeminus* von der Brücke an. Das *ganglion Gasseri* vergrössert und gelblich.
Abercrombie [3]).	Entzündung des Auges. Verdunkelung der *cornea*. Ausfliessen der Augenflüssigkeiten.	Nicht bemerkt.	Der *n. trigeminus* erweicht.
Stanley [4]).	Entzündung der *conjunctiva*. Trübung u. Verschwärungen der Hornhaut.	"	Geschwulst des *pons Varolii* derselben Seite, welche den Ursprung des *trigeminus* drückte.
Gama [5]).	Das Auge trübe und klein.	Pupille unbeweglich.	*Ganglion Gasseri* hatte an Volumen zugenommen u. war wie Speck. Der erste Ast des *trigeminus* röthlich, wie injicirt.
Meyer [6]).	Entzündung der *cornea*.	Verengerung der Pupille.	Der ganze *trigeminus* mit dem *ganglion Gasseri* erweicht und gelb gefärbt.

Vielleicht ist nicht genug Aufmerksamkeit auf den Pupillendurchmesser in allen Fällen gerichtet worden, da es doch sehr

[1]) *H. Mayo, Anatom. and phys. comment. Lond.* 1823.
[2]) *Serres* in *Journ. de phys. exper. V, p.* 233.
[3]) Abercrombie, Krankh. des Gehirns.
[4]) Ebend.
[5]) *Gama* in *Traité des plaies de tête et de l'encephalite. Par.* 1830.
[6]) *Fr. de Meyer diss., sist. paralys. nerv. trigemini casum. Francof.* 1847.

wahrscheinlich ist, dass die Verengerung nicht leicht fehlen wird. Das Zeichen, welches meiner Ansicht nach maassgebend ist, um auf eine völlige Unthätigkeit des dem ersten Ast des *n. trigeminus* angehörigen Ciliarnerven zu schliessen, besteht in einer vollständigen Gefühllosigkeit der Hornhaut. Es darf kein Nicken entstehen, wenn man mit einem Federbart oder dem Finger über die *cornea* herfährt. Fälle von Anästhesie des *n. trigeminus* sind nicht ganz selten, und es ist sehr zu bedauern, dass nicht alle bekannt gemacht werden, um für die Function dieses wichtigen Nerven mehr Beiträge von dieser Seite her zu erhalten.

Anhang.

Wirkung der Belladonna auf die Iris.

Zuerst thut bei der Beschreibung von *Solanum lethale s. Belladonna* der Botaniker Johannes Ray [1]) († 1705) Erwähnung von der Wirkung dieser Pflanze auf das Auge, von der einer Dame ein wenig unterhalb des Auges ein Stück vom frischen Kraute wegen eines Krebsgeschwüres aufgelegt war; *quae*, sagt er, *noctis unius spatio uveam oculi tunicam adeo relaxavit, ut omnem explicandi sese et pupillam contrahendi facultatem ei adimeret, siquidem pupilla clarissimo lumini adversa vehementer dilatata persistit, socio et pari suo plus quadruplo amplior, donec amoto folio uvea musculosam vim suam et tonum paulatim recuperaret.*

Bekannt ist die wichtige Anwendung dieser Thatsache für die praktische Medicin durch Himly. Man weiss ferner durch Kieser's Beobachtung, dass die Belladonna bei Vögeln eine Pupillenerweiterung nicht veranlasst. Hingegen habe ich namentlich beim Käuzchen nach der Einträufelung von Atropin eine sonderbare Erscheinung bemerkt. Bei Vögeln verengt und erweitert sich die Pupille spontan im Schatten, wie im Licht. Während die Unterschiede zwischen der grössten Verengerung und Erweiterung in demselben Licht gewöhnlich gering sind, wird dieses Bewegungsspiel sehr frappant, wenn man Atropin einträufelt; so z. B. schwankte bei einem Käuzchen innerhalb einer Secunde in demselben Licht der Pupillendurchmesser von 2^{mm} zu 7^{mm} (nach dem Tode war

---

[1]) *Raji. hist. plant. gener. Lond.* 1693. *Vol. I, p.* 680.

derselbe 8mm). — Bei einer Taube beobachtete ich dasselbe Phänomen, jedoch in weit geringerem Grade.

Hingegen habe ich, wie Kieser und Andere, niemals eine bleibende Erweiterung der Pupille, wie bei Säugethieren und Amphibien, beobachtet. Dieser Umstand kann uns vielleicht einen Anhaltspunkt abgeben, die Wirkungsweise der Belladonna kennen zu lernen. Die Ursache der Erscheinung muss entweder in den Muskeln oder in den Nerven gesucht werden, indem nämlich die Vogeliris quergestreifte Muskelfasern hat, während diese bei Säugethieren und Amphibien cylindrisch sind, — und indem bei Vögeln der *n. sympathicus* sich nicht in der Iris verbreitet, wie bei den anderen Wirbelthieren.

Wenn man annimmt, dass die Belladonna den *n. sympathicus* reizen könne und dass dadurch die Pupille sich erweitere, so musste die Wirkung nothwendig ausbleiben, wenn dieser Nerv ganz ausser Action ist. Uebereinstimmend mit den schon bekannten Beobachtungen der Herren Biffi [1]), Cramer [2]) und Ruiter [3]) habe ich jedoch gesehen, dass nach Durchschneidung des *n. sympathicus* die Belladonna den gewohnten Einfluss auf die Iris äussert. Ich habe Versuche darüber angestellt unmittelbar nach der Operation, nach mehren Wochen, sogar nach 13 Monaten, und niemals fehlte der Erfolg, obwohl in allen Fällen der *n. sympathicus* ganz unthätig war. So z. B. hatte ich das Kaninchen, dem 13 Monate vorher das obere Halsganglion exstirpirt war, bald nach dem Versuch getödtet, und den *bulbus oculi* dann galvanisirt. Auf der Seite, an welcher das *ganglion* exstirpirt war, sah man trotz der stärksten Reizung keine Spur von Erweiterung der Pupille, die so eclatant am anderen Auge hervortrat.

Die Belladonna-Wirkung beruht also sicher nicht, wenigstens nicht lediglich darauf, dass der *n. sympathicus* durch das Mittel gereizt würde, was auch noch daraus hervorgeht, dass ich niemals einen Erfolg gesehen habe, wenn ich dasselbe auf den Nerven selbst oder sein Centrum brachte. Hingegen behaupten die drei oben genannten Forscher, dass durch die Belladonna die Pupille mehr erweitert würde, wenn an der entsprechenden Seite der *n. sym-*

---

[1]) *Biffi* in *Omodei annal.* 1846. *T.* 118, *p.* 635.

[2]) *Cramer, Accommodatievermogen. p.* 127.

[3]) *De Ruiter, De act. atropae bellad. in irid. Traj. ad Rh.* 1853.

pathicus unversehrt wäre, als an der anderen, wo man ihn durchgeschnitten hätte. So erweiterte sich z. B. in einem Versuch von Herrn Cramer die Pupille an der nicht operirten Seite um 3mm, und an der operirten Seite nur um 1mm. Obwohl mir niemals trotz zahlreicher Versuche ein so grosser Unterschied vorgekommen ist, so fand ich dennoch die Thatsache bestätigt. Durch dieselbe wurden die drei Beobachter zu der Annahme bestimmt, dass die Belladonna den *m. sphincter* (*n. oculomotorius*) lähme und zugleich den *m. dilatator* (*n. sympathicus*) reize, eine Ansicht, welche schon von Herrn E. H. Weber [1]) ausgesprochen worden ist.

Wie viel indess auch die Erweiterung der Pupille durch die vorausgesetzte Reizung des *n. sympathicus* befördert wird, jedenfalls thut nach dieser Theorie die Lähmung des *n. oculomotorius* das Meiste. Man sollte daher vermuthen, wenn der *n. oculomotorius* durchschnitten wäre, müsste die Wirkung der Belladonna auf ein Minimum reducirt sein. Nun giebt aber Herr Bernard an, dass auch nach Durchschneidung des *n. oculomotorius*, und Herr Ruete, dass bei vollständiger Lähmung des *n. oculomotorius*, selbst des *n. trigeminus*, sowie in der Amaurose die Belladonna dennoch in gewohnter Weise wirke. Ich habe nicht nur diese Versuche wiederholt und dasselbe beobachtet, wie Herr Bernard, sondern sogar den *n. oculomotorius* und den *n. sympathicus* durchgeschnitten, ja noch mehr sämmtliche Ciliarnerven, indem ich den *n. opticus* in der Augenhöhle aufsuchte, und ihn mit den anliegenden *n. ciliares* trennte. Nichtsdestoweniger erweiterte sich auch dann noch deutlich die Pupille, wenn ich Atropin eingebracht hatte.

Diesen Thatsachen gegenüber ist es sehr unwahrscheinlich geworden, dass die durch Belladonna entstehende Erweiterung der Pupille von den Augennerven ausgeht, sondern es scheint vielmehr, dass sie auf einer Lähmung der cylindrischen Muskeln der Iris beruht. Zu Gunsten dieser Annahme sprechen einmal obige Versuche, zweitens die Wirkungslosigkeit der Belladonna auf die quergestreiften Irismuskeln bei Vögeln, da es nicht glaublich ist, dass der *n. oculomotorius* bei Vögeln durch dasselbe Mittel nicht afficirt werde, welches bei Säugethieren lähmen soll; drittens endlich der Einfluss der Belladonna unmittelbar nach dem Tode. Herr de Ruiter giebt an, dass er an dem abgeschnittenen Kopf

---

[1]) *E. H. Weber, De motu iridis, p.* 102.

beim Kalbe, Kaninchen, Frosch beobachtet habe, wie Atropin auch dann noch die Pupille erweitere. Diese Beobachtung habe ich gemeinschaftlich mit Herrn Hertz bei zwei Kaninchen wiederholt. Wir haben zwar die Thatsache richtig gefunden, aber müssen ihr einen anderen Werth beilegen, als es von dem genannten Autor geschah. — Hier die Messungen:

	Vertical.	Horizontal.
Der passive Zustand der Pupille, gemessen bei beginnender Fäulniss in beiden Augen	6mm	5mm
Unmittelbar nachdem der Kopf abgeschnitten war (Wirkung des *n. trigeminus*, s. S. 98), an beiden Augen	3	3
Ins rechte Auge Atropin geträufelt, eine Minute nach dem Tode.		
6 Minuten nach dem Tode:		
linke Pupille	4,75	4,50
rechte „	5	4,50
14 Minuten nach dem Tode:		
linke Pupille	4,50	4,50
rechte „	5	4,75
17 Minuten nach dem Tode:		
linke Pupille	5,75	5,25
rechte „	6	5,25
27 Minuten nach dem Tode:		
linke Pupille	5,25	5
rechte „	6	5
41 Minuten nach dem Tode:		
linke Pupille	6	5
rechte „	6	5

Das heisst mit anderen Worten: wenn nach dem Tode Belladonna ins Auge gebracht wird, so sterben die Irismuskeln dadurch eher ab. Um dies direct zu beweisen, wurde einem anderen Kaninchen auch der Kopf abgeschnitten, Atropin ins Auge geträufelt und von Zeit zu Zeit der *bulbus* in die Kette gebracht. Die Erweiterung der Pupille in Folge der Reizung war nach einer halben Stunde an dem mit Atropin behandelten Auge vollständig erloschen, während man nach 55 Minuten am anderen Auge vollständig starke Wirkung sah.

Wenn also aus diesen Beobachtungen hervorgeht, dass die Belladonna die Reizbarkeit der Muskeln schwächt, so bin ich weit entfernt, anzunehmen, dass die Belladonna überhaupt nicht auf die Nerven wirkt. Ist ja doch durch Versuche von Herrn Flourens bekannt, dass Einspritzungen von Belladonna - Pulver die Sensibilität vermindern, und von Herrn Valentin, dass Frösche tetanisch werden durch die Anwendung von demselben Mittel u. s. w.

Wenn es aber richtig ist, dass Belladonna wesentlich auf die Irismuskeln wirkt, so wird es nicht befremden, dass nach Durchschneidung des *n. sympathicus* die Belladonna die Pupille der afficirten Seite weniger erweitert, als die der gesunden Seite. Wenn in ein Auge Atropin gebracht wird, so wirken auf den *m. sphincter* zwei entgegenstehende Kräfte, indem das Atropin seine Contractionsfähigkeit aufhebt, der *n. oculomotorius* ihn beständig zur Contraction anregt (siehe S. 103 und 120). — Je mehr Kraft der *n. oculomotorius* besitzt, desto mehr Widerstand wird er leisten können. So lange der *n. sympathicus* noch mitwirkt, muss ein Theil der dem *n. oculomotorius* inne wohnenden Kraft zur Gegenwirkung gegen den *n. sympathicus* verwendet werden. Ist hingegen dieser gelähmt, so wächst die Leistungsfähigkeit des *n. oculomotorius*, dadurch der Widerstand gegen die lähmende Wirkung der Belladonna. Daraus folgt, dass die Pupille sich nicht in gleichem Grade erweitert, als wenn der *n. sympathicus* unversehrt geblieben ist.

Erwägt man ferner die Thatsache, dass der *m. sphincter* leichter erregt wird, aber auch leichter abstirbt als der *m. dilatator*, der viel länger reizbar bleibt; erwägt man ferner, dass der erstere Muskel die Pupille mehr verengt, als der letztere sie erweitert (s. S. 57), so folgt daraus, dass die Belladonna, welche den beiden cylindrischen Muskeln Contractilität und Tonus momentan raubt, doch mehr auf den *m. sphincter* als *dilatator* lähmend wirkt, d. h. vorwaltend erweitert. Der *n. sympathicus*, der im natürlichen Zustande eine viel grössere Widerstandsfähigkeit hat als der *n. oculomotorius*, wird den Muskel, dem er angehört, gegen die lähmende Einwirkung der Belladonna länger schützen, als der *n. oculomotorius* den *m. sphincter*. Wenn aber der eine Muskel noch lebt, während der andere momentan todt ist, so wird bei fortbestehender Kraft in beiden motorischen Irisnerven nur die sich äussern können, welche zu noch widerstehenden Muskelfasern geleitet wird. Der *m. dilatator* wird mithin durch dieses antagonistische Verhalten ein Uebergewicht bekommen. Es kann daher wohl sein, dass durch das Mydriaticum die Pupillenapertur noch weiter als nach dem Tode wird [1]).

[1]) Vor Kurzem hat Herr Kölliker bei mehren weissen Kaninchen nach dem Tode den *m. sphincter iridis* abgeschnitten und sodann den Rest der Iris oder den *n. sympathicus* (am Halse) gereizt, worauf Pupillenerweiterung eintrat. Atropin zeigte sich, auf den blossgelegten *dilatator* angewandt, ohne Erfolg. Aus seinen Versuchen glaubt der erwähnte Beobachter den experimentellen Beweis geliefert zu haben, dass die Dilatation nicht auf einer blossen Erschlaffung des *sphincter* beruhe, wie manche Anatomen, z. B. Herr Hyrtl, noch meinen. Ich habe in meiner bekannten Abhandlung schon vor zwei Jahren gezeigt, wie gerade bei Kaninchen nach dem Tode die Reizbarkeit des *m. sphincter* und seiner Nerven so rasch erlischt, dass gewöhnlich schon nach 5 Minuten keine Verengerung der Pupille mehr zu erzielen ist. Wenn aber ein Muskel so schnell von selbst abstirbt, so ist es nicht nöthig, ihn noch abzuschneiden. Ich habe aber auch gezeigt, dass die Reizbarkeit des *dilatator* und seines Nerven sehr häufig eine halbe Stunde und länger nach dem Tode noch andauert, und dass, wenn bei einem Thier der *n. sympathicus* durchschnitten wurde und das Thier noch eine Woche am Leben blieb, durch keinerlei Reizung, sei es an der Iris oder an dem Nerven, eine Erweiterung der Pupille nach dem Tode zu Stande kommt. Wenn nun ungeachtet aller dieser hundertfach wiederholten und allseitig bestätigten Versuche doch noch Jemand die Existenz eines dilatirenden Muskels, der übrigens unschwer anatomisch nachzuweisen ist, läugnen will, so mag es immer sein. Mit welchem Rechte aber Herr Kölliker sich den Beweis eines *dilatator* zuschreibt, darüber will ich kein Wort verlieren und überlasse es Jedem zu eigner Beurtheilung.

Drittes Buch.

Zweckmässigkeit der Irisbewegung.

Der Nutzen der Iris lässt sich theils durch Beobachtungen an Menschen, denen die Iris oder das Pigment fehlt, theils theoretisch ermitteln.

Erster Abschnitt.

Irismangel oder Irideremia und Pigmentmangel.

Die älteren Beobachtungen über Irismangel sind gesammelt von den Herren Behr [1]), Faucachon [2]) und Heise [3]). Ob in allen diesen Fällen die Iris wirklich geschwunden oder nur sehr reducirt war, lässt sich aus Mangel an anatomischen Befunden nicht bestimmen. Für unseren Zweck ist dies minder wichtig, da es darauf ankommt, die Folgen kennen zu lernen, welche eintreten, wenn thatsächlich das Licht auf eine sehr grosse Linsen- und Retinafläche auffallen kann. Die beobachteten Symptome, welche auf unseren Gegenstand Bezug haben, lassen sich übersichtlich zusammenstellen:

1) Lichtscheu. Fast bei allen Fällen schmerzte helles Licht, welches in die Augen kam, öfters gingen die Patienten mit vor-

---

[1]) Behr in liter. Ann. der ges. Heilk. 1829. Nro. 373.

[2]) *Faucachon* in *Collect. génér. des diss. de la faculté de Médecine de Strasb. t. III*, 1840.

[3]) Heise, Die Irideremie oder der angeborne Mangel der Iris. Inaugural-Abhandlung. Würzb. 1844.

gehaltenen Händen, blickten zur Erde, Kinder weinten, wenn sie an das Helle kamen. Nur ausnahmsweise war sie nicht vorhanden; durch Gewohnheit schien sie aber abzunehmen.

Unter 16 verglichenen Fällen von Morrison [1]), Behr [2]), Cazentre [3]), Hentschel [4]), Stöber [5]), Lusardi [6]), Petrequin [7]), Jäger [8]), Faucachon [9]), Dzondi [10]), Gutbier [11]), Willisford [12]), Böck [13]), Ruete [14]) fehlte die Unbehaglichkeit beim Sehen in einen hellen Gegenstand oder gar die Sonne, sowie die Lichtscheu nur in den Fällen von Gutbier, Dzondi, Jäger, Willisford.

2) Das Sehvermögen war in keinem Fall aufgehoben. Häufig hingegen waren die Patienten kurzsichtig, so in den Fällen von Behr, Petrequin, Baratta [15]), Gutbier, Cazentre, Faucachon. — Gewöhnlich wurden grössere Gegenstände gut gesehen, während es Anstrengung kostete, kleine Gegenstände genau zu sehen.

3) Von einzelnen Beobachtern wird besonders hervorgehoben, dass das Sehen im Dunkeln auffallend gut war, so z. B. von Cazentre und Gutbier.

4) Anwendung einer künstlichen Iris, d. h. einer kleinen schwarzen Scheibe, welche in ihrer Mitte eine Oeffnung von der Grösse der Pupille hatte, brachte sehr bedeutende Verbesserung im Sehen hervor, so in dem Fall von Lusardi und von Faucachon.

---

[1]) Morrison in Gräfe u. Walther's Journ. I, 381.

[2]) Behr l. c.

[3]) *Cazentre, Lancette franc.* 1834. *Nro.* 139, *p.* 555. — Schmidt's Jahrb. IX, S. 62.

[4]) Hentschel bei Faucachon, S. 9 (*Lanc. fr. V, p.* 440).

[5]) *Stöber* in *Arch. gén. T.* 25, *p.* 405.

[6]) Lusardi bei Faucachon, S. 14.

[7]) Petrequin ebend. S. 7.

[8]) Jäger in Schmidt's Jahrb. XVIII, S. 102.

[9]) Faucachon l. c.

[10]) Dzondi in Rust's Mag. VI, St. 1, S. 33.

[11]) *Gutbier, Diss. de irideremia. Herbip.* 1833.

[12]) Willisford in Lond. med. Gaz. 1835. V, 15. — Schmidt's Jahrb. Suppl. I, 435.

[13]) Böck in Verh. der Ges. der Aerzte zu Wien. 1853.

[14]) Ruete, Ophthalmol. I, S. 93.

[15]) Baratta, Ueber die vorz. Augenkh., übers. von Güntz. Leipz. 1822. Th. II, S. 211.

5) In sehr vielen Fällen war entweder die *cornea* oder noch mehr die Linse getrübt.

6) Blinzeln, Hin- und Herwälzen des Augapfels, selbst Unstätigkeit der Linse wurden wiederholt beobachtet.

Sehr interessante Beobachtungen über die Augen von vollständigen Kakerlaken hat Blumenbach [1]) bekannt gemacht, die er in Chamounix antraf. Sie hatten Augen wie weisse Kaninchen, mit sehr beweglicher Iris, rother Pupille, die sich bei schwachem Licht schon verengte. — In der Dämmerung und bei Mondesschein sahen sie sehr gut. Sehr helles, glänzendes Licht war ihnen gerade nicht unerträglich und sie hatten ein Gefühl, als wenn ein gutes Auge in die Sonne blickt oder auf Schneefelder. — Bei manchen Kakerlaken kann aber das gewöhnliche Tageslicht nicht ohne Schmerz ertragen werden, wie Bourrit [2]) erwähnt.

Unter den Hausthieren sind bei Kaninchen die Albinos am häufigsten. Es wurde im vorigen Abschnitt schon die grössere Empfindlichkeit gegen Lichtreiz, welche sich in der Pupille ausspricht, erwähnt, und es kann wohl als muthmaasslich angenommen werden, dass bei ihnen das helle Sonnenlicht schmerzhafter ist, als bei schwarzen Kaninchen. Denn einmal kneifen sie viel eher die Augen zu bei schon mässigem Licht, und zweitens fällt eine viel grössere Menge von Strahlen auf die Retina. Wenn aber überhaupt Licht Schmerzgefühl erwecken kann, so muss dieses zunehmen, wie jenes sich vermehrt.

Zweiter Abschnitt.

Theoretische Betrachtungen.

Bei der Anordnung des Auges, wie sie bei den Wirbelthieren stattfindet, soll ein Bild des zu sehenden Gegenstandes auf der Netzhaut dadurch entstehen, dass eine Linse oder ein linsenartiger

---

[1]) *Blumenbach, Comm. Gotting. VII. p. 29.*

[2]) *Bourrit ibid. p. 34.*

Körper vorhanden ist, der die vielen Strahlen wieder vereinigt, welche in unzähliger Menge von jedem einzelnen Punkte des Gegenstandes auf diese Linse fallen. Die Vereinigung vieler Strahlen zu einem geschieht so, dass dieselben von ihrer geraden Richtung abgelenkt oder gebrochen werden. Die Brechung erfolgt aber nach bestimmten Gesetzen, welche zum Theil von dem Winkel abhängig sind, welchen der auf die Linsenfläche auffallende Strahl mit dem im Einfallspunkte errichteten Einfallsloth macht. Bei einer Convexlinse, wie die im Auge, liegen aber wegen der Convexität alle Einfallspunkte in verschiedenen Ebenen, der Einfallswinkel ist daher verschieden, eben so die Brechung. Am meisten weichen aber die Winkel der Strahlen, welche auf den Rand einer Linse fallen (Randstrahlen), von denen ab, welche auf die Mitte derselben fallen (Centralstrahlen), wie aus beifolgender Figur ersichtlich wird.

Fig. 10.

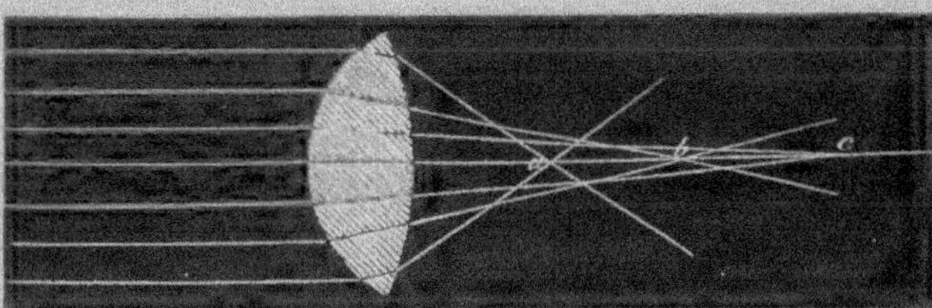

Da die Centralstrahlen bei *c* zur Vereinigung kommen, so werden die Randstrahlen, welche in *a*, und die, welche in *b* zur Vereinigung kommen, nicht e i n e n Punkt mehr bilden, sondern sogenannte Zerstreuungskreise, welche die Klarheit des Bildes stören. Legt man hingegen eine schwarze Scheibe auf die Linse, welche in der Mitte eine Oeffnung hat, ein sogenanntes Diaphragma, so werden je nach der Grösse der Oeffnung mehr und mehr Randstrahlen abgehalten und desto schärfer wird das Bild. Freilich ist das Bild um so weniger beleuchtet, je kleiner die Oeffnung des Diaphragma, und wird nur dann deutlich, wenn das zu sehende Object sehr hell, d. h. wenn die Lichtstärke gross genug ist. Je nach dieser Lichtstärke muss man das Diaphragma wählen.

Solch ein Diaphragma ist nun auch die Iris im Auge, welche die gute Einrichtung hat, dass ihr Oeffnungsdurchmesser nicht constant bleibt, sondern sich ändert, wie es die Lichtstärke erheischt. Ist die Oeffnung gross gemacht, so leidet zwar die Schärfe des Bildes, aber die beträchtliche Vermehrung der Lichtstrahlen lässt doch noch eine Sinneswahrnehmung zu. Wäre die Iris unbeweglich und die Pupille wie nach dem Tode, so würde ein scharfes und ganz deutliches Bild, welches bei dem einen Licht entstände, bei einem anderen schon weniger deutlich sein. — Um den Genuss des scharfen und deutlichen Sehens dem Menschen und den Thieren zu verschaffen, gab die Natur ihnen eine bewegliche Iris, mit pupilleverengerndem und erweiterndem Muskel und zwei Nerven, die diesen Bewegungen vorstehen. Möglich wurde es dadurch, bei allen Lichtgraden, selbst im Zwielicht mässig gut zu sehen. Hingegen leidet durch den Erweiterungsmuskel die Verengerung immer Abbruch. Dieser ist jedoch bei Thieren, welche auf der Erde oder im Wasser leben, nicht gegen die Vortheile in Anschlag zu bringen, welche jener Muskel gewährt. Anders ist es bei Vögeln, welche mit einer zum Sprichwort gewordenen Schnelligkeit die verschiedensten Luftschichten durchschneiden, und bei dem steten Wechsel der Objecte der raschesten Bewegung bedürfen. Ihnen, denen durch ihren Flug nächtliche Gefahr weniger, als den anderen Wirbelthieren droht, ist lediglich ein Verengerungsmuskel verliehen, der mit (quergestreiften) Fasern versehen ist, die sich durch die Promptheit und Schnelligkeit vor den (cylindrischen) anderer Wirbelthiere auszeichnen. Vögel sehen deshalb auch in der Nacht nicht, wenn sie nicht eine sehr weite Pupillenöffnung auch im Zustande der Ruhe haben, wie die Nachtraubvögel, bei denen durch helleres Pigment derselbe Zweck noch unterstützt wird.

Wenn man von Kaninchen auf die anderen Nagethiere schliessen darf, so hat bei diesen furchtsamen, ängstlichen und tückischen Thieren, welche ihre Nahrung in der Regel zur Nachtzeit aufsuchen, der die Pupillenerweiterung beherrschende *n. sympathicus* und der *m. dilatator* selbst das Uebergewicht. Der *m. sphincter* ist sehr schmal, der *n. oculomotorius* verliert sehr rasch seine Reizbarkeit und versagt seine Wirkung nicht selten ganz. Daher kommt es auch, dass der Gegensatz zwischen *n. oculomotorius* und *sympathicus* sich weniger bei Kaninchen nach Durchschneidung des *n. sympathicus* am Halse geltend macht, als bei anderen Thieren, bei denen ein Uebergewicht des *n. oculomotorius* vorhanden ist. Die Verengerung der Pupille nach Durchschneidung des *n. sympathicus* ist nicht sehr bedeutend, und manche Beobachter haben sogar, jedoch mit Unrecht, behauptet, dass überhaupt nur diese Wirkung eintrete, wenn zugleich das obere *ganglion* exstirpirt würde. Nach dieser Exstirpation ist die Wirkung nur momentan eclatanter, weil alle Quellen abgeschnitten sind.

Umgekehrt scheint es bei den Wiederkäuern zu sein; wenigstens habe ich es so bei Ziegen gefunden. Sie sind nicht auf die Nacht angewiesen, ihr Erweiterer ist träge, ihr Verengerer sehr thätig. Bei diesen Thieren, denen zu einem weiten Gesichtsfelde eine der Quere nach geschlitzte Pupille zu Theil ward, ist jedoch der *sphincter* nicht gleich breit, sondern oben und unten breiter als rechts und links, so dass auch im hellen Licht ein grosses Gesichtsfeld noch bleibt.

Bei den wilden Thieren, die Tags und Nachts ihrer Beute nachgehen, sind beide Muskeln und beide Nervenapparate gleich gut entwickelt. Den Katzen kommt bei ihrem geschickten Klettern es wohl zu Statten, dass ihr *sphincter* nach rechts und links hin sich kräftiger zusammenzuziehen vermag, als nach oben und unten, daher die Pupille der Länge nach geschlitzt werden kann.

Bei dem Menschen mag die grosse Ausbildung in beiden Apparaten mit seiner psychischen Stellung in Verbindung stehen. Bei ihm tritt das Streben, im Dunkeln die Gegenstände zu erkennen, im Hellen mit Genauigkeit zu sehen, oft als das Resultat bewusster Vorstellungen auf, an deren Dasein jener Trieb eng geknüpft ist.

Mit diesen wenigen Bemerkungen muss ich abbrechen, da meine Untersuchungen sich nur auf eine geringe Anzahl von Species beschränkten. — Jedoch ergiebt sich schon aus diesen schwachen Versuchen der Einklang wieder zwischen der Idee, die jedem Wesen zu Grunde liegt, und der Organisation.

Ich habe wohl daran gedacht, ob sich nicht aus der Beobachtung der Irisbewegung auf die Function des *ganglion ciliare* schliessen liesse, dem man so viele Fähigkeiten bis auf den heutigen Tag zuschrieb, welche man nicht anders zu placiren wusste. Ich habe oben (S. 99) schon darauf hingedeutet, dass man keine Thatsache kenne, um anzunehmen, dass in diesem Ganglion ein Reflex zwischen sensiblen und motorischen Nerven vermittelt würde. Man hat nämlich geglaubt, dass Reizung des *n. trigeminus* dadurch Pupillenverengerung hervorrufe, dass dieser Nerv auf den *n. oculomotorius* im *ganglion ciliare* seine Thätigkeit reflectire. Da aber gerade bei den Thieren, an denen man diese Wirkung des *n. trigeminus* beobachtet hat, dieser Nerve gar nicht zum *ganglion* hingeht, also nicht mit dem *n. oculomotorius* communiciren kann, so kann davon keine Rede sein.

Man könnte ferner vermuthen, dass bei den Thieren, bei welchen die Wirkung des *n. oculomotorius* vorwaltend stark ist, ein grösseres *ganglion ciliare* angetroffen wird; oder dass bei solchen, bei welchen die Thätigkeit des *n. sympathicus* vorwaltet, ein kleineres *ganglion* vorhanden ist. Hierfür sprechen allerdings einige Thatsachen. Bei den gut im Dunkeln sehenden Kaninchen (Hasen, Eichhorn), sowie beim Pferde ist das *ganglion ciliare*, das bei beiden am *n. oculomotorius* anhängt, winzig klein; bei den Wiederkäuern, der Katze, dem Hunde, dem Menschen ist das *ganglion* im Gegentheil beträchtlich gross, ebenso bei Vögeln. — Jedoch ist die Anzahl der Beobachtungen zu gering, um daraus einen Schluss sich zu erlauben und um die nothwendigen Verbindungen beider Erscheinungen darzuthun. — Muck[1]) ist der Ansicht, dass die Ganglien die Organe seien, durch welche die Kraft und Thätigkeit der Nerven vermehrt werden, und die Iris sei um so lebendiger und beweglicher, je grösser das *ganglion ophthalmicum* und die Zahl der Ciliarnerven sei. — In dieser Allgemeinheit möchte jedoch diese Meinung schwer durchzuführen sein.

Endlich konnte man das *ganglion ciliare* noch als das Organ betrachten, durch das die Iris der willkürlichen Bewegung entzogen ist. Diese Function ist überhaupt den Ganglien häufig zugetheilt worden, namentlich durch Johnstone[2]), Pfeffinger[3]), Wutzer[4]), Tiedemann[5]), Burdach[6]) u. s. w. — Bellingeri[7]) glaubt, dass Fontana wahrscheinlich kein *ganglion ciliare* gehabt habe, weil er willkürlich die Iris hätte bewegen können; und Herr Tiedemann erklärt den Willenseinfluss der Vögel auf die Iris durch den vermeintlichen Mangel desselben Ganglion.

---

[1]) *Muck, De ganglio ophth. et nerv. cil. anim. Landish.* 1815. *p.* 87. Cf. auch Haase in Ludwig *Script. neur. min. I, p.* 68 und Meckel in den Schriften der Berl. Ak. 1749. Berl. 1751. S. 95.

[2]) Johnstone, Unters. über das Nervensystem, übers. v. Michaelis, 1796. S. 22 ff.

[3]) Pfeffinger in Ludwig *Script. neur. min. I.* §. 12 u. 16.

[4]) *Wutzer, De corp. hum. gangl. fabrica atque usu, p.* 121 *ff.*

[5]) Tiedemann in Zeitschr. f. Physiol. v. Tiedemann und Treviranus I. 2. S. 237. Anat. u. Naturg. der Vögel. Heidelb. 1810. I, S. 70.

[6]) Burdach, Vom Bau und Leben des Gehirns. Leipz. 1826. Bd. III, S. 248.

[7]) *Bellingeri* in *Omodei Annali. V.* 70, *p.* 587.

Aus den Untersuchungen, welche in den früheren Abschnitten geführt worden sind, geht aber hervor, dass niemals der Wille Einfluss auf Irisbewegung habe, weder bei Menschen, noch bei Katzen, noch bei Vögeln. Es lässt sich indess allerdings etwas für die Meinung geltend machen, dass durch das *ganglion ciliare* die Iris vom Willen nicht beherrscht werde. Gerade bei solchen Thieren, bei welchen das *ganglion* nur dem *n. oculomotorius* angehört und bei denen die anderen Ciliarnerven keinen Antheil daran haben, scheint es auffallend, dass ein Nerv in allen seinen übrigen Verzweigungen durch den Willen beherrscht wird und von der Stelle an, wo ein *ganglion* in ihm vorkommt, diesem Einflusse entzogen ist. Dessenungeachtet kann noch die Meinung festgehalten werden, dass in dem *n. oculomotorius* zweierlei Fasern enthalten sind, von denen die einen mit dem körperlichen Organe des Willens Zusammenhang haben, die anderen nicht, und dass die letzteren durch das *ganglion* nur hindurchlaufen. In der That gehören z. B. bei der Katze die Fasern des Ciliarzweigs des *n. oculomotorius* schon vor dem Eintritte in das *ganglion* bei Weitem vorwaltend zu den schmaleren Nervenfasern, während die übrigen Zweige fast lediglich breite Fasern zeigen.

Die Bewegung der Iris würde auf bedeutende mechanische Hindernisse stossen, wenn sie unmittelbar auf der *cornea* oder der Linse auflüge, indem sie durch Adhäsion sehr beschränkt würde. Deshalb erfüllt die wässerige Feuchtigkeit, in der sie frei hängt, einen wesentlichen Zweck.

Um nun aber das so leicht beweglich gemachte Organ zu schützen und zu erhalten, ohne dadurch das freie Spiel seiner Bewegungen zu hindern, hat die Natur erstens einen Regulator für das Diaphragma und zweitens einen Nervenapparat gebildet, der den Kraftverbrauch jenes Regulators misst und anzeigt. Damit das Diaphragma den dem Lichte angemessenen Durchmesser darbiete, dazu dient diejenige Nervenkette, welche zwischen dem *n. opticus* und *oculomotorius* durch die Vierhügel hindurch gebildet ist. Die lichtempfänglichen und die pupillenverengernden Fasern fühlen nicht, durch sie erhält das *sensorium commune* keinen Eindruck von der Fährlichkeit, die der Lebensintegrität erwachsen kann, wenn der Reiz ungeschmälert und ununterbrochen einwirkt

Darum wurde neben die lichtempfänglichen Fasern ein Nerv gestellt, der das Licht fühlt (vgl. S. 76) und vor drohender Gefahr schützt. — Nach demselben Principe und Zwecke schliessen oder nähern sich wenigstens die Augenlieder bei hellem Lichte, indem der *n. trigeminus* auf den *n. facialis* einwirkt und der Schliessmuskel des Auges sich zusammenzieht.

Ein solcher Schutz war neben dem Erweiterungsapparat überflüssig. Denn durch die Dunkelheit werden die Sehwerkzeuge nicht abgenutzt, wie durch das Licht. Aber durch die Dunkelheit entsteht ein Trieb nach mehr Licht. Soviel uns die Beobachtungen gelehrt haben, wird das körperliche Organ für Triebe und Vorstellungen durch die Hemisphären des grossen Gehirns repräsentirt. Wir müssen daher vermuthen, dass die Dunkelheit auf das Gehirn wirkt, und dass von da aus das Centrum des *n. sympathicus* zur Thätigkeit angeregt wird. Dieser Trieb nach Licht muss geweckt werden; aber welcher Nerv die Dunkelheit anzeigt, ob der *n. opticus*, der *n. trigeminus*, ob die von der Iris zum Centrum des *n. sympathicus* gerichteten Fasern, das sind Fragen, die bis jetzt nicht gelöst werden können. Wenn aber ein solcher Trieb da ist, dann wird es auch erklärlich, wie die Vorstellung vom Dunkeln die Pupille erweitern kann.

Scharf und deutlich gezeichnet erscheinen die Bilder der zu sehenden Objecte nur dann auf der Retina, wenn diese in einer bestimmten Entfernung sind. Damit nun aber, ohne den Platz zu verändern, ferne und nahe Gegenstände deutlich erkannt werden können, hat die Natur es eingerichtet, dass die Vorderfläche der Linse etwas vorgerückt werden und dadurch die Retina vom Objecte entfernt werden kann. Bei dieser (Accommodations-) Bewegung ist die Iris gleichfalls sehr thätig (s. S. 166), so dass also dieselbe nicht nur die bewegliche Pforte bildet, durch welche die zweckmässigste Lichtmenge zum Auge eindringt, sondern auch gewissermaassen die Netzhaut den Objecten, die sie wahrnehmen soll, entgegenträgt.

Erklärung der Abbildungen.

Fig. 1.

Cylindrische Fasern aus dem M. sphincter iridis eines Kaninchens. 400malige Vergrösserung.

Fig. 2.

Fasern aus dem Dilatator pupillae eines Kaninchens. 400malige Vergrösserung.

A Pupillarrand.

b Schlingenartige Umbiegungen, welche bei *b'* vollständiger sind.

c Scheinbare Theilungen der Fasern.

e Kerne der Faserzellen.

Fig. 3.

Muskelfasern aus der Iris der Taube.

Fig. 4.

Die injicirten Gefässe am Pupillarrande vom Menschen.

Fig. 5.

Die Ciliarnerven vom Menschen.

A Das rechte Auge.

1 N. opticus.

2 N. oculomotorius.

a Dessen R. superior.

b Der Zweig des Ramus inferior, welcher zum M. obliquus inferior geht.

c Die anderen Zweige (zum M. rectus internus und inferior) des Ramus inferior.

d Radix brevis ganglii ciliaris.

3 N. trochlearis.

4 R. primus (ophthalmicus) N. trigemini.
e Dessen N. lacrymalis.
f N. frontalis.
g N. nasociliaris.
h Radix longa ganglii ciliaris.
o N. ciliaris longus.
i Ganglion ciliare.
k Das äussere Bündel der Ciliarnerven.
l Das innere Bündel der Ciliarnerven.
m Musc. obliquus superior.
n Musc. rectus superior.

Fig. 6.

A Rechter Augapfel vom Menschen.
1 N. opticus, aufgehoben und über den Bulbus zurückgeschlagen.
2 N. oculomotorius.
a Dessen abgeschnittener R. superior.
b Der äussere Zweig des R. inferior.
c Der innere Zweig des R. inferior.
d Rad. brevis.
3 R. ophthalmicus trigemini, nach hinten zurückgesteckt.
e N. lacrymalis.
f N. frontalis.
g N. nasociliaris.
h Radix longa ganglii ciliaris.
i Ganglion ciliare.
k Fasciculus externus nervorum ciliarium.
l Fasciculus internus.
n Der von letzterem ausgehende Verbindungszweig zum N. longus ciliaris *x* aus dem Nasociliaris.
o Vereinigungsstelle beider Nerven, wo nach Faesebeck das Ganglion ciliare internum liegen soll.
p Radix media n. sympathici.
4 Arteria ciliaris longa interna.

Fig. 7.

Ciliarnerven vom Hunde.
A Linker Augapfel.
1 N. opticus, zur Seite geschoben.
2 N. oculomotorius.
a R. superior desselben, abgeschnitten.
a' R. inferior, welcher abgiebt:
b R. brevis ganglii ciliaris.
3 N. trochlearis, abgeschnitten und in Verbindung mit seinem Muskel.
4 Portio major trigemini.
t Ganglion Gasseri.
s R. ophthalmicus.
c N. frontalis.
f N. ciliaris longus.
m N. nasociliaris.

d N. ethmoidalis.
e N. infratrochlearis.
g R. longa ganglii.
h Ganglion ciliare inferius.
i Fasciculus nervorum ciliarium externus.
r Ganglion ciliare superius.
k Fasciculus nervorum ciliarium internus.
p Ramus communicans inter ophthalmicum et oculomotorium.
5 N. abducens.
v, *u* Rami carotici n. sympathici.
o Musc. obliquus superior.

Fig. 8.

Ciliarnerven der Katze.
1 N. opticus.
2 N. oculomotorius.
a Dessen Ramus superior, abgeschnitten.
b Dessen Ramus inferior.
c Ast desselben zum M. obliquus inferior.
c' Fortsetzung desselben.
r Ganglion ciliare.
d Radix brevis nervorum ciliarium.
3 N. ophthalmicus trigemini.
f N. frontalis.
h Radix longa nervorum ciliarium.
n N. ciliaris longus.
l N. ethmoidalis.
m N. infratrochlearis.
o Bündel der Ciliarnerven.

Fig. 9.

Rechte Kopfhälfte beim Kaninchen. — Man sieht auf die innere Fläche. Der N. opticus (1) ist nach oben gelegt.
O M. obliquus superior.
S M. rectus superior.
J M. rectus internus.
1 N. opticus.
2 N. oculomotorius.
a R. superior.
a' R. inferior.
b R. brevis nervorum ciliarium. Die Anschwellung an dem Abgange dieses Nerven ist das Ganglion ciliare.
3 N. trochlearis.
4 N. trigeminus.
c N. frontalis.
d' Stamm des N. nasociliaris.
e N. ciliaris longus.
g Fortsetzung des Stammes.
f Radix longa nervorum ciliarum.
5 N. abducens.

Fig. 10.

Ciliarnerven vom Kaninchen, von unten gesehen.

1 N. opticus.

2 N. oculomotorius.

b Ganglion ciliare.

d Radix brevis nervorum ciliarium.

g N. nasociliaris.

r, *s* Nervi ciliares.

t Ramus inferior nervi oculomotorii.

Fig. 11.

Rechte Kopfhälfte einer Gans.

1 N. opticus, zurückgelegt.

2 N. oculomotorius.

a Dessen Ramus superior.

b R. ciliaris.

c R. inferior mit seinen drei Zweigen.

3 N. ophthalmicus trigemini.

d Radix longa nervorum ciliarium.

J M. rectus inferior.

O M. obliquus superior.

R M. rectus internus.

S M. rectus superior.

Fig. 12.

Ciliarnerven der Ente, etwas vergrössert. Von der Sclerotica Sc. ist nur ein kleines Stückchen geblieben. Bezeichnungen wie Fig. 11.

Fig. 13.

Rechtes Auge eines Frosches von oben. Doppelt vergrössert.

1 N. opticus.

2 N. oculomotorius.

a Dessen R. superior.

d Dessen R. brevis nervorum ciliarium.

c R. ciliaris.

3 N. trigeminus.

g Ganglion Gasseri.

f R. longa nervorum ciliarium.

e N. nasociliaris.

R M. rectus superior.

h N. sympathicus.

Fig. 14.

Rechte Kopfhälfte vom Barben (*Cyprinus barbus* s. *Barbus fluviatilis*).

a N. opticus.

b N. oculomotorius.

c, *d* Die zu den abgeschnittenen und zurückgeschlagenen Augenmuskeln gehenden Zweige des N. oculomotorius.

e N. ciliaris oculomotorii.
f N. trigeminus.
h N. frontalis.
g N. infraorbitalis.
k N. ciliaris trigemini.
l Dessen Ramus communicans mit dem N. ciliaris oculomotorii.
m, *n* Ciliarnerven.

Fig. 15.

Verbreitung der Nerven in der Iris von einem weissen Kaninchen.

Fig. 16.

Ein kleiner Iristheil, um bei einer 200maligen Vergrösserung die Verbreitung der Nerven zu sehen (S. S. 39).

Fig. 17.

Irissympathicus der linken Körperseite eines Kaninchens, zweimal vergrössert. *IX*, *X*, *XI*, *XII*, 1 — 10 Die aus dem verlängerten und Rückenmarke austretenden Nerven.

II. N. opticus.
III. N. oculomotorius.
V. N. trigeminus.
IX. N. glossopharyngeus.
X. N. vagus.
XI. N. accessorius.
XII. N. hypoglossus.
1 — 8 Halsnerven.
9, 10 Erster und zweiter Brustnerv.
11 N. sympathicus.
a Verbindungszweig zwischen dem zweiten und ersten Brustnerven
b Rami communicantes zwischen dem zweiten und ersten Brust- dem achten und siebenten Halsnerven und dem N. sympathicus.
c Ramus communicans zwischen dem N. sympathicus und den oberen Halsnerven (abgeschnitten).
d R. communicans zwischen dem N. sympathicus und dem N. hypoglossus.
e N. caroticus externus.
f N. caroticus internus.
G Ganglion cerviale supremum.
G' Ganglion cervicale inferius, verschmolzen mit den oberen Brustganglien.
v Stamm des N. vagus.
w Ramus cardiacus desselben, der sich an den N. sympathicus anlegt.
x Ramus descendens n. hypoglossi.
H, *A.* carotis communis.
i cerebralis.
k facialis.

Fig. 18.

Die Rami communicantes zwischen dem sechsten, siebenten und achten Hals-, dem ersten und zweiten Brustnerven und dem N. sympathicus.

V, VI, VII, VIII Halsnerven.
I, II Brustnerven.
S N. sympathicus.
1, 2, 3, 4 untere Hals- und obere (1, 2) Brust-Ganglien des Sympathicus.
r R. anterior, welcher zurückgelegt ist.

Fig. 19.

D Ein Theil des achten Nerven des Frosches, da, wo der R. communicans *C* mit ihm in Verbindung ist.
A Das centrale Ende.
A' Das peripherische Ende.
B Gegen den Kopf gerichtetes Ende des N. sympathicus.
B' Das andere.
x Der obere Zweig des R. communicans.
y Der untere Zweig.

Fig. 20.

Spindelförmige Zellen im Stroma der Iris.

Register.

A.

B.

C.

M.

N.

O.

P.

R.

S.

T.

U.

V.

W.

Y.

Z.